赵四小姐

战火成全的爱情传奇

Zhaosi Xiaojie

张爱玲在《倾城之恋》中说：
战争，摧毁了一座城市，
也成就了一段刻骨铭心的爱情。
于赵一荻而言，亦是如此。

李婍◎著

时代出版传媒股份有限公司
北京时代华文书局

图书在版编目（CIP）数据

赵四小姐：战火成全的爱情传奇 / 李婍著. —北京：北京时代华文书局，2014. 12
ISBN 978-7-80769-921-7

Ⅰ. ①赵…　Ⅱ. ①李…　Ⅲ. ①长篇小说-中国-当代　Ⅳ. ①I247. 5

中国版本图书馆 CIP 数据核字（2014）第 251689 号

丑牛系列之民国的婉约
赵四小姐：战火成全的爱情传奇
著　　者 | 李　婍

出 版 人 | 田海明　朱智润
选题策划 | 黎　雨
责任编辑 | 胡俊生　樊艳清
文字编辑 | 夏　西
装帧设计 | 张子墨
责任印制 | 刘　银
营销推广 | 新业文化

出版发行 | 时代出版传媒股份有限公司 http://www.press-mart.com
北京时代华文书局 http://www.bjsdsj.com.cn
北京市东城区安定门外大街 136 号皇城国际大厦 A 座 8 楼
邮　编：100011　　电话：010-64267120　64267397
印　　刷 | 河北信德印刷有限公司
开　　本 | 880×1230mm　1/32
印　　张 | 8
字　　数 | 210 千字
版　　次 | 2015 年 1 月第 1 版　　2024 年 1 月第 3 次印刷
书　　号 | ISBN 978-7-80769-921-7
定　　价 | 46.00 元

序

私奔，是凄美的，为一个黯淡的未来私奔一生，是一个凄美绝伦的爱情传奇。

赵一荻用自己的执着完成了这个亘古少有的传奇。

她是民国年间的名媛，出身名门望族，拥有高贵的身份、优雅的气质和风华绝代的美貌，为了一见钟情的少帅张学良，这个十五岁的少女独自踏上私奔之旅，奔向她心仪的那个男人。她没有名分，从娇贵的大家闺秀，一下子沦为少帅府的侍从小姐，甚至连二奶和小妾都不算，她委曲求全，以侍女和秘书的身份成为张学良的女人。

从古到今，男人都是把事业放在第一位，女人都是把爱情放在第一位，从见到张学良那一刻起，赵一荻早已经放低了身姿，为了爱人，她把身姿低到尘埃之中。

在她眼里，身份不重要，只要能留在深爱的那个人身边，就有了一切。

在她眼里，他有过多少女人都不重要，不管他曾经爱过谁，谁曾经爱过他，现在他就是她的唯一，他是她唯一爱过的男人，是一生中的唯一。

在她眼里，别人是不是把她当作红颜祸水不重要。她相信她深爱的男人，相信他在民族大义的问题上是有原则的。她只要他好，自己那点名声算不得什么，受点冤枉也无所谓。她用自己的一生向世人证明自己的清白，证明自己不是红颜祸水，不是妖魅的狐狸精。

在她眼里，美好的爱情就是温暖的相互厮守，不管自己的爱人是叱咤疆场的将军，还是被幽禁一生的阶下囚，她的情不移、爱不变。

赵四小姐住楼里时，她放弃了阳光明媚的房间，选择了小楼东北角最冷的一间屋子居住，为的是一眼就能看到他工作的那个窗口，每个夜晚，痴痴地守着窗儿，可以遥望在办公室工作到深夜的爱人。

西安事变前夜，她默默地陪着他，守着他，用温情激励他鼓起勇气创造惊世骇俗的历史。

漫无天日的幽禁生涯，她作为一个没名没分的女秘书，抛弃安逸幸福的大都市生活，抛弃自己唯一的孩子，抛弃了身后的一切，自愿走进牢笼。她洗尽铅华，不是替任何人来尽责任和义务，只为自己的爱，自己的心。她把自己的悲喜都和这个男人紧紧系在一起，她要用自己的爱支撑他走过困境。

有人说，每个温润可爱的女子都曾经是天使，为了自己爱上的那个人，她们宁愿折断翅膀飞落凡间，为自己心仪的那个男人不再腾飞。女人是一种痴情的动物，当她们爱上一个人的时候，就想随时见到他，天天和他厮守，赵一荻就是那些折断翅膀的天使中的一个。

从十五岁情窦初开的青丝少女，到年近百岁心如止水的白发老婆婆，她用了整整一生，只为陪伴她深爱的男人。半个多世纪的漫长幽居生活，孤寂荒芜的山野间，一个曾经叱咤风云的将军，一个雍容华贵的大家小姐，相互依偎走过一个个春夏秋冬。孤灯旧书寂寞夜，她是红袖添香的红颜知己；忧虑苦寂中，她用温情和抚慰替他抚平伤痕。

就像张爱玲在《倾城之恋》中所说的：战争，摧毁了一座城市，也成就了一段刻骨铭心的爱情。她的坚守，张少帅别无选择的境遇，成就了这段爱情佳话，这是缘，这是命。

她用女秘书的名分无怨无悔地陪伴着他，直到苦苦相伴三十年后，才等来一场迟到的旷世婚礼，才等来一个在她看来已经不重要的名分。

她与他相濡以沫度过幽禁岁月，用七十二年的不离不弃，书写了千古传诵的爱情神话。

她用自己的执着和坚守赢得了爱情，执子之手，与子偕老，她为自己的私奔画上了圆满的句号。

她就是他的一世红颜。

目　录

第一章　赵家最美的四小姐

天上掉下个绮霞小幺妹

1912年5月28日。

香港。

这一天对于所有生活在香港的人们来说，是一个很平常的日子，昨夜刚刚下完一场微雨，空气中弥漫着清新的味道。

民国元年（1912年），是中国历史上很不消停的一年。袁世凯在北京就任临时大总统是这一年，孙中山在南京公布《中华民国临时约法》也是这一年。广东的地盘上也不安宁，总有政治事端发生。紧邻广东的香港稍稍安定一些。

天刚亮，著名的标志性建筑钟楼旁边的露天咖啡座和瞭望台，就开始变得喧哗热闹起来，偶有一两个顽固不化依然拖着长辫子的遗老遗少匆匆走过，很常见的风景，没人思量。

此时，北洋政府交通系统的要员赵庆华在香港太平山的赵家豪宅中，女佣们一大早就上下忙碌着。

二太太吕葆贞要生产了，除了女佣和接生婆跑上跑下制造出的一丝紧张氛围，其他人看上去很淡定，包括安静地坐在厅堂里的赵庆华，这之前他已经有了一大帮儿子和女儿，所以，这个二太太生男生女对他来讲都是无所谓的。当然他希望最好是儿子，如果是女儿也无妨，他有三房太太呢，这一年他刚刚三十八岁，太太们还都年轻，给他生儿子的机会还多着呢。

大太太默默陪伴在赵庆华身边，她是个美丽小巧的女人，娘家姓刘，很有大家闺秀的气质。据说，她是当时豪门望族家的小姐，因为当年这个姓刘的大户人家看上了在京城大衙门里上班的赵庆华将来或许会有大出息，就把他当成潜力股把小姐嫁给了他。实践证明，后来赵庆华确实有了出息。女人既盼着自己的男人有出息，又怕自己的男人长本事。赵庆华有了出息后，就犯了许多中国男人共同的毛病，纳妾，他不但纳了妾，而且纳了两房。

即将生产的吕葆贞就是赵庆华纳的第一个妾。

这个女人是盛宣怀家的一个丫鬟。盛宣怀是著名的政治家，洋务运动的代表人物，北洋大学（现在的天津大学）和南洋公学（现在的上海交通大学）的创始人，他还是实业家和福利事业家。盛家的小姐个个秀美温婉，最著名的是盛家七小姐爱颐，她和宋子文凄美的爱情故事是民国时代流传很广的传奇。依照赵庆华当时的地位，还不能高攀上盛家的小姐，但是如果帮助盛宣怀家消化一个大龄丫鬟还是可以的，盛家是很人性化的，丫鬟服务时间长了，到了该出嫁的年龄，也会给她们找个地位不错的男人像嫁女儿一样的嫁出去。这样一来，赵庆华也算是和盛宣怀攀上了亲戚，吕葆贞做了赵庆华的二太太后，经常像回娘家一样到盛府走动。

不管怎么说，吕葆贞过去的身份是丫鬟，丫鬟成长起来的小妾，一辈子都低眉顺眼敬着大太太，不敢越位，不敢造次。

大太太安安静静地端坐在太师椅上，这个即将生产的二太太吕葆贞在她眼里，永远只是个丫鬟，不管是谁家的丫鬟，也改变不了她固有的出身，所以大太太永远都有优越感，她的自信就来自于这点优越感。

吕葆贞从小是个苦孩子，像她这种干粗活的丫鬟，一般都比较健壮，她身量很大，长胳膊长腿的，容颜说不上美丽，就是个中等相貌，模样一般般的女孩子。和美丽淑雅的大太太相比，她显得很质朴，但是性格很好，不但能讨大太太和老爷的欢心，也很受老太太喜爱。关键是从丫鬟转正成为二太太后，她的肚子很争气，已经为赵庆华生养了一大帮儿女。

如果是大太太生孩子，赵庆华也许会揪心一些，但二太太素来坚强，身体素质又好，他心里是很踏实的。但是，这个女人进产房也有一段时间了，总不见动静，这种等待也是很折磨人的。

室内的空气凝滞了一般，只有赵庆华和大太太吸溜吸溜喝茶的声音，他们各自在想自己的心事，赵庆华的心事与二太太生孩子无关，作为北洋政府交通系统的要员，他正处于仕途的巅峰期，许多大事等着他处理，太太生孩子，而且还是不被他重视的二太太，他并不太放在心上。大太太的心事却是二太太这次究竟生个男孩还是女孩，她是不期盼她生男孩的，女人之间，特别是共侍一夫的女人之间，她们的关系很微妙。

产房传来婴儿响亮的哭泣声，女佣风风火火地跑进来，通报二太太那边的情况：“老爷、太太，二太太生了，是个小姐。”

大太太如释重负一般站起身来，对又得了一个女儿的赵庆华说："咱们家又喜得千金，给你的四女儿起个名字吧。"

赵庆华走出厅堂，来到院心，他是很会给女儿起名字的，女儿们的名字都温婉而充满诗意，大女儿叫绛雪，二女儿叫紫霞，三女儿叫绯云，这个四小姐该取个什么名字呢？他开始凝心为新添的小女儿想名字，无意间抬头向东方的天际望去，天空中是一片绮丽多彩的美丽霞光，或许因为昨夜的一场小雨洗净了天空，彩霞分外妖娆，赵庆华面对这片霞光，给自己刚出生的四女儿取名为"绮霞"。

赵绮霞是老爸给赵四小姐取的名字，没多少文化的老妈在产床上也给女儿取了个乳名，叫香笙，意思是这个小女孩是在香港出生的，这个小名一目了然，而且好记，所以，家里人反倒喜欢叫她的小名香香。

富人家的小姐，日子过得奢侈，连名字都多得数不清，除了赵绮霞和香笙，她还有个英文名字是"Edith"。伊蒂丝，很美的一个英文名字，这个英文名字的谐音就是"一荻"，赵一荻的名字就是这么来的。除此之外，她还有个名字：赵媞。也就是说，在赵府，不论是赵绮霞、赵香笙、Edith，还是赵一荻、赵媞，都是这个赵家小妞的名字，叫哪一个她都答应。后来，家人亲友也觉得她的名字太多太麻烦了，大家索性这些名字都不叫了，只唤她赵四，外面的人则称她赵四小姐。

赵家的小姐们有强大的经济作支撑，都有着大家闺秀的范儿。

她们的老爸赵庆华在官运上正春风得意走上坡路。

赵庆华祖籍浙江兰溪市灵洞乡的洞源村，据说是南阳赵氏的分支，很有历史渊源。但是，祖祖辈辈没做过什么大官，也没有什么惊天动地的成就，到赵庆华爷爷赵树人那一辈算是比较有出息的，混了个清朝的监生，赵庆华的老爸赵定鳌子承父业，也是清朝监生出身。监生一般是在国家最高学府国子监上过学的学生，清朝成为监生的途径多种多样，至于赵庆华的爷爷和老爸是用什么途径上的国子监，就不去考证了，反正他们都是当地有着高学历的文化人。

作为当地的高学历文化人，观念自然不同于没文化的乡间野佬，他们最与众不同的做法就是把十二岁的赵庆华送进香港的“拔萃书院”读书，三年之后，又鼓励支持他考进了在当时很前卫的学校和专业——两广电报学堂，毕业后分配到清朝的邮传部工作。虽然不过就是邮传部，但也算是在中央直属部门工作，算是京官了。首先他运气好，总能遇上贵人相助，从邮传部的小办事员做起，他工作认真，哪一步升迁都没有落下他。几年时间就混成了处级干部，后来得到邮传部尚书唐绍仪的提携，以七品小京官的身份出任广九铁路代理总办。也就是说他年纪轻轻就成为北洋政府交通系统的官员，历任津浦、沪宁、沪杭甬、广九等铁路局的局长。那时候交通系统的首领是梁士诒，赵庆华就属于梁士诒这条线上的。后来梁士诒被张作霖推荐出任内阁总理，他立即把当年追捧自己的小弟赵庆华提拔到了交通部次长的位置，赵庆华还曾经担任过交通银行经理、东三省外交顾问等职。

这一切不仅仅是光宗耀祖，也让赵家直接进入了中国达官显宦之列。赵庆华从事的这些行业都是肥缺，银子挣足了，他也有着中国人乍富之后的一个共同毛病——置房子置地。他在京津港三地购置了多处房产，还在京郊八大处修建了西山饭店和两处自用的小别墅。

在这种优越的家庭环境中长大的赵一荻是那个时代真正的白富美。她的童年生活幸福而快乐，不像现在的孩子们一样有大量的补习班。老爸赵庆华忙于自己的工作，老婆孩子的事情他是顾不上的，吕葆贞一来养了一帮孩子不可能一一顾得上他们，二来她一个丫鬟出身的女人，也不懂得怎样用新式教育的方式来教导孩子，教育孩子的事就交给了家里的专职工作人员来做。

在香港生活期间，赵一荻接受的启蒙教育基本上都是在家庭内部完成的。对于她的出生地香港，她几乎没有什么印象。民国六年春天，赵庆华在政府内阁任职，把家从香港迁到京城。于是，赵一荻就在六岁那年随着父亲和家人来到了遥远的北方。

春天的北京依然春寒料峭，但是，这里的一切都与香港不同。赵一荻感觉很新奇，他们被安置在北京阜成门外的赵家老宅里。这里不但气候与香港迥异，城市的风景、房子的建筑风格都和过去的家完全不一样。赵府过去曾是清朝某个贝勒的住宅，建筑风格高端大气，赵庆华当年在邮传部工作的时候，置下了这座宅院。

搬到新家，大人们忙着收拾行装，赵一荻和哥哥姐姐们在院子里撒欢儿玩耍。与阴柔的南方相比，她似乎更喜欢这粗犷的北方，这里的沉稳大气让这个不谙世事的小女孩感觉发自内心的安宁和快乐，她莫名其妙地喜欢上了这个刚刚结识的北方，喜欢上了这里的刚刚有了些鹅黄的宫墙柳，喜欢上了这红墙绿瓦的另类气息。

门口有一些小玩伴，在外面跑来跑去，他们说着字正腔圆的京腔，天上有鸽哨呢喃，赵一荻站在家门口怯怯地看着他们。

她一下子就喜欢上了这北方的风情。

那时候，她不知道，在更加遥远的北方，有一个东北男人将是她一生的挚爱。同一个时空下，张学良正在父亲张作霖的军中服役，他已经成为一名少年军人了。当名叫赵一荻的这个六岁女孩正在为初到北方而感到新奇的时候，张学良已经是新婚不久的小军官了，他正春风得意地做着青春少年的美梦，梦想着成就一番伟业。

致青春，典雅纯洁的娇美女生

在京城没住上多长时间，赵庆华一家就搬到了天津居住。

这样搬来搬去确实很麻烦，孩子们刚刚熟悉一个新环境，交上一帮新的玩伴，自然是不愿意搬走，赵庆华更不愿意这样不断地搬家，但是他也没办法。1917 年 6 月，张勋复辟回到京城，那里又变成了废帝溥仪的天下，赵庆华在北京待不下去了。好在他在天津还有宅院，就拖家带口搬到了天津的家。之后的一段岁月，赵一荻就是在天津度过的，度过了她的少女时代，度过了她的美好青春。

政治上的风风雨雨影响着赵庆华，他的工作虽然专业性很强，但是从参加工作那天起，他的命运就是依托政治而生存。政治有风险，从政需谨慎。这个道理他懂，却只是无奈。对于玩政治的人来说，如果站错了队跟错了人，那就犯了方向性错误。赵庆华躲在天津，静观京城之变。

张勋复辟的闹剧没上演几天，就以失败而告终，段祺瑞再次出任北洋政府的内阁总理，赵庆华的政治生命又有了活力，他被新政府任命为邮传部邮政司司长。

去还是不去，他在犹豫中，按照对外的说法，他是厌倦了官场的浮沉，其实他有自己的想法。他并不是特别看好段祺瑞，怕过不了多久老段又被人家轰下台了，他落得到处东躲西藏的下场。

赵一荻到了上学的年龄了，她被送进天津法租界的浙江小学。这所学校的旧址就在今天的天津市河北路小学那个地方，始建于1910年，这是浙江人在天津开办的一所私立小学，许多在天津做官的经商的浙江人，都把孩子送到这所学校读书。赵庆华身上有浓重的故乡情结，他也把最小的最疼爱的女儿送进了这所学校读书。

学校建在法租界深处，看上去是很隐蔽很安全的。

入学的时候，赵一荻刚刚七岁，牵着家人的手走进学校，她从此开始了在天津这座城市的生活。

20世纪20年代的天津是非常前卫的大都市，很有些副首都的感觉，不但经济发达，商业繁荣，政治上也有着独有的魅力。许多显赫的大人物，都把天津当作自己家的后花园，他们喜欢在京城工作，在天津居住。与京城沉闷的政治氛围和古老的人文氛围比较，天津更现代，更罗曼蒂克一些。那时候的天津是达官贵人们的乐园，是真正的宜居城市，这些高官和富商形成了稳固的上流社会圈子。特别是法租界，直、皖、奉系各路大军阀的别墅和公馆都建在那里，袁世凯在那个地方有楼房，山东军阀张宗昌、淞沪军阀卢永祥、直系军阀孙传芳也在法租界建有别墅。

无数像赵一荻这样的官二代富二代集结在天津，在赵一荻就读的那所小学，随便拎起一个孩子，没准他的爷爷或者爸爸就是民国历史上举足轻重的人物。

在天津浙江小学，赵一荻却没有真正完成小学学业。

1922 年春末夏初，安静的天津城骤然变得不安静了。直系军阀和奉系军阀开战了，炮火虽然暂时还没有打到城里来，却时时能听到远处传来的隆隆炮声。人们都不敢送孩子去学校上学了，谁知道炮火会不会烧到津城，谁知道学校是不是保险。

当然学校不会就此停课，只是部分孩子不去上课了，赵一荻也在其中。

那年她十岁，已经长出了美女的雏形，身材瘦削颀长，白净俊秀，无论什么样的衣裙，穿在她身上立即显出与众不同，她与生俱来的大家闺秀气质随着渐渐长大越来越浓郁。她不想休学，想继续去上课，家里人都不同意，说那样太危险了。

闷闷的，她待在家里无所事事，每天在固定的时间跟着家庭教师练练琴，学学英文、美术什么的。她弹琴的姿势很美，姐姐们都有些嫉妒她，这个小妹就像一个小女妖，小精灵，不但长得美，学什么会什么，冰雪聪明。家庭音乐老师刚刚教完一个曲子，大家还在学习和练习阶段，她已经能弹得像模像样了。还有那不好学的英文，她却一学就会，甚至能和老师熟练对话了。

在别的兄弟姐妹们课后复习的时候，赵一荻会独自坐在一旁慵懒地发呆，她的表情看上去比同龄的女孩子更成熟一些。妈妈闲着没事的时候，会做些缝纫编织之类的手工活打发时光，她本来就是劳作女儿出身，即使成为了富家太太，也忘不了自己的本色，这个时候，赵一荻会抢过妈妈手里的活计，帮她缝几针或者钩几针，妈妈惊诧于小女儿在女红方面的无师自通，她居然也能把缝纫做得很有几分样子。于是妈妈常常对其他的女儿这样说："看咱家香香，就是头脑灵光，心灵手巧，学什么会什么，比你们这些做姐姐的都强。"

姐姐们扁着嘴酸酸地说，你的香香哪儿都好，我们哪比得上她啊。

第一次直奉战争断断续续打了两年，枪炮声有时候会紧密一些，也会有相当长一段时间安安静静的，赵一荻就以为战事已经过去了，吵着闹着要去上学。家里人就安慰她，不急，再等等看。过不了多久，又有零星的枪炮声响起在远方的天际，那声音像是过年时候的鞭炮声，赵一荻就又安静下来，她知道，老爸不会永远让她在家休学的，总有一天她还会回到学校去。

东北张作霖的奉军占领了天津，张作霖这个名字是休学以来赵一荻听到最多的，她只是知道自己的休学和这个人发动战争、占领天津有关系，岂能料想几年之后自己会和他的儿子有了扯不断的干系。张作霖的背后有日本人撑腰，带着他的军队一路打过来，天津城有他的驻军，京津一带都有奉军驻扎着，为了安全起见，有一些家底的富户都开始往租界搬，乡下的地主土豪们也涌了进来，天津的各国租界却因为这场战争更加繁荣昌盛，天祥市场等大商场兴建起来。

在家人的陪同下，赵一荻会经常逛逛商场，买一些女孩子需要的东西。从人们的回头率上看，十一二岁的赵家四小姐已经长成了倾城小美女，她亭亭玉立，秀雅端庄文静，有南国女孩的纤秀婉约，又有北国女孩的落落大方。

赵庆华觉得这样让小女儿总是宅在家里也不是办法，第一次直奉战争已经稍稍消停了，该让她重返校园读书了，如果总是这样下去，四小姐就会变得性格孤僻，很难再融入到社会中。民国不同于封建社会，女孩子将来还要在社会上抛头露面，一个性格孤僻，没什么见识的女孩子，将来难嫁到好人家。

1923 年，已经十二岁的赵一荻重返校园读书。

她不能再到天津的浙江小学读小学了，像她这个年龄段的女孩子，都该上中学了。赵庆华决定让她直接读中学，赵一荻成为了天津法租界的中西女中的中学生。中西女子中学就是今天的天津市长征中学，当时是一所教会学校，教育的方式和内容都是新式的，这里的教学模式不但在天津算是前卫的，在全国的中学中，也算得上靠前的。

对于跳级上中学这件事，家里人唯一的顾虑是她能不能跟上班，赵一荻却没有任何心理压力，她很自信，相信自己能行，在休学的两年时间里，她一直没有中断学习，她自学了许多课程，读了很多书。

实践证明，家里人的担忧和顾虑是多余的，赵一荻不但能跟上学业，成绩还很优秀。

这所学校里，学生们习惯用英文名字。赵一荻的英文名字 Edith 就是这个时候取的，所以说，在这之前我们根本不应当把赵四小姐叫做赵一荻，赵一荻这个名字是之后根据她的英文名字的译音得来的。

赵一荻最快乐的事情是，从此她周围又有了许多伙伴和朋友。她是个性格比较随和的女孩子，大家都喜欢她，于是，她和许多同学成了好朋友，她的朋友很多，一些平时看上去很傲气很不近人情的女孩，也成为了和她无话不谈的闺蜜。对此有些男作家在写有关赵一荻的传记的时候，总喜欢说，因为她天生丽质美丽漂亮，大家都喜欢和她交往。这是纯粹的男性视角，他们根本不知道女孩子之间成为闺蜜互相吸引凭的是什么，男孩子与女孩子交往，总是把女孩的外貌容颜放在第一位，女孩子之间的友谊，很少看对方的外表，一个女孩长得再美丽，如果性情上和自己不合，她们也不会把她发展成闺蜜，女孩与女孩之间的友谊凭的是默契。

在中西女中，赵一荻最好的朋友是民国前国务院代总理朱启钤的女儿朱媚筠，这个女孩子因为在家里的女儿中排行老五，被称为朱五小姐，还有天津著名的吴家大院的小姐吴靖，驻日公使陆宗舆的女儿陆静嫣、财政部长李思浩的女儿李兰云等。

这些女孩子的家庭都非常有背景，不是高官的女儿，就是富二代，共同的家庭背景和业余爱好，让她们成为无话不谈的至交，后来她们都成为民国年间的名媛。

在学业上，她们的学习成绩良莠不齐，在对美的追求上，她们却非常一致。中西女子中学因为是教会学校，不像其他女校的女学生那样要求统一服装，不必穿那个年代整齐划一的白衬衫黑裙子，这个学校的女学生们个个打扮得青春靓丽时尚，很罗曼蒂克、很拉风、很摩登、很前卫。

赵一荻天生爱美，她对时装的定位是，典雅大方但须前卫，却不盲目跟风。她是个纯洁的娇美女生，那时候，天津女孩最流行的发式是剪短发，就是那种看上去很清纯的女学生头，齐耳短发，显示出女孩子青春的纯美，大街上顿时出现了无数留着短发的年轻女子，这里面不单单是女学生，也有追求时尚的少妇和其他爱美的女子，头发是不是敢剪是衡量一个女孩子对时尚是不是敏感的风向标。赵一荻闺蜜圈里的几个小姐妹也商量着把自己的头发剪短，大家商量好之后就回家实施了。

赵一荻这样的家庭，是不会在小女儿剪头发这件事情上为难她的，这样的事情父亲甚至都不过问，母亲又是那样一个贫民出身的女人，她更不愿让女儿在任何方面输给别的女孩子，既然当下最流行的发式是剪短发，那你就把长辫剪掉吧，不能让别人说女儿有一个丫鬟出身的老妈，就把女儿打扮得像个下人似的，而且，她觉得她的四小姐剪什么样的头发都好看。

反倒是赵一荻的好朋友吴靖在这件事情上遇到了阻碍。其实吴靖姐姐妹妹好几个，大姐和小妹都已经把辫子剪掉了，不知道那姐妹几个是没和妈妈商量，还是当时赶上妈妈心情好没阻拦。到了吴靖要剪短发的时候，妈妈突然对这个女儿严厉起来，坚决不许她把头发剪短。眼瞅着中西女中自己的几个好朋友都已经把头发剪短了，吴靖一是觉得自己没面子，二是觉得自己输给了那几个姐们儿，回到家就伤心地哭，最后还是爷爷心疼孙女，替她做主，把辫子剪掉了。后来，这个名叫吴靖的女孩嫁给了赵一荻的六哥赵燕生，成了赵一荻的亲嫂子。

民国年间上层社会的闺蜜们也活得很洒脱，她们和现在的女孩子一样，一起疯，一起玩，偶尔也一起干点儿小坏事。这帮女孩子经常拉帮结伙泡舞厅，夏天游泳，冬天溜冰，暑假一起去北戴河避暑。

那时候她们还不太懂得爱情，但是每个女孩子都隐隐有了心事。

那时候，美少女赵一荻还没有遇上少帅张学良。

舞厅里的甜蜜小仙女

十四五岁的赵四小姐长成了一朵花。

正是如花的年纪，赵一荻不想长成一朵花都不行，她拗不住自己生长的方向。她长得像谁呢？父亲长得没有这么精致，母亲长得没这么秀气，她唯有像她自己。

赵一荻是赵家的小公主，被一家人宠着捧着。她并没有因为别人百般呵护而变得飘飘然起来，少女赵一荻表现出了极高的素养，一切那个时代大家闺秀应当具备的涵养她都具备，她优雅的外表下是善良的本性和能包容、隐忍的大家女子风范，这样的女孩子一般都会有一个美好的未来，比如嫁给一个性价比很高的男人，进入有名望的官宦之家做官太太，或者未来嫁给一个富商。

民国年间对上层女人的要求已经不再是三从四德之类的要求，做一个合格的官太太或者富商太太，不但要优雅美丽，有较高文凭，还要在社交礼仪、艺术修养，以及政治智慧上过硬，这已经不是赵一荻老妈吕葆贞的那个时代，凭着一个淳朴善良能干的丫鬟身份，就可以马马虎虎当上二太太。大家闺秀必须多才多艺，太矜持了不行，比如，到社交场所和人们进行必要的交流，学会跳交际舞是很有必要的。

赵一荻骨子里是喜欢安静的，她娴静的样子很可爱，一副静若脱兔的娇憨，很惹人爱怜。妈妈吕葆贞已经远远被时代抛在了后面（她一生从来就没在时代最前沿混过），她从来没进过什么娱乐场所，而且那时候适合她们这个年龄段女人的娱乐项目就是传统的娱乐消遣，听听相声、大鼓等曲艺节目，看看评戏、京戏等戏剧，即使这些中老年妇女喜欢的娱乐项目，吕葆贞也不感兴趣。她本身就是南方人，对北方的这些东西不甚懂。吕葆贞不知道当下怎样把小女儿培养成全面发展的高品质大家闺秀，只好把培养赵一荻做一个合格的未来大户人家太太的重任交给了赵一荻的姐姐们。

姐姐们有的已经出嫁了，凭着过来人的经验和教训，她们觉得，小妹有必要去舞厅里混混，学会跳交际舞是上层太太小姐的一项重要的必修课，你可以跳得不够精炼，但是必须要会一点最基本的技法，才不至于在社教场合一败涂地。赵一荻的一切硬件设施都已经很过关了，如果最后输在这些软件设施上，就得不偿失了。

20 世纪 30 年代的天津是中国第二大商业城市和北方最大的金融商贸中心，南方的繁华在上海，北方的繁华看天津，因为紧邻北京，天津这个国际大都市不仅有商业上的意义，还有浓烈的政治色彩。

此时，跳舞已成为天津上层人士最摩登的象征，那时候的天津上层人士如果不会跳一点舞，就会被人们看作土老帽。交际舞最盛行的时候，连清朝的遗老遗少都跃跃欲试，想一试身手了。

末代皇帝溥仪落寞之后，曾带着他的皇后婉容和淑妃文绣以及一大群旧臣遗老来到天津，在和平区鞍山道 70 号的天津静园居住。这个亡国皇上在丢弃了大好河山之后，心理素质还是很不错的，他带着美丽的婉容皇后经常到国民饭店、惠中饭店的舞厅里跳舞，舞曲是西洋音乐。溥仪的探戈跳得很好，他很陶醉于这种状态，有时候一跳起来就忘记了时间，常常通宵达旦地泡舞场。跳舞的时候，他还要显示曾经的皇帝范儿，一定要成群结伙带上他曾经的旧臣们给他护驾，这些遗老遗少们可没有他们的旧主子那样观念前卫，他们哪里接受得了这个，哭着喊着劝皇上自重，在他们的呼吁下，还曾经在天津掀起过一场轰轰烈烈的禁舞风波，引发过“跳舞与礼教”的大讨论。这种声音很快就被势不可挡的新潮流淹没了。官僚买办、洋人富商这些新兴势力根本不理会什么禁舞不禁舞的，该怎样跳还怎样跳，禁舞闹剧不了了之草草收场，跳舞风气在天津更加盛行起来。

那时候最著名的娱乐场所就是今天天津的小白楼一带，民国年间的天津人习惯性地把这里称作俄国城，因为这里有许多俄国侨民，他们不但在这里开了大量的商店、饭馆、酒吧，还建了许多红红火火的娱乐场所，主要就是电影院和舞厅，北京影院的前楼是圣安娜跳舞厅，影院北边还有一家小型但是精致的舞厅。国民饭店里的安琪儿舞场和日租界屋顶的巴黎舞场算是规模最大，名气也最大的，这些地方一般人是不敢去的。

天津的舞场最热闹的时段是夜晚。

华灯初上，擅长交际的少女少妇们打扮齐整了，衣香鬓影风情楚楚地出现在舞场，舞场里的夜生活丰富多彩，刚刚开放起来的民国男女们拼命地贪婪地享受这与以往任何时代都不一样的生活方式，他们有时候会从夜幕降临时分一直玩到黎明，这些通宵娱乐的男男女女的生活规律完全颠倒了，白天睡觉、晚上娱乐成为某些人的生活常态。

舞场就是天津上层女子展示美丽的一个平台，佳丽名媛们穿上自己最时尚最流行的时装，用上最高级的香水、香粉，带着浓烈的芬芳涌进来，美丽和女性魅力就是她们征服男人的砝码，就是她们的生产力。在这灯光变幻莫测的舞场中，人生也好似一场舞，那些年轻女孩子，说不定就能遇上一个让自己心仪的上层社会的好男人。小姐们到这里来的时候，目的性一般都很强，她们都想在这里钓到一个金龟婿，而且这并不是不着边际的梦想，不少女孩子就是这样嫁出去的。

凭着赵一荻的条件，她是不用在这种场合，用这种方式去推销自己的。姐姐们之所以想把她带进舞厅，是想让她学会一门技艺，多一些社会经验，长长见识。

赵一荻在这之前也曾经参加过一些社交活动，都是和中西女中的闺蜜们一起去的，很少和家人一起出席社交场合，舞厅更是进得不多。有时候父亲有带着女眷们参加各种舞会宴会的机会，赵一荻总是躲得远远的，家里来了客人需要女眷们陪同应酬，她这个最小的小妞也总是倚小卖小，没有人怪她，因为她最小，而且确实年岁也还小。

当家里人回过头来再认真审视这个四小姐的时候，觉得她的模样其实已经长成大姑娘了，像他们家这样有一些社会地位的小姐，是不能被人小视的。

几个姐姐就开导小妹：去见见世面吧，不会跳舞怎么行呢？

赵一荻对姐姐们的劝，并不以为然，不会跳舞不也活得很好吗，我为什么要学会跳舞呢？

那时候，她对跳舞确实是不喜欢，甚至有些抗拒，但是她很给姐姐们面子，不好意思说得太明了，怕姐姐们下不来台，她是个做事历来喜欢替别人考虑的人。

赵一荻拒绝姐姐们的借口总是“我功课忙，还有没做完的作业”。

姐姐们后来在舞场中偶尔会碰到中西女子中学的一些女生，赵一荻说要做功课的日子里，那些女生给出的答案是今天根本没功课，她再以功课忙为借口就不管用了。

于是，她便实话实说，说自己对跳舞不感兴趣，有跳舞的时间，还不如多读几本书。她说这些话的时候，一脸的安静纯美，让姐姐们拿这个纯真的小妹没有一点办法。

大姐已经出嫁了，平时不怎么回娘家，姐妹关系再好，毕竟不是一个妈妈生的，对这个最小的妹妹不好太勉强，在她看来，晓之以理动之以情就足够了，这个小妹不开窍她也没办法。

二姐和三姐是她一奶同胞的姐妹，她们说话更随意一些，说得轻一些重一些都无所谓。这两姐妹经常去舞厅，她们打扮得很潮很华美，每每在舞场中都能成为中心人物。二姐和赵一荻长得有几分像，三姐长得相貌上有些像妈妈，当然比妈妈秀气多了。

姐姐们经常去的一个地方是天津的蔡公馆。

蔡公馆的主人叫蔡绍基，清末民初曾担任过北洋大学总办、天津海关道台，他曾经在国外留过学，喜欢热闹，热情好客，经常在自己的公馆内举办私人舞会，成为名门闺秀、富家子弟的社交场所。蔡公馆的舞会不是随随便便什么人都可以参加的，人数上有限量，另外每次举办舞会的时候都要发放请柬，只有够层级的人，才能接到蔡公馆的请帖。

赵家的小姐们是经常被邀请的那一类人，依照她们老爸的社会地位和社会威望，她们是上流社会的女孩子。

参加蔡公馆的宴会是一种身份和荣耀的象征，这个名额太珍贵了，赵家的小姐们为了准备参加这场舞会，逛了半天街替自己挑选了最称心如意的时装，又拿出半天时间认真悉心打扮，本来都是美女，经过一番细心的捯饬，一个个光彩照人。

她们自己提前准备好了，时间还早，太阳还高高地挂在天际。那天是周末，赶上四妹赵一荻没去上课，正坐在自己的闺房内捧着什么书津津有味地读着，娴雅美丽再加上浓浓的书卷气，她坐在那里像一幅绝美的油画。姐姐们不约而同地想到：这次应当带上小妹。

她们把四妹唤出来，言说她们要去参加蔡公馆的宴会，赵一荻没有变表现出一丝艳羡，只是淡淡地说：去就去呗，都打扮好了，为什么还不出发？

二姐说：等着你呢。

赵一荻灿然一笑：那你们就安心等着吧，没别的事我回屋看书去了。

三姐拉住赵一荻，把她按在梳妆台前：这回可由不得你了，我们绑架也要把你绑架去。

两个姐姐要用强迫的方式逼着她就范。一个给她化妆，一个给她去找衣服，忙前忙后的。

三姐帮赵一荻化的妆已经完成了，妆后的小妹如出水芙蓉般清丽可人，赵一荻长这么大还是第一次化这样的妆，梳妆镜里的那个少女美丽得令人窒息，她都有些认不出自己了。

负责给她找衣服的二姐却是两手空空失望而归，从赵一荻的衣柜里，根本找不出可以参加舞会的服装，她的那些衣服太学生气了。二姐只好从自己的衣柜里翻出几件衣裙让赵一荻穿。赵一荻瞥了一眼姐姐的服装，扭着身子说：你的这些衣服我一件都不穿，多俗艳啊，要是让我穿成那样我可不去了啊。

三姐赶紧给二姐递眼色。二姐重新在赵一荻的衣柜搜索了一遍，选了件淡紫色的荷叶边的连衣裙让她换上。

装扮一新的赵一荻像个小仙女。

那个夜晚，在蔡公馆，赵家姐妹的出现成了整个舞会的一个亮点，特别是清纯秀丽的赵一荻，给了大家眼前一亮的感觉。她坐在舞厅的角落里，静静地喝咖啡，不管是谁来邀请，她都微微一笑，给予婉拒。

此时，这个舞厅角落里的甜蜜小仙女显得很神秘，更加撩拨起青年男子们的好奇心，他们都在悄悄打听：这个温婉可爱的小女生是谁家的小姐？

妩媚在《北洋画报》的封面女郎

有了一次走进舞厅的经历，赵一荻觉得舞场并不像自己想象的那样面目狰狞，女人们虽然妩媚风情，却很有分寸，男人们基本上都彬彬有礼，很有谦谦君子的风度。后来赶上自己空闲的时候，姐姐们要带她去舞场，她也不再抗拒了，甚至还学会了一些最简单的舞步。姐姐们都称赞她很有跳舞的天分，一上场伴着舞曲就知道是什么舞，走什么样的舞步，而且舞姿优美，跳得像模像样的。

学会了跳舞的赵一荻无论是眼神和身段都多了一些成熟女性的妩媚，其实那年她也不过十五岁的年纪，着实还算是个小女孩。在今天，这个年龄段的小孩子还在上中学，还在迷恋温馨的粉红少女装，还在向爸爸妈妈撒娇。民国时代的女孩子虽然已经挣脱了许多封建桎梏，但是，嫁得好还是她们最好的人生选择。在出嫁之前，她们读书，培养各种爱好，貌似社会大环境已经给了民国女性很多展示自己的机会。其实，这些都不过是铺垫，是在为她们将来嫁一个好男人做铺垫。

赵一荻的大姐赵绛雪算是嫁得不错的。

赵大小姐是个美人，她的郎君叫冯武越，广东番禺人，是任中国银行总裁冯耿光的儿子。冯武越少年时代就留学法国，著文立说、写字画画都很精通。

虽然冯武越少年时代就很文艺，但是他老爸并没打算让他成为文艺青年，辛亥革命那年，十六岁的冯武越被送到法国，然后是比利时，他在国外学习的是航空和无线电这些在当时中国人眼中最先进最前沿的新领域新技术。学习结束后，他也没急着回国，而是在欧美各地一边游玩一边实习。对他来讲，旅游也算是实习了，在海外的一切见闻都是新奇的，都是一种学习。回国后，冯武越在航空界工作了一段时间，后来成了张学良的法文秘书。

张学良骨子里喜欢洋派，喜欢新潮，对冯武越这个法文秘书很赏识和器重。冯武越在张学良手下任过东北航空公署设计主任和东北文化社主任等职，那时候他虽然在东北军任职，但属于文职官员。

冯武越和赵家大小姐赵绛雪在 1921 年结婚，婚后小夫妻经常住在沈阳，和家人接触的机会少了。赵绛雪出嫁的时候，四妹赵一荻还不到十岁，一脸的懵懂，根本不知道大姐出嫁是怎么一回事。

后来，冯武越身体有恙，得了严重的脊椎结核病，被病痛折磨得经常直不起腰来，就从沈阳回到天津，想重拾少年时代的旧梦。1926 年，冯武越先是被聘任为《益世报》总监察兼撰述，这种打工仔的身份总是让他有挺不起腰杆的感觉，当然，在生理上他的腰杆本来就挺不起来了，如果心理上不挺起来，会让他感觉更痛苦。于是，1926 年 7 月 7 日他创办了以京津新闻为主要内容的《北洋画报》，这份刊物受到了张学良的资助，也就是说，张学良也是《北洋画报》的股东之一。

冯武越确实是做传媒的天才，他创办的《北洋画报》内容丰富，包括时事、社会活动、人物、戏剧、电影、风景名胜，及书画等，图文并茂，生动活泼。这份报刊有专门的副刊版，可以连载长篇小说，登载随笔、名画、漫画等。

最吸引人眼球的是《北洋画报》每期的封面上都刊登一幅美人名人照片，名人主要是当时的军政界名人，美人的面貌就宽泛多了，戏剧电影界的女明星女大腕，有红遍天下的交际花，有名媛闺秀，也有学校的清纯女生。就这么说吧，只要你够美、够出名、够富，就都有可能登上《北洋画报》的封面。这份报刊在北方的发行量很大，从办刊初期的周刊，到三日一刊，后来改成隔日刊。美女们只要上了这个封面，一夜之间就能红透北方，比她们泡多少次高级舞场效果都好。于是名伶贵妇名媛们纷纷行动起来，想法设法走各种后门上《北洋画报》的封面炒作自己，一旦炒红，便身价百倍。

赵二小姐和赵三小姐都想在舞场里打造小妹，大姐赵绛雪对跳舞兴趣不大，但她也想为培养小妹尽一点自己的力量。看到许多毫不相干的女子为了炒红自己都在争着抢着哭着喊着做《北洋画报》的封面女郎，她突然意识到，如果用这种方式来提高小妹的知名度，比进舞厅的效果会好得多。她把自己的想法告诉了老公冯武越，问他可不可以把小妹的照片放在《北洋画报》的封面。

冯武越毫不犹豫地回答可以啊，凭着小妹的气质和容貌，比往期的许多《北洋画报》封面女郎强得多。这其实不算是走后门，也不算是假公济私，赵一荻明摆着是有这个实力的。答应完老婆之后，冯武越又有些后悔了，就四小姐那不食人间烟火的性格，会不会觉得做封面女郎有损于她大家闺秀的形象，会不会不配合呢？上封面的照片可不是随便找一张什么照片就能凑合的，必须由《北洋画报》的专职摄影记者亲自去拍摄，如果四小姐不配合，这个提议就等于零。

大姐赵绛雪说，我去找四妹谈谈这事。

灿若夏花的日子，赵绛雪专程回娘家去找小妹。

一听说是上《北洋画报》封面，二小姐和三小姐的眼睛顿时都亮了，大姐好偏心啊，我们也想做《北洋画报》的封面女郎。赵绛雪说，你们都是有未婚夫的人了，难道还有什么别的想法？你们就别跟着添乱了，想想办法帮我一起劝劝小妹吧。

那两姐妹答应了一起去劝小妹。她们设想这件事一定难度很大，所以在战略上要重视起来，研究了一套对策和措施之后，由大姐和赵一荻主谈，其他姐妹在旁边煽火敲边鼓。

没想到，大姐刚一开口，赵一荻居然答应了。

那时候《北洋画报》刚刚创办不久，却已经风靡津城，中学里的小女生们都把能上《北洋画报》封面看作一种荣耀。赵一荻不是不食人间烟火的仙女，她也是有几分艳羡那些美丽的封面女郎的，却从没想过自己也会有这种机会。她没有这个信心，虽然身段很好，气质很好，但是她的五官不是那种无可挑剔的绝色美人。如果在生活中就这样看，她很生动很迷人，谁知道上了呆板的画报封面之后会是什么样子？但是，这么好的机会是不能轻易错过的，在整个中西女中，有几个女生上过《北洋画报》的封面啊。

出乎姐姐们的意料，她爽快地答应了，姐姐们怕她反悔，立即让大姐夫冯武越安排摄影记者拍照。

那时候拍照很麻烦，设备还很落伍，补光用的工具还是很原始的闪光粉和镁粉灯，就像我们经常在影视剧中看到的，摄影记者拍照的时候，手持镁粉灯，点燃的时候照相机就“噗”的一下，镁烧着了，闪光灯闪一下，不但有浓浓的烟雾，还会有刺鼻的气味，摄影记者也是这样给赵一荻拍照片的。一天折腾下来，总算给她拍摄了一组照片。摄影师要让她摆出各种优美的姿态，到最后，她都有些不耐烦了，硬着头皮赔着笑脸把最后几张拍完。

照片是黑白的，摄影师要在众多照片中精挑细选，选出一张最满意的照片登上《北洋画报》封面。

最后选中的那张就是最经典的赵一荻照片。她身穿洁白纱质西式公主裙，头上歪戴着宽沿遮阳帽，临水照花般静美地斜坐着，体态婀娜妩媚。这张照片无论是光影的运用，还是人物的形态都无可挑剔，在今天看来依然是精品之作。

1928年赵四小姐时装照

赵一荻很喜欢这张照片，姐姐们对这张照片也很满意，催促着冯武越尽快刊登出来，于是，她的照片很快就在《北洋画报》登出来，她成为早期的《北洋画报》封面女郎。

成为了封面女郎的赵四小姐一夜之间就倾倒众生，成为了天津市面上的万人迷，谁家的女孩啊，这么娇美，这么有风采。小帅哥们打探消息，是想结识这个红粉佳人，有名望的上层人士打探消息，是想让这个俊美的小姐来自家做媳妇。

赵一荻却没有想这么多，她沉浸在因为闺蜜们艳羡而心理满足的氛围中。她没想到这张照片不但改变了她后来的生活，也改变了她一生的命运。短暂的乱纷纷的蜂围蝶阵之后，赵四小姐没想到自己的这张封面照片引起了一个男人的注意，这个男人就是传说中的奉系东北军风流少帅张学良。

因为张学良一直对《北洋画报》进行着财力上的支持，所以，每期报刊出版发行后，冯武越都要给张学良送一份。张学良对这份报刊很喜欢，它信息量很大，张少帅通过阅读《北洋画报》，掌握了许多时政最新动态。当然，风流倜傥的张少帅关心时政的同时，也捎带脚关心一下封面美女，这些美女都很养眼，让他心旷神怡。

张学良经常到天津居住，只要他到了天津，冯武越会亲自登门拜访，同时带上最新出版的画报。

赵一荻的照片刚上完《北洋画报》，张学良来天津了。

这次来，他没什么大事，主要是休闲游，冯武越有了空闲就带着几份《北洋画报》去看望张学良，恰好其中的一期封面就是赵一荻的照片。

虽然过去是上下级关系，但张学良一直很赏识冯武越，两个人的谈话就少了上下级之间的那种隔阂感，显得很随意，像两个老朋友那样谈天说地，说着各种很随意的话题。

说话间，冯武越递上自己带来的画报，说这是新出的几期，请少帅过目，给提提意见。

张学良接过画报随手翻看，草草浏览了一下要闻版，就去看封面的美女。每一期的封面都细细端详，看到其中一份，他停下来，端详了好久，看似无心地问：这是哪里的佳丽啊，这个女子好典雅美丽。

冯武越凑过去一看，正是小姨子赵一荻那张封面照片。

少帅的风流在东北军中是人所共知的，冯武越在他身边工作多年，对他太了解了。冯武越装作接过画报细看的样子，从张少帅手里把那张画报拿过来，故意用不屑的口气说：这个封面是我的小姨子，一个还没长大的小孩子，谈不上美丽。

说着，就把画报放到一边，他心里有些怕，怕张学良真的看上了自己的小姨子，那就麻烦了。张少帅这种以风流著称的男子，家里还有妻子儿女，如果和自己的小姨子搭上什么关系，老丈人赵庆华还不跟他冯武越拼命吗？

张学良看似毫不精心地又把那份被冯武越放到远处的画报拿过去，津津有味地欣赏赵一荻的照片，对冯武越说：你就不要替你小姨子谦虚了，这个女孩子清纯秀雅、身姿婀娜，绝对是气质绝佳的小美女。看你老婆那俊模样，小姨子也错不了。

冯武越脸上挤出一丝笑容，心想：我小姨子长得美不美和你一毛钱的关系都没有。

张学良放下报纸，又开始和冯武越谈别的事，赵一荻的美丽只是一个话题，谈过就不再提了，冯武越也以为这事就这么过去了。

第二章　不倾国不倾城只倾你心

这个哥哥梦里见过

1927年，赵一荻考取了北京燕京大学英文系。

那一年她实际只有十五岁，但是按照中国传统的计算年岁的方法，她算是十六岁了。古代，这个年龄的女孩子就到了及笄之年，原则上算是大姑娘，她出入任何社交场合，都不会招来风言风语了。于是，许多自以为门当户对的人家到赵府提亲，赵庆华谁都不得罪，只是推说小女年龄尚小，过个一年半载再说吧。

虽然不断在拒绝，提亲的人家还是络绎不绝，赵庆华恼不得气不得，人家好心好意提亲，是看得起赵家，如果女儿大了，没有人理睬，那才是真正闹心呢。

一家人商量，倒不如趁着提亲的多，选一个各方面条件都不错的，先定下来，否则错过了大好机会，没准就遇不上条件这样好的了。

从大量的征婚者中经过认真细致的一轮又一轮筛选，初步敲定了一个大户人家的帅哥，家庭条件、年龄、品貌都还和四小姐搭配，和赵一荻商量，并拿出男孩子的照片让她看，她不置可否，单看照片，那少年倒是个帅哥，一切条件都还不错，不知为什么就是觉得还差点什么，还差什么呢？赵一荻也说不好，就是觉得哪儿有些不对劲儿。后来那个男孩和她见了面，实话实说，很儒雅的英俊少年，和他在一起，感觉像两个还没有长大的玩伴，找不到闺蜜们私下说悄悄话的时候说到的男孩女孩交往的时候那种脸红心跳的感觉。

总之，赵一荻就是觉得自己和这个指定为她的未婚夫的少年之间有陌生感，见了几次面，都难让那种感觉烟消云散。

她把这些告诉了自己的闺蜜吴靖，吴靖那时候已经是北京清华大学的女学生了，主攻西洋文学专业，当时正和赵一荻的六哥偷偷谈恋爱，按照吴靖的恋爱经验，赵一荻和那个男孩子之间根本就不算爱情，他们顶多也就是有点好感，不讨厌对方而已。

吴靖问她：你们之间是一见钟情吗？

赵一荻用清纯的眸子盯着吴靖，觉得自己在她面前简直就是一窍不通的小学生。

什么叫一见钟情，反正我不烦他，这算不算一见钟情？

吴靖用近乎鄙视的眼神看着赵一荻，不屑地说：那算什么一见钟情。一见钟情是你一见到他就有这个哥哥我在哪里见过的甜蜜感，想想看，你有过这种感觉吗？

赵一荻茫然地摇摇头，长这么大她还没有对哪个男人产生过这种感觉，或许自己还没找到属于自己的爱情？她突然觉得自己特佩服吴靖，在她眼里，吴靖差不多就是爱情专家了。

吴靖的那个班是清华大学有史以来第一次招女生的班级，

过去清华只招收男生，那一年全校才招了十八名女生，她是全体女生中年龄最小的。因为母亲给她定了一个她不满意的男朋友，娘儿俩闹翻了，吴靖是趁老妈防守不严夜里逃出吴家大院的，所以，她等于无家可归了。她和赵一荻的六哥赵燕生是同班同学，后来不顾家人的反对和赵燕生谈起恋爱，她的自由恋爱让赵一荻很羡慕。吴靖在学校的课外生活丰富多彩，现在身边又有了心仪的男孩，周末就不回天津了。赵一荻却基本上是每个周末都要回去，其实赵家在北京有几套房子，哥哥也在北京上学，她用不着总回天津的家。她却还是喜欢在周末的时候坐上北京到天津的火车，独自一个人往家跑，北京这个城市她是喜欢的，从香港迁到北方她就喜欢上了北京，但是现在这里没有父母的温暖。她未必属于向暖型的女孩子，也许因为还没有找到真正的爱情，时不时她会莫名的忧伤，那些毫无来由的忧伤趁着青春的缝隙偶尔会骚扰她一下。

从北京回天津，还是很方便的，朝发午至，虽然和现在的京津城际列车没法比，在当时就算是很先进很方便的了。

周末回到天津，赵一荻会赖在自己的闺房里慵懒地做一点自己的事情，有时候就半天半天地发呆，她似乎从来没想过要邀自己的未婚夫见个面什么的，似乎那个人不过就是个飘忽的影像，和自己没什么关系。

这大概真的不算是爱情，但是十五六岁的女孩子正在做梦的年龄，她又有些渴望书上读过的那种浪漫的爱情。

无端地轻叹一声，把周末的光阴叹去了三分之一。

那天正好是蔡公馆举办生日舞会，赵家的小姐们又收到了邀请函。姐姐们去参加舞会，觉得小妹周末闲来无事，就一起叫上了她。那天赵一荻反正闲着也是闲着，就陪着姐姐去了。

暮春季节，天气已经很热，赵一荻那天穿了一身裙装。在天津街面上，穿裙装的人还很少，赵一荻就更加给人一种惊艳的感觉，臃肿了一个冬春的厚衣服脱下来，纤细的腰肢如同室外的杨柳一般随着春风生动着，让两个姐姐一顿艳羡：这衣服穿在小妹身上竟这么好看。

赵一荻和姐姐开玩笑：主要是人长得好看。

姐姐们就笑她越来越不知道羞耻了，哪有这样自我表扬的。

因为是生日舞会，那一天的舞会比往日更显热闹，不仅仅是来的人多、层次高，舞会的布局也比以往奢华隆重了许多，好像又新增了几个好听的舞曲，留声机的轻轻旋转中，美妙的乐舞在厅堂内缓缓流淌，有一支曲子很美，一首从没听过的西洋舞曲。赵一荻坐在一个不显眼的角落里，安静地听那首曲子，她的神情气韵，看上去和整个舞场的风格有些格格不入，在这闹腾腾的喧嚣中，她看上去那样娴静那样单纯，那种不着人间烟火的脱俗之美，让人瞬间就能安静下来。

她不知道，此时在不远处，有一个男士正被她这种魅力所感染，他阅美女无数，却很少见到这样有一点书卷气有一点静美又有一点典雅的女孩子，她妆容精致，衣裙时尚华美却不俗媚，这个女孩子他似乎是见过的，他终于想起来的，她很像《西洋画报》某一期的封面女郎，冯武越的小姨子。他不由自主站起身，走到赵一荻跟前，很绅士地邀她跳一曲。

突然有个男士站在自己跟前来邀请自己跳舞，打断了赵一荻的安静，她抬头看有些暗淡却还算柔和的光影中站着的这个人，他个子不是很高大，却风华正茂风度翩翩英俊帅气，和自己见过的那些男子都不一样，特别是他的眼神，和他的眸光碰撞的一刹那，她有一种从没有过的被电到的感觉。

这个哥哥梦里见过，这是她刹那间的一闪念。

这个赵一荻梦里见过的哥哥就是张学良。

当时正在东北军中任军团长的张学良住在天津，他以父亲张作霖第五位夫人张寿懿的名义，在天津租界里购置了一座小洋楼。这座小洋楼总建筑面积一千四百多平方米，整体都是西洋巴洛克风格，不但每个房间都装修得美轮美奂，连楼梯、地板、门窗用的都是菲律宾木料，那叫一个讲究。这套小洋楼是斥巨资买下来的，张学良最青春最辉煌的一段时光，就经常住在这里。他常住天津还有一个许多人不知道的秘密，1924年，他在天津娶了二房太太谷瑞玉，两个人也真心实意爱过一段时间。到1927年初春的时候，这段爱情已经走向尾声，张学良的心里基本上没有谷瑞玉了。他偶尔会到蔡公馆跳跳舞，都是一个人去，从来不自带舞伴。

张学良和蔡公馆的主人蔡绍基是儿女亲家关系。蔡绍基是张学良的三弟张学曾的岳父。有了这层亲戚关系，张学良到蔡公馆跳舞参加一些娱乐活动也就很名正言顺了，人家不是纯粹来娱乐，顺便到这里串亲戚，到亲戚家串门不算玩物丧志。

没想到，在这里，张学良遇上了自己心仪的《西洋画报》封面女郎，世界真是太小了。

通常，赵一荻对邀请她跳舞的男士，都是毫不客气地婉拒的，对这个男士，她却无力拒绝，鬼使神差般就随着他走进舞池。那首天鹅舞步不是她拿手的，甚至她从来没有跳过，和他一起翩翩起舞，却配合得那么默契，跳得那么好，以至于许多人都停下来，屏住呼吸看着他们两个跳。一曲下来，张学良和赵四小姐都有几分恋恋不舍。

赵一荻羞红了脸，坐回自己原来坐的那个地方，偷偷看了一眼刚才和自己跳舞的男士，发现他也正用深情的目光望着自己，他会心地对她笑了一下，赵一荻羞怯地低下头，心跳得厉害，她突然想，这是不是就是吴靖说的那种一见钟情？

风华正茂的张学良

她很想知道刚才和自己跳舞的男子究竟是谁，正好二姐跳完一曲走到了自己身边，她就去问二姐，二姐一副见多识广的样子，告诉她：他就是传说中的东北军张学良张少帅。

对于奉系东北军，赵一荻并没有好印象，或许是因为第一次直奉战争使她无奈休学两年给她造成了一生中难以愈合的心理创伤，第二次直奉战争也是让百姓民不聊生，她对张学良的老爸张作霖有一种反感心理，于是，对这个张少帅她就不像刚见到他的时候那样很单纯地只是一见钟情了。张学良再递过来深情的目光，她故意把脸扭到一边，装作视而不见。

对于张学良来说，自己的多情目光不被女孩子承接，这还是从没有过的特例。这些年，都是各路美女追随他，暗恋他，他很少主动向哪个女孩子示爱。他以为自己送过去一个深情的眸光，对面的女孩就会受宠若惊地承接过去，没想到人家拒绝了，一片美好的深情无声跌落，逆光破碎一地，张学良心里很不舒服，失落地再看她时，她却再也不向这边看了。

被娇宠惯了的少帅是不甘心这样失败的，一个稚嫩的小女子怎敢这样对待自己，男人的尊严，少帅的尊严驱使他顾不上这一切的尊严，站起身直接来到赵一荻面前，旁边有人识趣地站起来给他让了个座。张学良坐下来，先做了自我介绍，然后用语音浓重的东北话对赵一荻说：这位小姐也介绍一下自己吧。

赵一荻被他的幽默和大方感染，觉得自己刚才确实有些无理了，张作霖是张作霖，张学良是张学良，怎么可以把老爸做的事情记在儿子的账上呢。在他面前，她心情很放松，两个人谈了很多，细思量究竟谈了些什么，却又说不清楚。

舞会结束的时候，两个人还在倾心说着话。两个姐姐过来喊赵一荻回家，张学良提出要用自己的车送她们，姐姐们婉拒了，说自己家的车在外面等着她们呢，就不劳少帅送了。

赵一荻恋恋不舍和张学良挥别，这是她长这么大第一次对一个男人恋恋不舍。她的心里有一股甜蜜的、莫名的躁动，她大胆地、有些娇羞地对张学良浅浅一笑，柔声说：再见。

那声再见软软的、甜甜的、柔柔的，把久经情场的张学良搞得魂不守舍。

往外走的时候，两个姐姐怪怪地看着赵一荻，小妹今天这是怎么啦？

三姐说：你不会是看上张少帅了吧？

赵一荻娇嗔地说：三姐你乱说什么？

二姐叹息一声：小妹，你千万别犯傻，对这个张少帅可不能动真格的，听说他有老婆有孩子，还有许多情人红粉知己什么的，如果爱上这样一个男人，是一生的痛苦。

姐姐们的话让赵一荻忍不住笑了：我刚跟人家跳了个舞就

爱上人家了，爱情哪有这么简单啊，胡思乱想，真不知道你们心里天天都想些什么。回家谁也不许在爸爸妈妈面前乱说啊。

姐妹们相拥上了车，三姐悄声说：别说你和他还什么事都没有，就是有事也不敢告诉老爹啊。

那个春风沉醉的夜晚，赵一荻失眠了。

她很少失眠，漫漫长夜，还是有些凉，她拥衾而卧，因为一个第一次见到的男人，她失眠了。辗转反侧，脑子里总想着那个人，从见到他的第一眼起，她就觉得有一种前世见过的亲切感，他莫非就是自己梦中的白马王子？也许姐姐们说对了，她大概是爱上他了。

爱情有这么简单吗？

她反复想求证这件事，她不知道，爱情有时候其实很简单，不经意间，也许你就能遇到自己一生中的最爱，抓住了，这爱情是属于你的，一旦错过，今生或许再也遇不上真正的爱情了。

赵一荻被心事折磨着就是不能入眠，索性坐起来拿过日记本写日记，拿起笔，今天的一切却不知该怎么写，于是她在日记里写道：非常爱慕张少帅，可惜他已经有妻室，命何之苦也！

赵一荻失眠的那个夜晚，张学良却睡得格外香甜，今天他很高兴，和心仪的女孩子跳了一曲，又攀谈了很久，从赵一荻的眼神中，他品尝到一个男人俘虏了一颗芳心的快感。

一种相思，两处闲愁

失眠一夜，第二天，赵一荻又坐上回北京的列车，她返校继续上课。

随着列车驶离天津，她觉得自己昨夜给自己营造的那份沉重离天津越远，变得越来越轻松，她为昨天夜里自己的胡思乱想而感觉好笑，于是自嘲地笑了。怎么可能呢，像张学良那样的人怎么可能喜欢上自己这样一个不谙世事的小女孩？按照年岁，他至少要比自己大十岁，这样功成名就的“熟男”，喜欢的一定也是那些会勾魂摄魄的成熟女子，自己算什么呢，一个青涩的小女生。罢了，罢了，还是那个一点感觉都没有的小未婚夫和自己更般配一些。

这时候，她才骤然想起，自己还有个未婚夫呢，这桩婚姻虽然没有最后敲定，却是父母之命媒妁之言，作为别人的未婚妻怎好移情别恋呢？这样一想，她有些看不起自己了，像她这样的大家闺秀应当守本分才是。在爱情上，活动活动心眼也就罢了，千万别做出让人耻笑的事情来。

回到学校的赵一荻渐渐安静下来，好像什么事也没发生过。事实上也确实什么事都没发生过，一点过眼烟云般的心灵悸动，哪个少男少女不怀春呢，怀春的青春岁月暗恋一下，或者恋爱一回，都算不得什么，更何况她根本就没有到恋爱的境地。

赵一荻安静地上课，安静地和已经集结到京城的那帮闺蜜们频频聚会。偶尔也会想起那场舞会，却已经是记忆中的旧事了。

很快就到暑假了，再回天津，每每出门的时候，她会想，这次会不会邂逅张少帅呢。一直没有再次相逢的机会。直到某一日的一次舞会上，一进舞场，突然看到那个熟悉的身影，赵一荻的血忽地涌到脸上，她才发现，原来自己心里一直没有放下他，自己其实已经爱上他了。

和赵一荻在舞场的再次相逢让张学良很兴奋。

虽然只有很短的时间没见，张学良眼里的赵一荻比第一次见到的时候更楚楚动人了。他毫不掩饰自己的爱慕之情，立即撇下别的舞伴，直奔赵一荻，请她跳舞。这一次，赵一荻大大方方地接受了，两个人不但舞跳得很默契，连眼神都比上次默契了许多。那一场舞，张学良几乎就赵一荻一个舞伴，舞会还没结束，他就告诉赵一荻，今天必须由他送她回家。

赵一荻想说自己要和姐姐们一起回家，没想到张学良属于强硬派的，舞会一结束，就半绑架式的，把赵一荻拥到外面，她半推半就上了张学良的轿车。

这一幕赵二小姐和赵三小姐都看到了，她们相视了一眼，沉默无语地看着小妹上了张学良的车。

这可怎么是好？

赵三小姐的语气中有几分焦虑。

赵二小姐说，是福不是祸，是祸躲不过，说不定他们之间真的有缘呢。

她们隐隐觉得，小妹真的长大了，不但她们管不了了，在感情的事情上连父母都不能奈何她了。

但是，张学良毕竟是有了家室的人，姐妹俩忐忑的是，这事如何向老爸交待，小妹毕竟是她们带出来的。

赵一荻上了张学良的轿车，两个人先是在后排并排坐着，身子挨得很近。赵一荻第一次和一个男人这样近距离地挨坐在一起，呼吸就有些急促了。后来张学良一双温热的大手揽过她纤细的腰肢，赵一荻躲也不是，不躲也不是，有些不知所措，心里慌乱得很。她不敢使劲儿推他，怕动作太大被前面开车的司机师傅发现，半推半就之间，就被张学良掳去了自己的初吻。一吻之间，她几乎迷失了自己。民国时代的女人再开放，因为刚刚从封建思想中走出来，骨子里还有很多古旧的观念。这一吻之后，赵一荻几乎坚定了要追随这个男人的想法。她觉得自己已经被他吻过了，已经和他这样了，自己这辈子就要追随这个男人。

她不知道张学良是怎么想的，她不管他是怎么想的，反正她自己就是这么想的。和张学良目光相触，能感觉到这一刹那他的真情，这个男人的这一点真情足以让涉世不深、在爱情上几乎是一张白纸的赵一荻彻底被他俘虏。隐隐能记起他有老婆孩子的事，至于外界传说的他有多少女人，此时深陷情感中的女子对此都是忽略不计的。天下的女人在爱情上都是这样一种缺乏理性的情感动物，少女赵一荻定是逃不脱这个爱情魔咒的。

卿卿我我的时候，她没提过半句关于张学良老婆孩子的事，没提将来如果嫁给他做大老婆小老婆的事，只是对他一往情深，这是张学良接触过的许多女人中的个例，这个纯真得没有一点城府的女孩子反倒让张学良更喜欢，更不敢随意辜负她，对她的感情多了一份敬畏。

张学良把赵一荻送回赵府的时候，姐姐们早已经回家了。从她那尚有一丝凌乱的发鬓上，姐姐们以过来人的眼光，感觉到了小妹和张少帅之间，已经不仅仅是远远望着的那种互相欣赏，再发展下去说不定会出点什么事。

赵府门口，赵一荻从张学良的军车上走下来的时候，却恰好被老爸赵庆华一眼扫上了，他没看清那辆军车是什么样的，只看到小女儿恋恋不舍地向车里人招手致别，心里就一紧：她不是跟两个姐姐一起出去的吗，怎么被一辆军车送回来了？

赵一荻在老爸疑惑的注视下一闪而过，匆匆回到自己的卧室，她怕老爸多问，如果他问起来她真不知道该怎样答复他。

问不了赵一荻，赵庆华去问另外两个女儿：小妹不是和你们一起出去的吗，怎么自己一个人回来的？还是被一辆军车给送回来的？

赵二小姐和赵三小姐支支吾吾，惊了一身冷汗，只推说小妹因为有点别的事，她们就先回来了，让老爸不要多想。

应付完老爸，她们还要继续劝导赵一荻，当然还是那一套在赵一荻看来，一点都没用的套话。现在，她们的话赵一荻一句也听不进了，这事又不敢告诉父母，只好告诉了大姐赵绛雪。她们现在也后悔，当初让小妹涉足舞场，只是想在这上层达官贵人如云的地方，能为她物色一个年龄相当的官二代富二代，谁能想到她和有妇之夫张学良搭上了，给人平添了这些烦恼。

赵绛雪也不知道该怎么处理这件棘手的事，把这件事情告诉了老公冯武越。

冯武越沉吟片刻说，我已经想到了会有这件事，虽然两个人是在舞会上结识的，但根子还在《北洋画报》的封面上，那天少帅一看到《北洋画报》封面上四妹的照片，眼睛就亮了，就动了心思了。

赵绛雪一听这些，就有些自责：这么说是我们害了四妹？

冯武越摇摇头：爱情上的事情，说不上害不害的，如果他们两个人是有缘人，即使没谁搭桥提供机会，照样能走到一起，任是谁也拆不散。如果他们之间无缘，想撮合也撮合不成，你就别自责了，一切就随缘吧。如果四妹和少帅两个人真心相爱也未必是坏事，依照少帅的身份和气质，完全配得上我们家小妹，真正的郎才女貌呢。

这一次赵一荻再返校的时候，心事就变得沉重了。

登上去北京的列车，越走心里越沉甸甸的，回到校园，连读书的时候都恍恍惚惚的，满脑子都是张学良的影子。

放学后和那群闺蜜们聚会的时候，大家立刻就从她的脸上看出了心事。

她们问她，周末回了一趟天津，怎么连魂儿都丢了？不会是让你那个小未婚夫给勾走了吧？

从她们的笑侃中，赵一荻意识到自己现在的样子很失态。她们猜对了，就是让爱情折磨的，但这爱情与那个老爸给她指定的小未婚夫无关，现在那个男孩子长什么样她都记不得了。一提起未婚夫，赵一荻感觉有些对不住那位少爷，人家如果和别人家的小姐订婚，现在差不多该商议结婚的事了，遇上自己这样的，心猿意马不说，还偷偷爱上了一个有妇之夫，明摆着是自寻烦恼，却走不出这个困境。未来怎样她不知道，她就知道自己已经离不开张学良了。

从暮春到初夏，赵一荻几乎每个周末都回天津。赵四小姐十六岁那年的春天是她一生中最快乐的一段时光，张学良本来就和赵一荻的几个哥哥很熟识，因为喜欢上了赵家小妹，他进一步发展和赵氏兄弟的关系，后来和赵一荻交往的时候，就变得很随意，他不好单独邀请赵一荻出来玩，就让她的哥哥们带她出来，一起打球、聊天，她越来越依恋他。

爱情的快乐和苦恼交织着，赵一荻有了一日不见如隔三秋的强烈思念感，这种感情甜蜜而忧愁。她的眼神中，开始有了只有恋爱的女孩子才有的忧虑，情绪也像所有堕入情网的女孩子一样变得上下波动，刚才一刻还是阳光灿烂，瞬间便会眼泪汪汪。赵一荻和张学良之间的爱情，和一般少男少女的爱情不一样，毕竟，张学良不是一般的青春少年，他在军界是有一定级别一定威望的，不可以太随便。爱上这样一个男人就要做好受感情煎熬的各种准备，比如张学良因为公务缠身回东北了，赵一荻就会有很长一段时间见不到他。电话不能随便打，信不能随便写，痛苦的煎熬下，她感觉自己都快坚持不下去了，心里憋闷得难受，却又无处诉说。

直到某一个午后的课余时间，有人告诉她门口有人找，她以为是过去的同学或者在北京上学的六哥。到门口一看，却是张学良的车停在那里，她一出校门，张学良的侍卫就跑到车门前拉开车门，赵一荻上了车，立即被张学良拥得透不过气来。

想死我了，宝贝儿。

张学良的气息令赵一荻一阵晕眩。

她偎依在他怀里，娇声问：你怎么到这里来了？

张学良说，想你了呗。

赵一荻陶醉在爱情中。自从眼里心里有了张学良，一般男人都难入她的法眼了。那个未婚夫已经被她彻底遗忘了，直到人家找上家门商议成亲时，赵一荻才恍然醒悟，自己的这个未婚夫该怎么打发掉？

一场没有退路的约会

张学良和赵家四小姐的情事已经在津城的上层社会中悄悄传开了。赵庆华耳闻这个消息的时候，他的女儿已经和张学良难解难分。他是一家人中最后一个知道这件事的，别人都知道了，却都瞒着他，主要是怕他生气。张学良是有妻室的人，凭着自家小女大家闺秀的身份，怎么可能嫁一个有妇之夫，去给人家做小妾，当二奶呢？

听到这个消息还有一个比赵庆华更着急的，就是赵一荻未婚夫的父亲，明明赵庆华已经把女儿许给了他们家了，现在外面却风传赵家的四小姐和张少帅好上了，这算是怎么一档子事呢？准儿媳妇还没过门，就给儿子戴上了一顶绿帽子，这样下去的话，将来结了婚还指不定会怎么样呢。

面对赵一荻未婚夫家找上门来讨要说法，赵庆华只能安慰人家不要相信外面的谣言，他心里还是愿意让女儿嫁给这个门当户对的少爷的。

赵庆华家里有三个老婆，四个女儿，对老婆们女儿们，他一般是采取怀柔政策的，很少发脾气。但是，一旦在原则问题上招惹了他，就会发一次大脾气，做事会非常绝。他从那天看到有军车送四小姐回家，就有了猜疑，后来又隐隐感觉小女儿变得和过去不一样，她过去每逢周末都是猫在家里读书，最近却总是打扮得漂漂亮亮的往外跑，偶尔会用一些很昂贵的东西，比如昂贵的手包，昂贵的手表之类的，他在经济上对孩子们是很严格的，他问过二太太吕葆贞，她说她没给过四小姐钱来买这些东西，大小姐赵绛雪也说没送过小妹这么贵重的东西。这让赵庆华很担心，也很生气，女儿大了，做爹妈的真是管不了了。不过，赵庆华是个有涵养的人，他忍着怒气，心想，小女儿不会把这种感情当真，或许只是青春期的躁动，觉得好玩而已，就像她玩一个洋娃娃，玩够了就放到一边了，到时候自然也就消停了。

二太太吕葆贞嫁到赵家二十几年了，很清楚赵庆华的脾气。她也是两头为难，如果坚决反对赵一荻和张学良交往，怕棒打了一对真鸳鸯。她能看出来，小女儿对张少帅是动了真感情的，她虽然出身低贱，却懂得女人在爱情上的缜密心思。自己曾经当过丫鬟的盛宣怀家，盛七小姐的婚姻爱情就是一个活生生的教训，盛宣怀的七女儿盛爱颐爱上了宋氏家族的宋子文，七小姐的母亲庄夫人坚决不同意这门婚事，说宋子文的父亲是教堂里拉琴的，门不当户不对。一段美好的姻缘被拆散之后，盛七小姐大病一场，到现在都二十七八岁了，已经成了过气的老剩女，还没有一点要嫁人的意思。

吕葆贞怕做父母的干涉多了，自己的四小姐也会走向一个极端，她不能用自己的手毁了孩子一生的幸福。经常是话到嘴边，她不敢多说，又无奈地咽了下去。

赵一荻年岁还小，不懂母亲的良苦用心，也不知道自己再这样一意孤行下去，父亲会做出什么决绝的事情。她现在心里眼里谁都看不到感觉不到，只有她的张少帅。

一晃就是夏天了，那一年的盛夏，北方的天气不靠谱地非常炎热，蔡绍基包了两节车要带着一家老小到北戴河避暑，即使一家子都坐进去，连仆人都算上，连一节车厢都坐不满，就邀请了一些亲朋好友的家眷一起前往。

赵一荻和她的那些闺蜜们正好刚放暑假，就相约一起蹭蔡老板家的两节车厢。过去那些年，每年的暑假她们也是在北戴河度过的。她们中的许多家庭都在北戴河有房子，她们会轮流到各家去住，其中朱媚筠家最富有，她爸爸是交通总长朱启钤，在北戴河有五栋房子。

本来赵一荻是舍不得离开张学良独自到北戴河游玩的，那几天正赶上张学良忙，此时他已是东北军第三军团总司令，驻防保定，事情很多，抽不出空陪她，她和女同学们一起出来，也算是缓解一下寂寞。那时候，这帮姐妹们已经知道她和张学良的事了，对他们的这段感情，大家并不是太看好。这些女孩子没有人愿意给哪个男人做二奶，她们从小养尊处优惯了，怎么可能心甘情愿做小？

姐妹们曾经给她出主意：如果你真的爱张少帅，问问他将来会不会娶你，如果娶了你，那个女人怎么办？

赵一荻没有问过这种让张学良为难的问题，她知道依照张学良的人品，是不会随便抛弃他的结发妻子的，是啊，如果是这样自己该怎么办？像妈妈一样一直当人家的小老婆吗？做小老婆的凄楚从妈妈身上她已经有深深的体会，妈妈是丫鬟出身，是吃苦受累长大的，能忍受这份痛苦，但是她这个从小娇生惯养的小姐能忍受吗？

姐妹们的话只是让她清醒了片刻，很快，张学良忙完了公务也到北戴河来了。一见到张学良，赵一荻马上就彻底陷入到甜蜜的爱情中，哪还考虑等待她的将是什么命运。

1927年夏天，在北戴河，张学良和赵一荻的爱情走向成熟，或者更严格地说，赵一荻对张学良的爱情越来越深越来越成熟，在北戴河的那段日子浪漫而美好，他们相依相偎，温柔缱绻地朝夕相处，有时候两个人十指相扣，就那么在沙滩上平躺着，什么都不说，没有一句相互承诺，赵一荻觉得这就是自己愿意相守到老的那个男人。这个天真少女的爱情是纯纯粹粹干干净净的，纯美至臻，不掺一点杂质。

从张学良的眼睛中，她能读到爱和依恋。

他从不对赵一荻承诺，其实，赵一荻特别想从他嘴里听到海誓山盟的承诺，她特别渴望。

张学良是不敢承诺，这些年他身边的女人走马灯一样，此时，他有结发妻子于凤至，他的二房夫人谷瑞玉虽然已经成了名存实亡的弃妇，但还在他的名下。就在他和赵一荻缠绵的时候，远方还有两个女人对他情意绵绵，他在北戴河不能久留，稍后还要去北京会那两个女人，一个是刚刚从法国留学回来的海归蒋四小姐蒋士云，一个是陇海铁路督办王正廷的妹妹，那两个如花的女子也正苦苦等着他去幽会。张学良也知道这样做不好，但是他无力拒绝美女们的投怀送抱，谁让他天生风流呢。

张学良在爱情上胸怀博大，不管心里能装下多少女人，对赵一荻也还是真心的，特别是两个人卿卿我我的时候，他心里眼里脑子里只有这一个女人。两个人很投入地过了几天甜蜜小情人的幸福生活之后，张学良离开赵一荻要去北京了。当然，他对赵一荻说的是去那里办事，绝对不会说是去会情人。

对赵一荻来说，这次的离别更加依依不舍，她流泪了，哭得梨花带雨一般，哭得张学良也有几分心软了。

张学良走后，北戴河的景物在赵一荻眼里失去了一切的美好，留给她的是无尽的哀伤和回味。

没有张学良的信件、电话，没有他的一点消息，她常常坐在海边对着大海发呆，每每听到身后的路上有汽车开过，她就慌忙转身看，以为张学良会突然回来找她。暑假的后半期过得平淡而平静，一直没有张学良的音讯，即使暑假结束，从北戴河回到天津，从天津回到北京上学，还是没有他的任何消息。

因为思恋，赵一荻常常会无端哭一场，恋爱中的女人就是这样脆弱。

之后的日子，因为军机事务的牵扯，因为各路女人的牵扯，张学良对赵一荻的感情是若即若离的，每每赵一荻在思恋的煎熬中几乎绝望，下定决心要斩断情丝的时候，张学良却适时出现，把这段情又续上。对张学良来说，和一个清纯的小女孩谈感情，是不费吹灰之力的，但是对赵一荻来说，张学良就是她的全部，所以，她注定在这场情感中要承受很大的痛苦，有时候甚至是伤害。她苦苦恋着这个有些花心的男人，她的心张学良懂，正因为懂，所以，他不敢像对待其他那些女人一样草率地对待赵一荻。那些女人都是对他有想法的，她们和他之间都是在玩感情游戏，只有赵一荻不是，她是刻骨铭心地在爱着张学良，她不在乎他身外的一切，只在乎他这个人。

到了1928年初夏，两个人的恋爱已经谈了一年多了，张学良去北京的机会更多一些，就经常到燕京大学找赵一荻相会。那时候的张学良正在河北滦州作战，即使战争的闲暇时光，他还能腾出时间找心仪的女人放松心情。这年农历四月十七日，是张学良的生日，那个初夏日他们的幽会主题是两个人一起庆生。约会还没结束，张学良就被侍卫匆匆叫出去耳语几句，回来后，他面色凝重，眼里含着泪水。在赵一荻面前，他故作镇定，极力控制着自己的情绪，对她说，父亲的五姨太张寿懿来电话，家里出大事了，必须马上回沈阳，今生还能不能再见，就看我们的缘分了。

说完匆匆忙忙就走了，赵一荻茫然地望着张学良远去的背影，不知道他所说的大事究竟是多大的事，什么事能把她和张学良的爱情阻断。过了两天，从《北洋画报》上她才得知，1928年6月4日，张作霖在皇姑屯火车站被炸身亡，张学良没有欺骗她，确实是出大事了，不但对张学良一家，对奉系东北军是天大的事，在中国也是一件天大的事。

此时，赵一荻不敢奢想他们爱情未来的命运，心里只是在牵挂张学良，在这样巨大的打击面前，他能撑得住吗，他现在的情况怎么样，身体怎么样，他在吃饭吗，他在睡觉吗？

赵一荻牵挂着张学良，几天下来，人就整个瘦了一圈，暑假从燕京大学回到天津的家，本来就削瘦的四小姐瘦得弱不禁风，让妈妈好生心疼：幺女啊，你这是怎么啦？

她为什么会变得这样，赵庆华知道原因，赵家的少爷小姐们都知道为什么，只有从来不关心时政的二太太吕葆贞不明就里。

对张学良和赵一荻的感情来说，这是一个坎，赵庆华静观其变，也许，经历了这场重大变故，张学良顾不上赵一荻，他们的这场情事就不了了之了，这是赵庆华希望的结局。

刚回到沈阳的张学良，确实顾不上赵一荻了，他没想到日本人如此丧心病狂，敢冒天下之大不韪，炸了父亲张作霖的专列。

在那趟专列上，有奉系军队的要员、日籍顾问，还有张作霖的六姨太太和三儿子张学增。专车从北京车站开出，4日清晨到达京奉铁路和南满铁路交叉处的三洞桥，被日本人安放的定时炸弹炸毁，张作霖被炸出三丈多远，咽喉破裂，随员们死的死，伤的伤，六姨太太被炸掉了脚趾头。张作霖被救回沈阳的大帅府，已经只剩下回光返照，他用最后的气力对身边的人说：让小六子快回沈阳，将来以国家为重，好好地干吧，我这个臭皮囊不算什么。

小六子是张学良的小名。

张学良的真正生日是阴历的四月十七日，张作霖也死在四月十七日，这是巧合吗？人生往往有太多的巧合，这一天让张学良永远记住了，记住了却是永远的悲伤和愤恨，从那一年起，他把自己的生日改了，他不愿在父亲死去的日子欢天喜地为自己庆贺生日。

张学良回到沈阳，为父亲突然遭遇不测悲痛，他更加痛恨日本人。张作霖的死，使东北军军心波动，一方面要稳定军心，一方面还要安排父亲的后事，对于这个以风流著称的公子哥来说，这是一场考验。

他挺过来了，把一切都处理得很妥帖。

半年多的时间里，张学良一下子成熟了，苦难催人成长，他成长了，做事稳重了很多。一切事情处理得差不多了，他才感觉到身体很疲惫，已经疲惫到支持不住了。他病倒了，卧床不起。躺在病榻上，回想这几个月来发生的一切，他想起和赵一荻分别时自己说的话。这几个月的时间，赵四小姐过得好吗？他突然有些思恋她，有一种想见她一面的冲动。阳春三月，他给赵一荻发去一封欢迎到沈阳观光的邀请信，告诉她自己病了，不方便远行，如果她有雅兴到沈阳来游览，他将派自己的副官陈大章去天津接赵一荻。

接到这封邀请函，赵一荻决定到沈阳去探望张学良。她回复说近日就动身前往沈阳，这份邀请正是她盼望已久的。

她自作主张，下定决心去赴约，她不知道这是一场没有退路的约会，这次约会之后，一段七十多年的动人爱情故事正式进入高潮。

用心良苦的私奔门事件

忍受了几个月的相思之苦，赵一荻已经有些萎靡了，突然接到张学良的邀请，就像是给她打了一针强心剂，立即变得精神焕发，爱情的力量实在太强大了。二太太吕葆贞看着女儿片刻之间就像是变了一个人，心中也是悲喜交加，她同情女儿的境遇，爱上一个有妇之夫是她的命，人不能跟命争，如果坚决反对她和张学良的恋爱，说不定会出什么大事呢，还是随缘吧。所以，从听到赵一荻决定去沈阳看望张学良的那一刻起，妈妈就开始默默为女儿收拾行装，穿的用的收拾了满满一个行李箱。

赵一荻告诉老爸，她要去沈阳看望张学良，他病了，病得很重。

她的初衷很单纯，她只是想去探望生病的情夫，陪他几天，等他好一些了，她还回天津。

赵庆华沉默了，从听到这个消息他心里就开始不舒坦，他的意思是，让赵一荻取消这次行动，张学良是个有妻儿的男人。

从小就是乖乖女的赵一荻此时表现得异常坚定：我不在乎名分，我爱他，这就够了，爱情上的事情父亲您不懂。

赵庆华长叹一声，老爸即使不懂得新式爱情，可我是个男人，男人的心我还是懂得的，你一个小女孩只看到了男人爱情的表面，更深层次的东西你懂吗？

一家人对这件事都持沉默态度，只有吕葆贞心里是向着小女儿的，偷偷把自己的贴己私房钱拿出来塞给赵一荻，告诉她遇事多长几个心眼，女孩子在这种事情上容易吃亏。

赵一荻泪汪汪地拉着妈妈的手，告诉她自己过几天就回来了。她不知道这一别却是和母亲的永别，从此以后，她们母女再也没有相见。如果知道此生这一分别就是永诀，母女俩一定会抱头痛哭，哭得昏天黑地死去活来。

接到赵一荻的回复，张学良立即派了副官陈大章即刻出发，去天津接赵一荻。让一个没有出过远门的小女子一个人来沈阳，张学良不放心，陈大章是张学良最贴心的秘书之一，这个人办事严谨周到，让他去接赵一荻是最好的人选。

陈大章奉命来到天津，直奔赵府。

事已至此，赵庆华就是再反对也没什么意义了，这真是件闹心的麻烦事。不让她去，看着她日渐憔悴苦受折磨，于心不忍；让她去，一个大家闺秀，私奔到人家府上，这算怎么回事？

对于陈大章，赵府上下不好对人家冷淡，一家人背着陈大章，背着赵一荻，只能偷偷研究对策。他们都表现出非常支持赵四小姐去沈阳的态度，在这个态度背后，他们还有另外一个态度。

那是一趟从天津发往沈阳的夜车，那个春寒料峭的春夜，赵一荻在哥哥们的护送下离开赵府来到车站，她和陈大章一起登上远行的列车。临离开家门前，妈妈姐姐们眼里都是泪，赵庆华的目光中有泪影，却立即背转身去，他不想让女儿看到自己的脆弱。赵一荻也很奇怪，一家人怎么突然变得这样脆弱，自己不就是出趟远门吗，沈阳也不是很远，如果张学良没事，她很快就回来了。

她走出家门，朝身后的家人挥挥手，这一挥，却是永远的挥别，这个家门，她再也没有踏进半步。

列车在夜色中启动，踏上了赵一荻的寻情之旅。她很兴奋，因为很快就能见到自己日思夜想的情人了，一路上她都是亢奋的，在火车行进的铿锵声中，她做着自己幸福的春闺梦，想象着无数种见到张学良时候的情景。

列车到达沈阳站的时候，她没想到病中的张学良会亲自来接她。

她快乐地扑向那个穿着毛呢军装的熟悉却又因为长久不见变得有些陌生的男人，她扑进他的怀抱，明显感觉他瘦了，胡子有些硬有些扎人。两个人紧紧拥在一起，张学良大概觉得赵一荻穿得薄呢衣裙太单薄了，赶紧把她拽到自己的车上，两个人的手一直紧紧握在一起，赵一荻的一双纤手紧紧攥着张学良的手，仿佛怕他再次从自己的手心里走脱。

这不是私奔，却变成了一场私奔门事件。

这场私奔门事件，是赵一荻的老爸赵庆华一手导演的。

赵四小姐一走，赵庆华就在报纸上发表了一份严正声明：

> 四女绮霞，近日为自由平等所惑，竟自私奔，不知去向。查照家祠规条第十九条及二十条，应行削除其名，本堂为祠任之一，自应依遵家法，呈报祠长执行。嗣后，因此发生的任何事情，概不负责，此启。

这份声明里说：四女儿跟别人私奔了，想执行家法，现在找不到人。她以后不管发生了什么，都和家里没有关系了。

声明是发给别人看的，但是，时任北洋外交部副次长的赵庆华感觉单是一个声明恐怕力度还不够，又咬了咬牙，把官也辞了。他这样做的目的有两个，一是给自己一个脸面，凭着自己的高位让女儿和已有家室的男人偷偷摸摸在一起，这是很丢人的一件事；二是给张学良一个心理上的要挟，我的女儿和你私奔这事地球人都知道了，你如果慢待了她辜负了她，大家都看着呢，唾沫星子也能把你淹死。因为赵庆华对张学良不放心，在他眼里，张学良就是一个已有妻室的花花公子，这样的男人一般都没有责任心，对于责任心不强的男人，必须用这种方式逼他就范。豁出女儿的名誉，豁出自己的前途，豁出一家人的声誉来制造一个私奔门事件，赵庆华用心良苦，他断了这对有情人的退路，这是变相逼婚。另外也是给赵一荻已经订婚的那家人家一个说法，是在告诉人家：看到没，我的小女儿已经跟别人私奔了，我也没有别的办法了，你们趁早赶紧另找媳妇吧。

赵四小姐私奔的桃色新闻先是在天津轰轰烈烈地被渲染着，很快沈阳的街头巷尾也都轰动起来，大家都在议论少帅和赵四小姐私奔的事，张学良被这事搞得很被动，曾经问赵一荻这到底是怎么一档子事，赵一荻支支吾吾也说不清。

她是真的说不清啊，事情的原委她一点都不清楚。她也没想到老爸会弄这么一出，她完全不理解里面的良苦用心，只是觉得自己有些委屈，好像自己到沈阳来是事先和家里人沟通策划好了，用一个别无退路的私奔为借口，逼着张学良娶自己。她虽然真心实意爱着张学良，却从没想过在他身上用任何手段，她从来不会使手腕，即使会使，在最爱的人身上也使不出来，如果使了，她觉得那是对她真诚纯洁爱情的亵渎。

事情过去几十年后，透过荏苒岁月，张学良静静地坐在记者面前，回忆那段流逝的时光，他回忆说：

我跟太太认识的时候，她才十六岁。后来，我生病了，她到奉天来看我，她临走时，跟她爸爸说了，说要到奉天看我，她爸爸当时就没吱声，她就拎着个包来到了奉天。他哥哥就借机说她跑到奉天去了，老爷子就不高兴了。后来。老爷子登了报，把她赶出了祠堂。这样她就回不去了。怎么办？弄巧成拙了。本来她跟别人已订了婚了。所以，我说，天下事就是这样，婚姻之事，就是这样阴差阳错的。

张学良把这次私奔门事件称作“弄巧成拙”，说自己本来有太太的，赵四小姐也是跟别人订了婚的，天下姻缘的事情难说哇。从这段话可以听出弦外之音，如果不是赵庆华的这一纸声明，赵一荻这段爱情的命运，和所有与张学良有染的那些女人们是同样的。和所有有着一纸婚姻却又在外面找情人的男人一样，张学良并没有想过要对哪个女人负责到底，他认为不过就是你情我愿玩玩感情，等有一天没兴趣了，这段感情就不了了之了，最终受伤害的还是赵一荻这种痴情的天真无邪的女孩子。

这个弄巧成拙，拙出了赵一荻一生的爱情之路，促成了她对张学良一生的爱情。老爸在报纸上的一纸声明比结婚证都管事，赵四小姐已经没有退路了，她这辈子只有追随张学良了。若干年后，当她明白了老爸的良苦用心，却连说一声谢谢的机会都没有。她投奔张学良后，赵家人搬出了天津的家，父母去了哪里她都不知道，最可怜的是自己的亲生母亲吕葆贞，因为赵一荻的事情，赵庆华把所有的怒气和怨气都撒给了二太太吕葆贞，怨她生了这样一个不争气的女儿，怨她没有教育好女儿，最终把她驱逐出家门，吕葆贞只得去秦皇岛和自己的三儿子赵蔷生一起生活。直到吕葆贞 1953 年去世，赵一荻也没有再见过她。

对于这次私奔事件，去天津接赵一荻到沈阳的张学良侍卫副官陈大章最清楚其中的一切细节，他是最有发言权的。后来，他向世人披露了其中一些真实情况。他说，是张学良亲自派他去天津把赵一荻接到沈阳的，而且她离家时，事先已征得了父母的同意。赵一荻的父母有意将女儿许配给张学良，但因为张学良早已有了明媒正娶的妻子于凤至，就在赵一荻到达沈阳之时，登报声明，与女儿“脱离父女关系”，使张学良和赵一荻都没有退路。

我们可以怀疑戏说等等那些传奇故事的真实性，却没有理由怀疑张学良和陈大章这些当事人还原出的历史的真实性，真实的历史或许就是这样的，一个心疼女儿的父亲，为了让女儿不受伤害，炒作出一个有轰动效应的“私奔门”事件。从此，赵一荻变成了张学良的赵一荻，这个悲情的父亲为了女儿的幸福含泪退到幕后，一生再也没有露面，却一直都在默默关注着女儿。

可怜天下父母心。

第三章　张少帅的N段情史

他说，我并没有怎么追过女人

当年，张学良的风流是有名的。

民国时期有著名的“京城四少”——溥侗、袁克文、张伯驹、张学良。这四个人都是具有传奇色彩的豪门子弟，民国初年，他们的老爸都不是一般人物，于是，京津沪的上层人士就送给他们“京城四少”的光荣称号。

京城四少共同的特点，都长得风流倜傥一表人才，都喜欢附庸风雅，身上既有贵族公子的挥霍、任性、骄奢的花花公子性格，又有纯真的文艺男青年特质，并且每个人都有一段传奇的爱情故事。

溥侗是宣统皇帝溥仪的堂兄，因为排行老五，被尊为“侗五爷”，长得清秀英俊，看到他的照片，今天的少女们立即有了穿越回民国年代的冲动。袁克文是民国总统袁世凯的次子，是袁世凯三姨太金氏生的儿子，他曾经是“太子”的准人选，从小就被袁世凯宠着长大的。张伯驹的老爸张镇芳是光绪三十年的进士，单凭老爸这个进士身份，张伯驹是不会显赫成“四少”的，只因为他们和袁世凯攀上了关系，张镇芳是袁世凯哥哥的内弟，1915年袁世凯称帝，他是站脚助威的筹划者，所以张伯驹的地位就水涨船高了。“京城四少”中，张学良最小，是奉系军阀首领张作霖的长子，人称张少帅。

都说张学良是美男子，在京城四少中，他的容貌算是最差的，但是因为他比其他三位年少，和溥侗这种年长他三十岁的老帅哥相比，年少就是优势，和另外两个小帅哥相比，他老爸张作霖是当权派，这就是最大的优势，凭着这些优势，足以让他胜出，成为女人们心目中最抢手的美男子。

祖籍河北省大城县，出生于辽宁海城的奉系大帅张作霖，一辈子娶了六位夫人（原配夫人赵春桂，二夫人卢寿萱，三夫人戴宪玉，四夫人许澎旸，五夫人张寿懿，六夫人马岳卿），一共为他生了八个儿子六个女儿，张学良是张作霖的长子。对这个儿子，他是寄予了厚望的，他并没有打算把他培养成“京城四少”之一，只是想培养成和自己一样有些霸气和匪气的一方军阀。张作霖自己守着一大群女人，管理这些女人没有他管理军队那样得心应手，他给这些女人分别找了一大帮情敌，彼此之间的羡慕嫉妒恨把她们几乎都变成了怨妇妒妇。其中怨气最重的是三夫人戴宪玉。本来她有一个情投意合的情夫，因为张作霖，她的情夫远逃他乡，弟弟因犯错被张作霖枪毙。成为张作霖的三夫人后，戴宪玉在感情上得到的爱微乎其微，她对生活绝望了，某一日悄悄离去遁入空门，不久便郁闷而死。尽管张作霖有十条家规管理自己的女人们，但是戴宪玉的离家出走和最终凋零，还是让他感觉自己很失败。

在女人问题上，张作霖对于儿子张学良的忠告是不能吃女人的亏。那时候的张学良已经长大成人了，已经和无数女人在情场上周旋过了。一对久经沙场和情场的父子相向而坐，一壶浊酒，几盘小菜，爷俩对斟对饮，这情景不像是一方军阀和儿子的家宴，倒有些像东北普通百姓家盘腿坐在自己大炕上边唠家常边喝闲酒。一般是张作霖喝得多，张学良只象征性地陪着喝一点，等到张作霖喝得半醉不醉正兴奋的时候，跟他说事或者要钱，就都好办了。

那时候，张学良的亲生母亲赵春桂已经病逝了，张作霖最宠爱的五夫人张寿懿总是在旁边陪着，五夫人不多说话，默默地帮着他们爷俩斟酒。

多年来，张作霖难得这样和大儿子坐在一起喝喝酒，唠唠嗑。做老爸的喝到酒酣处，却和儿子把话题聊到女人身上，这是一般人家的父子都忌讳谈到的话题，可见张家父子与一般人不一样。

张作霖教育儿子说：你这小子，你当我不知道你，整天在外面跟女人混。我告诉你，玩女人可以，可千万别被女人玩了。

张学良嘴上答应着，心里说，青出于蓝而胜于蓝，我在女人问题上怎么也比老爸您技高一筹。

五太太没想到张作霖在这个问题上和儿子切磋技艺，一直沉默不语的她讪笑道：你的儿子够坏的了，你还教他呢。

张学良一生在女人问题上，基本上按照老爸的谆谆教诲行事，他自己承认，这辈子他张学良是很好色的，用他自己的话说：平生无憾事，唯一爱女人。他虽然很好色，却并没有怎么主动追过女人，除一两个女人是他主动出击以外，大都是女人主动追他。

他晚年曾写过一首诗：

自古英雄多好色。
未必好色尽英雄。
我虽并非英雄汉。
唯有好色似英雄。

五太太说张学良“坏”，张学良自己也承认，虽然他不主动追女人，不说明他不坏，依照他张少帅的地位和气质，有女人倒追他很正常，人家追你你就来者不拒？感情泛滥的男人难道不够坏吗？

张学良并非天生就是坏孩子，他的坏是表嫂培训出来的。十几岁的少年张学良在还不知道爱情是怎么回事，女人是怎么回事的时候，表嫂的实地教学让他第一次开了窍。在这之前，他对女人是没感觉的，在这之后，他就看不起女人了，至此一生他都不太看得起女人。

张学良有很多表哥，表嫂比表哥多许多倍，因为一个表哥会娶 N 个表嫂。

张学良经常能够看到的这个表哥究竟是怎么弄来的，他也不知道，在少年张学良眼里，表哥是个看不出年岁的酒色男人，在老爸张作霖手下做事，表哥有一房年轻貌美的姨太太，二十出头的样子，生得妖艳狐媚，眼睛带着钩子，只要她相中的男人，无一例外会成为她的感情俘虏。

表哥家离张府很近，张学良十三四岁的时候还是个不懂情事的少年，经常和一帮孩子到他们家去玩。表嫂的美丽并不是让他们喜欢去那里的缘由，孩子们眼里并不在乎女人够不够美艳，他们只在乎那个人是不是可以和他们玩到一起。表嫂属于能和各个年龄段的男人都能玩到一起的女人，只要是男的，她可以老少通吃。

人们都说表嫂过去在窑子里当窑姐，因为容貌俊秀，把表哥的魂儿勾住了，表哥才把她重金赎出来当了自己的小老婆。自从娶了这房小老婆，大老婆就变成了明日黄花，眼下陪在表哥身边的就是这个妓女出身的表嫂。虽然走出了妓院，表嫂没有完全忘记自己过去的业务，还经常用业余时间四处招惹男人，她地下发展的各个层次各个年龄段各个行业的情人，不下一个连的人数，所以她背后有一个很威猛的外号——连长。

张学良也知道人们背后管表嫂叫“连长”，只是不知道这是什么意思。这个女人又不是军人，又不带兵打仗，为什么人们叫她“连长”，他一直都很纳闷。

表嫂虽然是青楼女子，却有着一个很好听的名字，姓林。林黛玉的林，这个姓张学良记住了，名字却很绕口，不像东北许多女孩，叫翠花、小红、秀兰什么的，一下子就能记住。表嫂的名字他一直没有记住，直到后来长大了，认识了一个名叫林徽因的美女，他才突然想起来，好像表嫂也叫林什么因来着，中间那个字他永远也没有想起来。

忘记了表嫂的名字，却永远无法忘记他在她的勾引下失去处男纯贞的那一瞬间。

因为一把香蕉，张学良就被这个比自己大十岁的女人玩了。

香蕉是南方的产物，在东北地区，那时候很少能见到香蕉。在他们认识的人当中，第一个吃香蕉的是总督赵尔巽，不知道谁从南方带回一些香蕉孝敬他，他们家吃完了香蕉，就把香蕉皮扔到家门口的垃圾桶里，那黄灿灿的物件很耀眼，刺痛着邻居们的目光，他们都好奇这家伙偷着吃什么稀奇古怪的好东西呢，于是就有一帮闲人蹲在赵总督家的垃圾桶旁边，用小棍扒拉来扒拉去，潜心研究赵尔巽家的香蕉皮。

于是，能否吃上香蕉，成为衡量一户人家够不够高大上的标准。

有些送礼的就开始选择给某某领导送香蕉。张学良的那个表哥想方设法搞来一盘香蕉，让表嫂给张作霖家送了过去。

这是张府的人们第一次见到黄澄澄的香蕉，孩子们面对这盘香蕉，不知道怎么吃，他们觉得这玩意大概是不能生吃的，应当像烤土豆烤山芋那样，用火烤了吃。

第一次吃香蕉，至于他们究竟怎么吃的就不知道了。张作霖收受了人家的礼物，总要尽快还上，他属于那种不愿意欠别人人情的人。奉系军阀的另一个重权人物吴俊升是张作霖的铁哥们儿，他从吉林带回十几瓶人参膏，张作霖觉得还人情的机会来了，就让张学良给表嫂送几瓶去。

这种事张作霖是不会亲自去的，一则他的身份不合适，二则这个表侄媳妇妖艳娇媚的狐狸精样儿让他敬而远之。其实，这事完全可以派一个家里的下人或者身边的随从去做，大概他觉得让儿子张学良送去更显得尊重人家，张作霖没想到却把儿子送进了这个女人的温柔之乡。

少年张学良想都没想就去了，把东西给表嫂放下，他转身就想回家，却被表嫂拽住，让他坐在她身边陪她坐会儿。

张学良无奈地坐下来，觉得很别扭，他还急着回家去玩儿，并没有心思陪着表嫂说话。一个玩心很重稚气未脱的少年，根本不知道怎么陪一个满目风情的烟花女子说话。

他不咸不淡有一句没一句地说了一些话，觉得这样好累，表嫂的眼神儿也让他受不了，最受不了的是她的亲昵，紧紧挨着他坐着，正是春深时节，衣服穿得很少，身子离得这样近，更感觉到对方的体温。他有意躲闪着，表嫂一点点向他的身体靠拢着，后来这女人居然动手动脚，伸出芊芊素手，捧住张学良充满稚气的脸，问他：你喜欢我吗？

这句话把张学良吓了一跳，他没见识过这样的场面，语无伦次地说：你是我表嫂。

表嫂温柔地在他脸上亲了一口，就笑了：表嫂怎么啦？你念了那么多书，知道纪晓岚吗？清代大才子纪晓岚。

张学良一听表嫂还知道纪晓岚，又觉得这个女人还是有点文化的，连纪晓岚都知道，就稍稍平静了一些。表嫂继续说：纪晓岚说过一句话，生我的，我不敢；我生的，我不忍；其余的，大可不必忌讳。

这个女人是偷情的惯犯，一般见多识广久经情场的男人都招架不住她的勾引，乳臭未干的张学良在这个花痴面前就像是幼儿园小班的小朋友和博士的对抗，他们根本不是一个重量级的。当那个美丽的少妇紧紧搂住张学良的一瞬间，少年的心里一阵激动，下意识地也搂住了那女人纤细的腰肢，那烂熟的充满欲望的热气撩拨着他的情欲，一种男性的本能使他想做一件事情，表嫂在每一道程序上都极力配合他，指引他在几分钟的时间内，完成了从男孩到男人的蜕变。

张学良的第一次，就这样献给了这样一个女人。这一次让张学良非常看不起自己，被一个娼妇调戏，他觉得这个女人实在是一个坏女人，因此他开始看不起女人。

他的第一次就是被女人追，后来在感情经历上，也不主动追求女人。他实在有些怕女人，觉得她们中的一些人，简直就是老虎，根本招惹不得，自己不主动还常常会被纠缠不休呢，如果主动一些，还不知道会惹来多少麻烦事呢。

青梅竹马的“大姐”

于凤至，张学良的原配夫人，他一生中最敬畏的一个女人。这个女人没有主动追求他，也不是他主动追求来的。他们是父母之命媒妁之言，是父母给他们定下的娃娃亲，是青梅竹马的一对小夫妻。

当初定娃娃亲的时候，张学良八岁，于凤至十一岁，这个年龄的孩子还不知道爱情婚姻为何物，就被双方的老爸把他们的一生绑定在一起。

按照张作霖后来的发展，是不至于给儿子找这样一个土财主家的闺女的。当时定亲的时候，张作霖也才刚刚起步，根本预想不到未来的发展。

于凤至的老爸叫于文斗，祖籍山东省海阳县，同治年间闯关东来到东北，在辽源州州府所在地郑家屯开粮栈，后来被推举为当地商会会长。这个靠经商致富的富豪有着中国土财主的通病——怕露富，怕别人惦记他。于是，他就把家安在了百里之外的怀德县大泉眼村。于凤至就是在大泉眼村出生的，本来是一个富家小姐，一出生就变成了村姑。

1908 年，张作霖奉徐世昌之命赴郑家屯剿匪，结识了于文斗，一个是剿匪司令，一个是当地的富豪。于文斗要依靠张作霖的保护，张作霖要仰仗于文斗的支持，两个人互为利益关系，他们成为极好的战略合作伙伴。为了把这种关系的纽带连接得更加坚固，他们用了一种最古老最原始也是最实用的儿女亲家做手段，给他们的一对小儿女定了娃娃亲。也许，张作霖见过于文斗的女儿于凤至，觉得这个俊俏聪明的小女孩将来给自家做儿媳妇，自己的儿子也不会吃亏。特别是后来听人说这个女孩子是凤命，张作霖很迷信，觉得有个凤命的千金小姐嫁给儿子，将来儿子一定会大富大贵。

于文斗并没有见过张作霖的儿子张学良，只是按照虎父无犬子之类的推理，觉得张作霖的儿子大概也错不了，就草草定下了儿女亲事。

于凤至生在乡村，长在乡村，却不像真正的村姑那样没上过学。她五岁就上了私塾，学习成绩一直很优秀。老爸给她定娃娃亲的时候，她还是个小学生。那时候许多小女生都是定过娃娃亲的，所以她并没有觉得这事有什么不妥，只是偶尔有人会提起她的小女婿之类的，她会偷偷想一想，老爸给自己定的那个小女婿长什么样？会不会是个丑八怪？

十六岁那年，于凤至考入奉天女子师范学校，并以优异的成绩毕业。

张学良是在亲事定了两年之后，才知道自己已经成了一个土豪家的准姑爷。那时候，他的母亲已经去世了，他和姐姐弟弟到奉天城投奔老爸，张作霖告诉他自己那年给他在郑家屯定了门娃娃亲。张学良当时就老大的不愿意，他在乡村生活了十几年，见识过许多村姑，他想象中的于凤至也是那种憨憨傻傻的村姑，没有文化，没有修养，上炕认得自家的汉子，下炕认得地里的活计。他走进奉天城，过上了中将师长家大少爷的优越奢侈的幸福生活。学校里，许多漂亮女孩都暗恋他，让他对自己越来越自信，他的观念变了，不想回村里娶一个村姑过日子了，所以，他对这桩婚事从一开始就很抗拒，几年间有许多次和于凤至见面的机会，他都故意躲过去了，以为这样就可以把这桩婚事拖黄了。

在这件事情上，张学良自己说话不算数，张作霖的十条家规中明确规定，儿女的婚姻大事必须由他说了算。他既然已经给张学良定下了娃娃亲，说话就要算数。

尽管张学良对父母之命媒妁之言很讨厌，却不敢明目张胆地违抗父命。张作霖看出来了，张学良虽然不说反对这桩婚事，却一直在软对抗，毕竟结婚是他的事，这样继续下去，这婚是结不成的。于是，他也给儿子留下了活话：你的正室原配必须听我的，如果对这个女人不满意，成亲后你在外面找别的女人，我可以睁一只眼闭一只眼，给你开绿灯。

条件已经很优厚了，张学良觉得成亲前应当见一见那个女孩了，如果对方的条件实在差得太远，他还是不会答应的。他硬着头皮来到郑家屯，相亲的时候，见到的那个小女子模样倒还说得过去，衣着妆扮也没有乡村女孩的土气。这一关算是过了。光会装装城里小姐的样子，也不过就是个花瓶，张学良就卖弄地写了一首诗《临江仙》，诗的内容大抵是嘲讽于凤至的老爸于文斗巴结握有东三省军政大权的张作霖，把一个村姑女儿硬塞给自己。

端庄秀丽的于凤至

张学良以为于凤至看不懂，没想到她不但看懂了，还回敬了他一首，不仅诗写得好，那一手隽秀的蝇头小楷，让张学良不得不叹服，原来这个女子还是个才女。

据说，于凤至的诗是这样写的：

古镇亲赴为联姻，难怪满腹惊魂。千枝百朵处处春，卑亢怎成群？目中无丽人。海誓山盟心轻许，谁知此言伪真？门第悬殊难知音，劝君休孟浪，三思结秦晋。

于凤至在诗词里面说得很明白：我不是非你不嫁，既然你觉得我们门第之间有悬殊，那么请三思而行，还是别草率地结婚为好。

奉天城里那些暗恋张学良的小美女们，基本上都是不学无术的花瓶美女，没一个有这水平的。张学良真的挑不出什么茬来了，按照张作霖给他们定下的黄道吉日，1916年8月8日，把于凤至娶到了张府。

那天是农历七月初十，星期二。那天的黄历上写的是：宜祈福，求子，立约，结婚。

按照张学良自己的说法，在和于凤至成亲之前他们从来没有见过面，婚礼上才第一次见到这个女人。大家都觉得他们虽然是父母之命的娃娃亲，也还不至于到这个份儿上，依照张学良的性格，即使再惧怕老爸，也不可能和一个没有见过一次面的女人成亲。民国时代已经很开放了，张学良已经不再是刚从乡村走出来的观念陈旧闭塞的小土孩，能成为“京城四少”的张少帅会和一个不知长成啥成色的村姑完婚，谁相信？

不管于凤至是什么时候第一次见到的张学良，不知道于凤至第一眼见到张学良的时候是什么感觉。那个身量还没有长够，还带着一脸稚气的小屁孩，是她梦中的如意郎君的形象吗？她是个有思想的女孩子，成熟得比较早，她未必一下子就爱上了比自己小三岁的这个小男人，而是听从命运的安排，从见到他的那一刻起，就认定了，这辈子自己就是他的女人了。

婚礼非常隆重，婚礼之前当地的各大媒体就开始造势，形成了浓厚的舆论氛围。所以，到了结婚那天，几乎所有的东北人都知道张大帅的儿子要大婚了，这个婚礼成为东北的大事件。

于凤至轰轰烈烈地走进了大帅府，和后来赵一荻悄声默息地住进去，形成了巨大反差。

张学良（左一）、于凤至（左二）、宋美龄（右二）、蒋介石（右一）

于凤至的美丽与赵一荻不是一个类型，她端庄秀丽，落落大方，具有中国古典美。从她青年时代留下的那些照片看，这个女子是温婉的，着装永远那么得体，表情永远那么安静。她不温不火，待人接物透着大家贵妇人的风范。即使站在宋美龄身边拍照，也没有一丝迎合之意，她温润地浅笑着，似乎在说，你陪你的老公蒋介石，我陪我的老公张学良，我们站在这张照片中，我们就是平等的。

结婚那年，张学良十六岁，于凤至十九岁。

嫁给这个男人，他就是自己的天，但是，她必须给自己留一点空间，留出一点喘息机会。按照她的修养，做张少帅的太太她的知识水平似乎已经够用了，她并没有满足，她一个出生在乡村，长在小城镇的土豪家的女儿，走进大帅府感觉自己底气不足，心里有危机感，主动提出继续上学深造。

张家的少奶奶还要继续上大学，在当地也是轰动性的新闻，张作霖考虑了一下，决定了，去吧，少奶奶进修学习是件大好事，当然要支持。于凤至进入东北大学进修深造，她不是去那里镀金，而是刻苦学习了一些知识。在取得了学历的同时，也进一步提高了自己的文化素养，她的诗文和毛笔小楷都写得相当不错，甚至对中国文化也有一定的研究。她曾经收藏过许多古董和字画，并亲手在这些藏品上留下阅藏的痕迹，一个没有厚重文化积淀的女人，怎会有这样的雅兴？一般的富家太太都会把手里的钱财用来买首饰脂粉衣衫，于凤至是个有远见的女人。

于凤至走进张家，最难的不是怎样做好少帅夫人，而是怎样做好张学良的女人。

做少帅夫人对她来讲不是一个难题。自己是公爹张作霖选定的儿媳妇，所以张大帅不会难为她，张作霖的几房太太也不敢难为她。因为从小生长在乡村，于凤至有乡下女孩的隐忍和大度。对于那些长辈，不管是几太太，不管她们在张作霖那里是否受宠，她都一视同仁，在她眼里这些女人都是她的婆婆，对待婆婆就要有儿媳妇的样子和姿态，就要敬重人家，所以，那群婆婆都喜欢她。对于张学良的兄弟姐妹们，不管是哪个妈生的，她都拿着他们当亲兄弟姐妹，这样的大嫂和大姐谁好意思不听她的话？对待帅府的工作人员，她从来不把自己当成少奶奶，说话做事和他们平起平坐，她用自己的人格魅力在帅府院内站稳了脚跟，这个少帅夫人做的一切都很到位，张作霖自认为自己没有看错人，这个儿媳妇算是选对了。

怎样做好张学良的女人，却是于凤至一生都在研究的课题。张学良也感觉到，老爸给自己找来的这个媳妇是个好媳妇。她对自己无微不至地照顾，像对待丈夫，有时候又像是对待弟弟。他敬重她，经常把她看作自己的大姐，从结婚那天起，张学良一直称呼于凤至为大姐，因为这个女人比自己大三岁，也因为她做的许多事就像是大姐对待弟弟。

但是，于凤至真的不想做张学良的大姐，她不是大姐，她是他的妻子，是他的女人。

家里稳稳妥妥坐着个大姐给自己打理着大后方，张学良腾出更多的精力到外面沾花惹草。在各路小狐狸精的勾引下，他时不时走神儿，时不时出轨。他在外面做的那些事于凤至都知道，她隐忍，她宽容，并不代表她不生气，可她生了气又能向谁诉说呢？那时候，她还不知道他的公爹在他们结婚前给张学良的承诺，承诺如果张学良对她不满意，结婚后他可以在外面找别的女人，张作霖不追究儿子的任何责任。如果她知道了，会作何感想？

事实上，对于张学良那样的男人，不管对这个老婆是否满意，他都会出去到处偷食，于凤至大概也偷偷哭过、难过过，最后忍下来了。

选择这个男人不是她自己做的主，选择什么样的生活她自己也无法做主，但是她可以选择自己的心情，无论生活中遇到了什么，她都让自己保持一颗平常心。不管人生路上有怎样的沉浮，不管张学良遇上了怎样的坎坷，她都支持他。

或许，在张学良所有的女人中，她是最包容张学良的，所以，她尊重他的任何一个选择，他说，我喜欢上别的女人了，我要把她弄回家来，她默默为他们祝福；他说，咱们离婚吧，我想给另外一个女人名分，她悄悄退出。她不能陪伴张学良身边，在遥远的大洋彼岸一直没有忘记那个男人，直到93岁那年，她在美国洛杉矶市好莱坞山顶上一座雅致的豪宅里因心脏病离世，还在想着远方的丈夫，更确切地说，是她的前夫。

第二个夫人谷瑞玉

张学良明媒正娶过的女人一共三个，除了隆重娶进帅府的原配夫人于凤至和后来有着患难之交的赵一荻，他还有过一个名叫谷瑞玉的第二夫人，这个女人基本上都跟着张学良在军营中，所以被人们称为“随军夫人”。

谷瑞玉没有给这个世界留下一个清晰的影像，找了很久，才找到一张画面模糊的图片，上面的谷瑞玉看不太清楚，隐隐能感觉到这是一个身材姣美，留着那个年代最流行的短发的女子。她是天津杨柳青人，祖上世代经商，谷瑞玉也算是大家闺秀，1904年2月出生，比张学良小三岁。

谷家的大家闺秀们没赶上好光景，她们小时候，家道已经开始走向败落，几个美丽的女儿各自以自己的方式生存。二姐嫁给东北军一个和张作霖并肩作战过的将军做小妾，三姐是津门的一个交际花，嫁给了张学良手下的一个副官。谷瑞玉从小进入戏班子学戏，少女时期就成为享誉津门的名伶。

张学良和谷瑞玉的相识和她是不是戏剧名伶没什么关系，而且也没有多少浪漫的成分，那是一次很平常的邂逅。第一次奉直战争爆发，张学良奉命打到了天津，谷瑞玉的二姐夫作为和张作霖很有交情的东北军军官，在天津举行家宴宴请张学良，十八岁的谷瑞玉遇上了二十一岁的张学良。

每天出入二姐家和三姐家的东北军军官多了去了，谷瑞玉整天泡在两个姐姐家，也没见她对哪一个军官动感情，所以，当谷瑞玉在花丛间遇上张学良时，姐姐姐夫都没多想。

那段时间，谷瑞玉已经厌倦了做名伶，她正在天津租界一家英国人开办的学校里学习英语。在学习语言方面她很有天分，一个学期下来，英语会话水平已经相当不错。本来就是楚楚动人的演艺界明星，再加上自己有了文化修养，谷瑞玉的气质是独特的，她有女学生的冰雪聪明，兼有女明星的唯美妩媚，在那天的家宴上，一下子吸引住了张学良的眼球。

谷瑞玉和张少帅攀谈了很久，不知道她说没说自己的主业是唱戏的，但是她一定告诉了张学良自己正在学英语，为了表明自己英语说得不错，她还故意用英语说了几句话，张学良少年时代开始学英语，而且英语学得不错，所以也用英语和她对了几句。张学良的翩翩风度和博学多才与东北军那些起于草莽的军官们不一样，立即让谷瑞玉有了眼前一亮的感觉。谷瑞玉一口流利的英语也给张学良留下了很好的印象，他觉得这个美丽的女孩子很有学识，张学良平生最喜欢美才女，谷瑞玉恰恰就是这个类型的。

那次见面之后，谷瑞玉就有了心事，总是有意无意地向姐姐打听张少帅的情况。有了心事的少女，那语气那眼神是瞒不了人的，姐姐一看便知妹妹暗恋上张学良了，就和丈夫策划着让妹妹再和张学良见一次面。对此，二姐夫比较积极主动，他作为东北军的将士，恨不得和张少帅攀上连襟关系，但是他知道这事不能急于求成，要等待时机，当时张学良正在忙于第一次奉直战争的军机大事，不能扰乱他的心思。

经过了漫长的等待，一直等到第二年的冬天，这个时机才算等到。

那时张学良任东北航空处督办，因为东北军急需购进一批新式飞机，他到天津和英国商人洽谈业务。张学良英语是不错，但是对这些技术术语说着有些费劲，就想在当地找一个翻译，二姐夫顺水推舟举荐了自己的小姨子谷瑞玉。

谷瑞玉以谈判翻译的身份和张学良再次见面了。

她充分把握这次机会，在施展自己全部的才华促成谈判成功的同时，她也全方位地展示了自己的女人魅力，把自己顺利地推销给了张学良。

张学良不是个善于把持自己感情的男人，漫说是谷瑞玉这样大家闺秀出身又当过名伶的美才女，当年表嫂那样的女人都能把他勾上绣床。那时节，家里那杆红旗少帅夫人于凤至在东北的大帅府里坚守着，正是纷乱的战争期间，外面的小彩旗们在战火和硝烟中暂且消停了一阵，谷瑞玉就是打了这个时间差。她以女翻译的合法身份优雅登场，她忠于自己的心，忠于自己的感情，因为已经深深爱上了张学良，就大胆表白，大胆追求。她外表柔美，却内心强大，张学良的一生往往都败在这样的女人手下。

业务洽谈成功，在庆功宴上，谷瑞玉成为主角。这个女翻译不愧是做过明星的，主持这种场面得心应手滴水不漏，显然已经有了些女主人的从容。她得体的言语和表现，让张学良有了离不开她的感觉，杯觥交错之间已经有了一丝醉意，他们彼此能感觉到心与心的距离越来越近。

这算不算爱情，张学良很恍惚，他已经不太清楚究竟和哪个女孩子之间的感情算是爱情，在把握不准的情况下，他和女人只说一夜情，不敢轻易承诺什么。

谷瑞玉知道等待张学良给自己一个承诺是不可能的，她在戏里演绎过许多别人的爱情，知道女人的青春很短暂，在等待中爱情说不定就凋零了，既然爱他，就主动出击，主动去寻找自己心目中的这个英雄。

1924年9月，当第二次直奉战争再次打响的时候，谷瑞玉一纸情意绵绵的情书从天津寄到了山海关战场，这封带着脂粉香气的慰问信情深意切，缠绵的儿女情长之外，还有女儿家少有的侠肝义胆，给张学良在战争的间隙带去无限温馨。这封信件寄出没多久，寄信的美女就把自己也寄到了张学良身边。在战斗最前沿，有美女陪伴左右站脚助威，张学良真的好感动，和他有过关系的那些女人中，敢于在硝烟中置生死于不顾，冒死陪伴他的，只有一个谷瑞玉。

在军中的那段日子里，她很有些虞姬伴着项羽的豪迈感，豁出了自己的生命，豁出了自己的感情，豁出了自己的退路，她冒着烽火连天为爱人赴汤蹈火。这个赌注下得有些大，她已经管不了这么多了，也顾不了这么多了，只要和他在一起就是她的幸福，那个稳坐在奉天大本营里的原配夫人已经被她忽略不计。

她的出现，鼓舞了张学良的士气，也鼓舞了东北军将士的士气。一个月后，战斗胜利，张学良被晋升为陆军中将，张学良和谷瑞玉俨然已经是难舍难分的小夫妻了。

张作霖听说了这件事，因为当初给张学良的承诺，结婚后张学良可以在外面找别的女人，他不好坚决反对，只能默许谷瑞玉做张学良的二奶，但是对谷瑞玉约法三章：一不准登台唱戏；二不准抛头露面；三不准参与政治。

谷瑞玉都答应了，只要能和张学良在一起，多么苛刻的条件她都可以答应。

1924年10月，张学良和谷瑞玉在天津结婚，考虑到他们将来还要回到沈阳，那座大帅府谷瑞玉是不好进去的，于是，张学良在沈阳的经三路28号替谷瑞玉买下一幢小楼，回了沈阳，谷瑞玉就住在那里。在他们的婚姻存在的几年时间里，谷瑞玉很少去沈阳，偶尔去一次，也是住在她自己的那座小楼内，从来没有住进过大帅府。她在张家人眼里不过就是个像《红楼梦》里面贾琏偷偷娶的那个尤二姐一样，不但大帅府里的人不认可她，连张学良从心里也没有把她当成自己的夫人。他们的婚姻关系还没有完全解体的时候，张学良就彻底把她遗忘到了一边，和赵一荻谈情说爱的时候，谷瑞玉已经是明日黄花了，所以，赵一荻根本不知道张学良那时候在天津还有一个名叫谷瑞玉的女人。

战火中走出来的一对情侣，应该算是患难之交，之后张学良率领东北军第三方面军开赴长江下游，谷瑞玉坚决要随行，张学良觉得那个地方艰苦，劝她留在天津，谷瑞玉一定要追随他前去，她的话充满情谊：只要有你的地方就有我，就是天涯海角也随你去。

如果按照这个轨迹发展下去，他们的感情中是插不进别的女人的，也就没有赵一荻什么事了。后来，谷瑞玉做了一件傻事，不但张学良的家族不饶恕她，亲朋好友对她失望，连张学良也对她失去了好感。

事情的起因是郭松龄倒戈反奉引起的，郭松龄本来是张学良最好的朋友，却反目成仇，张学良很痛苦。在他最痛苦的时候，谷瑞玉看着心疼却无能为力，就告诉他一种最直接的排解办法：吸食鸦片。

大家都觉得谷瑞玉脑子大概进水了，对于她来讲，也许没有更好的办法帮助张学良了。不要以为她进了个英语进修班学了一口流利的英语就是高级知识分子了，事实上她不过就是个家道败落没上过几天学的唱戏的女伶，依照她的学识水平，是不会做政治思想工作的，依照她的见识和经验，身边的许多男人最落魄的时候都是靠大烟枪支撑着走出困境，她把这个办法也用到了张学良身上。

张学良真的开始抽大烟了，烟瘾很大，那段时间的张少帅几乎彻底变了一个人，他精神萎靡，活脱脱一个大烟鬼。张作霖知道后非常生气，张氏家族的人对这个不靠谱的二奶义愤填膺。谷瑞玉也发觉自己惹下了大祸，赶紧对张学良吸食鸦片叫停，这东西一旦上瘾，是停不下来的。1926 年张学良驻防天津，谷瑞玉想尽一切办法帮着张学良戒烟，最糟糕的一个办法就是，她听说一种日本进口的名叫巴文耐鲁的注射药品，能为张学良减轻戒毒的痛苦，就让医生替他注射。其实这种药就是吗啡，结果鸦片没戒掉，张学良又增加了吗啡的毒瘾。

谷瑞玉彻底变成了毒害张学良的罪魁祸首。

那年冬天，张学良驻防河南，谷瑞玉这个“随军夫人”依然坚持随行，一方面因为她对张学良的爱，还有一个因素，她想消除一下当初自己支持张学良吸毒造成的不好影响。此次行动目的确实达到了，张学良对她这一次的表现很满意。战事结束后，在天津租界和北京分别给谷瑞玉购买一幢豪华的住宅。

这个时期，他们的关系还比较融洽，期间虽然已经出现了前清王妃唐怡莹的插足，谷瑞玉还是张学良最爱的女人。

或许，他们注定只能在军马倥偬中做军旅情人，安静下来之后，谷瑞玉身上的毛病就凸显出来。她常常会为一些小事和张学良争来争去，张学良这些年一直被各种女人宠着，哪个女人敢对他这样？他烦了，从起初的烦心，到后来越来越讨厌这个女人。

从1927年初夏，他们开始分居，谷瑞玉的心并没有变，张学良却渐行渐远。就是那年的初夏，张学良在感情空档期遇上了清纯美丽的赵一荻，这朵白玫瑰的出现，立即让那朵红玫瑰变成了墙上的一抹陈旧的蚊子血，他渐渐把那朵红玫瑰忘却了，美丽的谷瑞玉变成了过眼烟云。

张学良和赵一荻的恋情谷瑞玉知道吗？知道与否都是无所谓的，即使没有赵一荻，还会有别的什么女人代替她的位置。之后张学良升任第三方面军团总司令，驻防保定。那一次谷瑞玉没有做随军夫人，她是想去的，张学良不再带她去了，甚至都没有告诉她驻防保定的事。她一个人守着空空荡荡的豪宅，在天津住腻了，就到北京住一段。为了打发寂寞的时光，她跳舞、泡酒吧、打麻将，整天整天地听戏，日子过得慵懒颓废，没有了爱情，她开始走向凋零。

很久没有张学良的消息了，几个月之后，报纸上关于张作霖在皇姑屯被炸的消息让谷瑞玉看到了希望，她没有经过任何人允许，独自来到沈阳。当时东北军对张作霖秘不发丧，是瞒着日本关东军的，谷瑞玉贸然离开天津回奉，引起日本人怀疑，他们猜测，是不是张作霖已经去世，谷瑞玉去为公爹奔丧啊？

任性的谷瑞玉这次去沈阳，更加惹得张学良反感，因为她去得不是时候。

谷瑞玉和张学良的关系虽然已经名存实亡，但是她毕竟还是二夫人。奉系旧军阀杨宇霆、常阴槐利用她的这个身份，发展她成为他们的内线，他们的目的就是消灭张学良，他们做东北军的老大。谷瑞玉并不知道他们的目的，她以为这些人对她好，可以帮助她挽回张学良对她的感情，可以帮着她搬进大帅府。所以，当1928年冬天杨宇霆邀请张学良和谷瑞玉参加其父的寿宴时，谷瑞玉毫不设防地带着张学良去了，去了才知道这是个鸿门宴，宴席上张学良差点遭到一群日本浪人的暗算。

一而再再而三地做出令人失望的事情，谷瑞玉就像个笨女人，把自己推得离张学良越来越远，终于在1931年1月，张学良解除了他们的婚姻关系。

谷瑞玉落魄地独自回到天津，但她一直放不下张学良，一直独身一个人生活。张学良西安事变后被幽禁，她在远方默默牵挂他，为他失眠为他憔悴，在一场唯美的爱情支离破碎之后。这个女人的心彻底死了，她过得非常凄惨，不到四十岁就因高血压猝发脑中风瘫痪在床，四十几岁就走完了自己的全部人生旅程。

与前清王妃的一段旧情

这位前清王妃名叫唐怡莹，末代皇帝溥仪的亲弟弟爱新觉罗·溥杰的第一任妻子，张学良的情妇。

唐怡莹又名唐石霞，姓他他拉氏，货真价实的满清八旗子弟。他们家是满洲镶红旗扎库木世族，曾祖父是裕泰公，曾任湖广、甘陕总督二十多年，到她爷爷长叙那一辈当过户部右侍郎，都是清朝的高级领导干部，父亲志锜没赶上好时光，戊戌政变逃往上海，最辉煌的业绩是当过清朝驻西藏大臣。但是这个家族最著名的还不是这些省部级干部，而是他他拉氏的两个女儿，光绪帝的瑾妃和珍妃，她们是唐怡莹的亲姑妈，这姐妹俩可是近代史上的名人啊。

唐怡莹1904年出生，她出生的时候，姑姑珍妃早已经在四年前被慈禧太后派人推入皇宫的一口井中死去，她没有见过这个传说中很美丽的五姑妈，四姑妈瑾妃倒是经常能见到。这两个姑妈是同父异母，所以长得不太一样，四姑妈瑾妃长得有些矮有些胖，慈眉善目的，很喜欢唐怡莹，总喜欢把这个可爱的小侄女带到宫里去。按照清朝皇族的称呼，唐怡莹应当管瑾妃叫"姑爸爸"，因为后来总是跟在瑾妃身边，唐怡莹索性就叫瑾妃"亲爸爸"，这个称呼是光绪对慈禧的特殊称呼，唐怡莹之所以敢于抄袭皇上对太后的叫法，因为她的姑妈那时候已经是太妃了，她跟着姑妈在宫里长大，没有孩子的瑾妃拿她当做自己的女儿。

前清王妃唐怡莹

唐怡莹和溥仪关系很好，算得上青梅竹马的好伙伴，甚至，她差点嫁给溥仪，他们互有好感，有人曾经提议，让唐怡莹参加秀女竞选活动吧，如果让溥仪从秀女中选挑后妃，一准能挑选上她。瑾妃因为有了自己和妹妹一生的悲惨经历，坚决不让自己疼爱的小侄女再步自己的后尘，她不许唐怡莹参选秀女，主动放弃给溥仪当后妃的机会。

如果唐怡莹和溥仪结成姻缘，历史或许是另外一种写法。

没有嫁给溥仪，最终却嫁给了溥仪的弟弟溥杰，这也是瑾妃一手策划的。

唐怡莹十四岁那年就被瑾妃通过指婚的方式许配给十一岁的溥杰。

十四岁的女孩子已经到了怀春的豆蔻年华，十一岁的男孩子还是个什么都不懂的小孩子，当小男孩溥杰向指婚人瑾妃叩头谢恩之后，带着厚重的聘礼，穿着前清的冠袍带履，在一大帮王府护卫、官吏、首领、小太监的簇拥下，浩浩荡荡的队伍来到唐怡莹家纳聘的时候，唐怡莹心里没有一丝快乐。在后宫，她经常能见到比自己小三岁的溥杰，对他一点感觉都没有，她不想嫁给这个小屁孩，一想到将来要给溥杰小朋友当媳妇，她心里就很烦，烦得没抓没挠的难受。

作为唐怡莹来讲，她嫁给谁自己说了是不算数的，她别无选择将来必须嫁给溥杰。1924 年 1 月 12 日，溥杰十七岁，娶了二十岁的唐怡莹，两个人正式结为夫妻。

两个人的性格完全不一样，溥杰性格儒雅很有修养，唐怡莹从小在瑾妃身边长大，性格很像皇宫的格格，经常会蛮横霸道不讲理，搞得婆家人对她很不满意。唐怡莹也委屈啊，她觉得自己嫁给溥杰本身就是一大委屈，她根本就不爱他，凭什么要嫁给他。

其实两个人有许多共同的爱好，比如都喜欢艺术，都爱好书法绘画，但是两个人沟通比较少，婚后生活并不幸福。溥杰喜欢的是温柔贤惠一些的女人，唐怡莹喜欢的是有阳刚之气的男人，两个人同床异梦。唐怡莹是个天生爱做梦的女人，尽管已经是前朝皇室的王妃了，是前朝王爷的福晋了，她还想找一个自己的梦中情人。

那个时代传媒业很不发达，她想寻找自己的偶像，也只能从报刊上找寻。她喜欢读报，从报纸上认识了张学良，于是一厢情愿地暗恋上他，把他当成了自己的偶像。只要见到报刊上有张学良的消息，哪怕是只言片语的简讯，哪怕是图片新闻，她都要悉心剪下来，粘贴到一个特制的本子上。每天，从报纸的字里行间寻找张学良的消息成了她生活中很重要的组成部分，只要这一天有张学良的新闻，她会感觉很快乐，如果几天不见他的消息，她就会变得心情郁闷，做什么事都提不起兴趣，情绪也会很糟糕。

唐怡莹几年如一日地暗恋着张学良，对这一切，张学良并不知道，他只知道一些清纯小女生、一些耽于做梦的少女和少妇经常对自己示爱，没想到身为前朝王妃的唐怡莹也暗恋自己。

1926年的一天，张学良在北京饭店有个饭局，亲戚朋友一大帮。宴会很热闹，大家频频举杯，把气氛推向高潮。宴会到了高潮阶段一般局面就有些乱了，一片混乱中，张学良的一个亲戚把嘴凑到他耳朵边，悄悄告诉他，那边桌上有两个人刚才过来找他，说是想认识一下张学良，问问今天方便不方便。

张学良已经被这边酒桌上的一片狼藉搞得有些头大了，正想躲一躲，就答应让这位亲戚带自己过去见见那两位想认识自己的朋友。

走过去才发现，是一对年轻小夫妻在就餐，男的温文尔雅很有贵族气质，女的端庄秀美有着上层女子的风姿，他们就是溥杰和他太太唐怡莹。初次见面，没有做更多的攀谈，但是，唐怡莹一双秋波荡漾的眸子一直没有离开张学良，倒让张学良有些不好意思了。

溥杰谦恭地说，早就想认识张少帅，只是一直没有机会，没想到会在这个地方邂逅，真是缘分呐。

张学良也说了些久闻大名之类的客套话，然后溥杰夫妇邀张学良第二天去府上吃饭。张学良第二天正好没有什么事，就爽快地答应了。

他答应赴宴之后，唐怡莹兴奋得像个小女孩，脸上泛起红晕，端起酒杯非要敬张学良一杯，说感谢他明天光临府上。

张学良象征性地响应了一下，有些看不太懂，她老公溥杰邀请自己去吃饭，她一个女人家家的瞎兴奋个啥，貌似这里面也没她什么事。

第二天，张学良如约去了溥杰府上，宴席还没开始，溥杰陪着张学良说话，唐怡莹抱着厚厚的一个本子进来，有些娇羞地说要让张学良看一样东西。

那件东西放到了张学良面前，原来是一个剪报本，张学良不知道这家的太太还有剪报的习惯，好奇地拿起来翻看，却发现所有的剪报都是关于自己的新闻消息，不但裁剪认真粘贴整齐，每一条还都标注着年月日。他自己的秘书和管档案的工作人员也没有这样齐全的关于他的各种活动的剪报，他一下子惊呆了，不由自主地问：这是谁剪贴的？

唐怡莹一直站在张学良旁边，轻声回答：我。

张学良抬眼看时，目光正好碰上唐怡莹那热烈的略带娇羞的眸光，这些年混迹在女人堆里的张学良顿时懂了，懂得了这个女人对自己的心意。他不由得多看了这个前朝王妃两眼，这个女子算不上国色天香，长得却是很有韵味的，她最美的就是那双眼睛，眉毛弯弯的，眼睛细长细长，似忧非忧似喜非喜，那眼神是能勾人魂魄的，任是哪个男人见了都会心动一下。她的目光很大胆，你不看她时，她在看你，你看她时，她在对你深情地微笑，这样的女人一般男人都拒绝不了。

她在老公面前，明目张胆地向另外一个男人示爱，这个女人是和一般的女人不一样。溥杰就坐在一边，对妻子的剪报似乎没什么感觉，也许他习惯了，见怪不怪了，从结婚的那天起，就习惯了唐怡莹把另一个男人作为偶像和梦中情人。他似乎并不怎么吃醋，摊上这样一个妻子，吃醋是没什么用的，因为她根本就不爱自己，吃一个不爱自己的人的醋，你就是把全天下的醋都喝光，她也视而不见。

那天，张学良尴尬地翻了一遍那份剪报，尴尬地吃完了饭，就匆匆逃离了这个地方，现在，他和溥杰已经成了朋友，朋友的老婆喜欢自己，这算是哪一码？朋友妻不可欺，就算她再喜欢自己，自己也要绷住了，千万不能做出有损友谊的事情来。

后来，张学良发现，一旦女人喜欢上一个男人，她会倾其所有，不顾一切，不计后果，她不达目的誓不罢休的那股子劲儿终究会把男人拿下。当然，前提必须是这个男人恰恰也有些喜欢这个女人，至少不讨厌她。张学良最终也没有顶住唐怡莹的温柔进攻，他们很快就发展成情人关系。他们偷情成功之后，张学良觉得自己真的有些喜欢这个女人了。

他不敢把这种感情归咎到爱情上面去，他和于凤至之间有爱情吗？和谷瑞玉之间有爱情吗？和唐怡莹偷偷摸摸上床的时候，心里还藏着一个刚刚认识的少女赵一荻，对赵一荻，他的感情算是爱情吗？所以，他也不敢确定自己和朋友的老婆唐怡莹之间算是什么感情。

有一段时间，张学良真的被唐怡莹迷住了，迷恋她的身体，迷恋她的画，有一刹那他动了要娶她的心思。

从张学良身上，唐怡莹找到了爱情，这爱情是新鲜的，是溥杰无法给予不能满足的。她全身心扑到张学良身上，却不懂得不管多么爱一个男人，你都不能把你的缺点和隐私彻底地在他面前暴露。因为你不知道他究竟爱你有多深，如果他真的爱你，会把你的缺点也当成优点去爱，如果他对你处于似爱非爱之间，那么，当你把缺点彻底暴露给他时，几乎就等于见光死了。唐怡莹就是因为让张学良知道了她的有些画作是别人帮她修改过的，有些诗文也是经过别人润色的，张学良开始重新审视这个女人，甚至鄙视她，说什么“后来我发现这个人完全是玩假的，我最恨人作假。她有点才气，能写能画，作诗能文，什么都会，我很喜欢她。可是，后来我发现，她画的画是人家改过的，作的诗也是人家替她改的。后来，我们就没有联系了。”张学良还说，“她混蛋透了，她要不是坏蛋，那我就会娶她的。”

从这一点来看，张学良并不爱唐怡莹，但是，唐怡莹是真心实意爱着张学良。他突然不辞而别，让唐怡莹很痛苦，她试图用移情别恋来缓解这种痛苦，试图找一个替代品来代替张学良的爱情。在她最寂寞的时候，恰好溥杰又去日本读书了，她急需找一段新的爱情来支撑自己的生活。举目四望，选中了皖系军阀卢永祥的儿子卢筱嘉。从奉系军阀张作霖的儿子，到皖系军阀卢永祥的儿子，唐怡莹选择情人的规格很高，这两个情人都是“民国四公子”之一。民国四公子主要包括以下人物：孙中山之子孙科、张作霖之子张学良、段祺瑞之子段宏业、卢永祥之子卢筱嘉。虽然都是军二代，虽然都是民国四公子，卢筱嘉和张学良还是不一样，唐怡莹发现，她对张学良的感情任何人都无法替代，她和卢筱嘉之间最终也是不了了之。

其时，倘若唐怡莹回到溥杰身边，安心做她的前朝福晋，一切还来得及。她却把自己的后路堵上了，因为和溥杰家人的关系不融洽，唐怡莹做了一件让这个家族不能谅解她的一件大事。一个月黑风高夜，她雇人把北平醇亲王府的大批财物盗走了，这件事促使溥杰下决心和她分手。恰好日本人逼着溥杰离婚，强迫他娶日本女人，吉冈中佐出面，替溥杰和唐怡莹办了离婚手续。

离婚之后，唐怡莹成为著名画家，她在中国画、版画、油画、雕塑，甚至漫画方面都有很高的造诣。后来迁居香港，任教于香港大学东方语言学校。她一生中最爱的男人是张学良，据说到生命的尽头时，许多人和事她都忘记了，却能清楚地记得张学良的模样。

红颜知己蒋四小姐

张学良一生始终无法忘怀的是蒋四小姐，一个名叫蒋士云的女人。

蒋士云是江南女子，生在苏州，原本是江南的小家碧玉，爷爷经商，老爸是读书人出身，北京大学西语系的高材生，因为学的是西语，所以后来成为了一名外交家，在北洋政府外交部工作。

在蒋家的女孩子中蒋士云排行第四，所以大家都叫她蒋四小姐。

蒋四小姐生在南方，先天就有南方女孩的灵秀，在苏州长到十来岁，到上海上了两年学，然后跟随父母来到北京，在英国人办的小学上学，主要是为了方便学英语。她很喜欢北京，在北京生活学习的两年，对她的一生都有很大影响。

十五岁之后，她又回到苏州，父母远行欧洲做驻外使节，带上了这个美丽聪颖的小女儿，她在法国留学一年，不但学了一口流利的法语，也学到了那里的文化。中西文化合璧，中国江南和北方双重的文化熏陶，蒋四小姐的修养和气质是同时期女孩子都羡慕的。

1927年，蒋士云跟随父母从法国回到北京。

遇见张学良是那年的夏季，那时候的张学良无论是公务还是情场上，都分外的忙碌。他已经是东北军第三军团总司令，当时驻防保定。此时，张作霖正在筹划就任中华民国大元帅的事情，张学良因为公务会经常来北京。情场上，当时和二太太谷瑞玉还保持着若即若离的关系，和前清王爷溥杰的夫人唐怡莹还保持着情人关系，和纯情女学生赵一荻也关系暧昧。按说此时的张学良没有时间和精力再去和另外一个女人谈情说爱，他却分身有术，和蒋士云也不失时机地暧昧了一把，这一暧昧，就是一生。

张学良先认识的是蒋士云的老爸蒋履福。

中国驻外大使顾维钧是张学良的好朋友，那天去顾维钧家拜访，恰好蒋履福也在，他刚从驻法国使馆三等秘书任上卸任，回国来述职，经过引荐相互之间就认识了，一同认识的还有蒋履福身边的漂亮女儿蒋士云。

蒋士云没想到传说中的张少帅这么年轻英俊，十五六岁的女孩子正是多情的时节，她深深被这个男人所吸引，但是因为在顾维钧家，她不便多说话，只是礼貌性地浅浅一笑，这样仰慕的笑容张学良见多了，他也回了一个象征性的微笑，第一次见面仅此而已。

那一年，张学良在京城社交活动多，后来在其他上流社会社交场合上，两个人经常能遇见，再次相见两个人就多了一些熟络。张学良重新审视这位蒋四小姐后发现，她无论是容貌还是学识和谈吐都不亚于赵四小姐，最重要的是这位蒋四小姐见多识广，在国外留过学，会娴熟流利的英语和法语，更洋派，更风流大胆，她一出现在上层社交场合就吸引了政界高官大员们的眼球。这个女孩子很快成为张学良的红颜知己，而且和张学良的关系飞速发展。

蒋士云在张学良心中的分量当时是胜过赵一荻的，她们是完全不同的两类女孩。赵一荻不过是中国传统大家闺秀的开放和美丽，蒋士云则给了张学良全新的感觉，她比赵一荻更早地产生过嫁给张学良的想法，但是一想到奉天那边的大帅府里还有一个一号夫人于凤至，她的心就凉了半截。从欧洲留学的女孩子怎么能够沦为给别人当小老婆的下场？她是不会给任何人当小老婆的，即使再爱这个男人，也不能屈就去给他做小，除非他离婚，让自己做第一夫人。

张学良是不会为哪个女孩子和于凤至离婚的，所以，他和蒋士云只能做彼此的知己或者情人。

对于张学良而言，多一个情人少一个情人就那么回事，他从来就没有缺过情人。但是对于蒋士云来说，她不会像赵一荻一样，一辈子寄人篱下去给人家做名不正言不顺的情人，两人断了联系。

再次见面已经是三年之后了，张学良到南京办事，顺路去上海，在上海市长张群为他举行的宴会上，又遇到了蒋士云。此时的蒋士云已经不再是当年那个小女孩，她落落大方，楚楚动人，眼睛里总是情意绵绵的温柔，两个人又联系上了。之后，蒋士云开始和张学良书信往来，蒋士云的信里经常会夹带着一张照片，照片都是选的最美的，这些玉照搅乱了张学良的心，1931年2月，张学良邀请她到北平做客。

蒋士云这次来北平，是怀揣着梦想的，她已经成长了，有些事情已经看开了，现在她不在乎什么名分不名分的了，既然爱张学良，做大老婆小老婆都是无所谓的，这次她是想表明心迹，要做张学良的小老婆。见到张学良，才知道自己太孤陋寡闻了，现在张学良身边已经不仅仅有一个于凤至了，还多了一个女秘书赵一荻，自己现在如果到张学良身边，恐怕连女秘书的位置都没有了，当年居于于凤至之下她都心有不甘，现在如果屈居赵一荻之下，她怎么可以接受呢？只是这一片深情，就这样付诸东流，太可惜了。

自己一个疏忽，让赵家的四小姐钻了空子，蒋四小姐很失落。北平之行她没有做太久的逗留，和张学良长谈了一次，把一些该说的话说完之后，她溘然离开北平，留下了无限遗憾。

那年，蒋履福即将由中国驻比利时使馆的二秘升任驻意大利使馆的临时代办。蒋士云离开脚下的热土再次踏上到异国他乡的求学之旅，这一次她去的是意大利。她在那年的盛夏来到罗马，蒋士云下定决心，从此彻底忘掉张学良，她的生活中将彻底没有了张学良这个人。

在遥远的欧洲，蒋士云的生活中的确与张学良没了任何交集，但是她却无法从记忆中彻底抹掉这个人。她发奋读书，过去她的学习成绩不错，靠的是天分和聪明，现在学习成绩更好，靠的是刻苦勤奋，只有把全部精力都投入到学习中，她才能忘掉张学良。

张少帅对所有的情人都能做到雨露均沾，蒋士云远行了，他却没有完全放下她，偶尔想起她，还会寄封书函叙叙旧情。开始的时候蒋士云还回复，后来就不再回信了，再后来，蒋士云去了哪里张学良根本就不知道了。两个人彻底断了来往，但是心里却还在彼此牵挂。

失恋的人总想立即寻找到一份新的情感来慰藉伤得支离破碎的心，到了欧洲没多长时间，蒋士云就遇上了刚刚丧妻的中央银行总裁贝祖贻。

贝祖贻的原配夫人刚去世，他悲伤抑郁，到罗马来旅游散散心。在某个金色秋日，意外地遇上了熟识的蒋士云，这对男女一个刚刚丧妻，一个刚刚失恋，两个人都急需一份感情来疗伤，那天的相遇让他们产生了惺惺相惜同病相怜的感觉。同是天下沦落人，只有你知我心，两颗心越走越近。他们的感情迅速升温，由彼此的同情发展成爱情，在欧洲他们私定终身，决定结为连理。

对于这桩婚事，蒋士云的父母是极力反对的，按说女儿找一个中央银行总裁够风光的了，虽说是二婚，但原配已逝，续弦夫人也是一把手，家里人是没有理由反对的。关键是那时候贝祖贻已经生了六个子女了，那年他已经年届四十，年纪也算是一大把了，女儿要嫁的不但是个老男人，还要进门给六个孩子当后妈，想想都后怕。蒋士云主意很正，她自已决定了的事，谁反对都无效。

1932 年春天，蒋士云回国和贝祖贻在上海举办婚礼。

虽然一直没有蒋士云的消息，中央银行总裁贝祖贻结婚的消息张学良听说了，还听说新娘子就是自己最欣赏的蒋四小姐，张学良的心情很复杂，有一股酸酸的醋意在心中纠结不去。那时候他的政治处境也比较恶劣，正作为不抵抗将军忍受着各种谩骂，他想亲自去上海祝福蒋士云，又怕他的出面会给她带来负面影响，就派人给蒋士云送去了一份厚重的贺礼，表示自己的深深祝福。

张学良的心蒋士云懂得，她其实一直在默默关注着张学良，尽管已经为人妇，夫妻是做不成了，但他们可以做一生的好朋友。人生有许多遗憾和无奈，特别是在爱情上，总有阴晴圆缺。爱情也不过两种结局，有些人看似相濡以沫，其实是厌倦终老，有些人相忘于江湖，却往往怀念在心。有些人注定只能远观，并不代表你忘记他了，不管他过得好，还是不好，你心里总是酸酸的难受，他过得很幸福，你会难受，他过得一塌糊涂，你更难受。

"九一八"事件爆发之后，蒋士云立即深深牵挂起张学良，第一时间给他寄去一封信，信中是充满温情的鼓励和支持：尽其所能，与敌抵抗，否则将军将留下千古骂名。

之后，张学良奉命不抵抗，带着家眷去伦敦度假时，又收到蒋士云的信：汉卿，我盼望你有一天为国土完整，也为你不背可恨的恶名，做一番惊天动地的伟业，这才是我们心中的少帅！

西安事变后，南京军事法庭审判张学良，审判厅的旁听席上，张学良意外地看到蒋士云那久违的身影。她默默地坐在那里，深情地注视着她挚爱的那个男人，千言万语只能通过眼神交流，从她的目光中张学良感受到了温暖和慰藉。他不知道，为了弄到这张南京军事法庭的旁听券，她通过丈夫贝祖贻的关系，费了好大周折，只为来见他一面。

那天，旁听席上，这边坐着蒋四小姐蒋士云，那边坐着赵四小姐赵一荻，两个女人都在为同一个男人焦虑和担忧，此时，她们的目光是否有过无意中的相互一掠，是否从彼此的目光中感受到深深的醋意？

说赵四小姐没有醋意，不是事实，她早就知道在张学良的情感经历中有蒋士云这样一个女人，所以，她一生都不愿让人在她面前提起蒋士云这个名字。

张学良被秘密关押在蒋介石的故乡奉化，蒋士云再次打通关系，到雪窦山探望关押中的张学良。这一次，两位四小姐近距离正面相见，张学良和蒋士云暧昧的态度，让赵一荻心里结了个大大的疙瘩。她是妒恨这个女人的，蒋四小姐的出现，哪怕是一封信一点信息，都会让张学良走一下神儿，这个女人哪来的这么大魅力？

后来，蒋士云随夫定居美国，赵一荻也陪着张学良被幽禁在台湾，她以为，这辈子总算摆脱了这个让自己不省心的女人，再也不会见到她了。没想到，几十年后，解除了幽禁生活，第一个来到台湾探望张学良的，居然还是这个蒋四小姐。1980年春天，依然颇有风韵的蒋士云从美国来到台湾，以为马上就能见到她思恋一生的张学良，却在赵一荻那儿遇上麻烦，那时候赵一荻是张学良名正言顺的妻子，张学良的外事活动要听从她来安排，她说，还是不要见面了吧，汉卿现在身体不好，受不得任何刺激。蒋士云乘兴而来败兴而去，心里也是老大的不高兴，用她的话说：这大概是女人跟女人之间总有看不开的地方，我就没有这种女人气。

不过，蒋士云从心底还是敬佩赵一荻的，如果换做是她，未必有这份耐力在寂寞中陪伴着张学良这样走过来，她说：张学良现在大概要整天坐着了，真没意思。

蒋士云败走台湾，十年后，赵一荻和张学良来到美国，却又遇上了这个总也躲不开的强劲情敌。

蒋士云这样的女人张学良是忘不掉的，他把她当做一生的红颜知己。一到美国，他立即精神焕发，告诉人们自己要去纽约会会朋友，而且还是个女朋友。他还告诉人们：于凤至是最好的夫人，赵一荻是最患难的妻子，贝太太是最可爱的女友，我的最爱在纽约。

张学良一人飞去纽约见蒋士云，在蒋士云的安排下每天忙于各种外事活动。这对老情人旧情复燃，俨然要双宿双飞的感觉。赵一荻此时却很安静，安静地等待着像个顽皮孩子一样的张学良，她告诉自己，他玩累了，就会主动回来了。

风流少帅最终还是回归到了赵一荻身边。

蒋四小姐不过就是个红粉知己，几十年来，张学良已经习惯了赵一荻陪伴下的那种安安静静的爱情，蒋士云的爱即使一如既往，也不是张学良所需要的那种爱了。

爱情搁置久了，也会过时的。当年时光已经流逝，原始的记忆和感觉都已经成为过去时，蒋士云永远只是张学良怀恋的一个爱情梦想，这个梦永远停留在了梦想阶段。

少帅自认的十一个女人

年老的张学良曾回忆起自己的爱情，他承认自己年轻的时候很好色，很荒唐，女朋友很多，其实没几个是自己真正喜欢的，而且大都是女人主动追他，只有一两个是他主动追的人家，这一两个里面大概就包括赵一荻。

张学良找情人，是讲究游戏规则的，所以他敢吹大话说自己问心无愧。他问心无愧的原因是兔子不吃窝边草，从不与部下的老婆、部下的女人搞暧昧关系。为了避嫌，也不让家里的其他人招惹那些漂亮的军官太太，怕她们用和家人交往的借口到家里来，借机勾引他。不但不许太太们到家里来，连各家的小姐们也不许到他的大帅府，他知道自己的定力比较差，怕谁家的姑娘天生有小狐狸精的特质，把自己再勾引了去，就麻烦了。他说，他怕招蜂惹蝶，怕惹事，怕惹出闲话来，这就是他做人的界限。

界限和底限还不太一样，张学良知道该爱什么人，不该爱什么人，他是有自己的尺度的。他自己承认的，算得上情人关系的，就有十一个之多。这十一个情人，在某个时期他们的感情是交叉进行的，也就是说张学良对感情的驾驭能力和控制能力很强。在爱着这个姐姐的同时，可以很投入很真诚地爱上那个妹妹。他感觉他对自己爱上的女人没一个是不真诚的，至于过后因为各种原因分道扬镳，那是另外的事。

不说前清王爷的福晋唐怡莹，不说红颜知己蒋士云，不说少年时代第一个勾引过他的表嫂林什么因，除了这些，张学良和许多当时在上层社会场面上很是张扬的很多风流女子都有过感情纠葛。

民国给了中国女性张扬个性的机会，刚刚从封建桎梏中解放出来，她们大胆挑战男性社会，大胆表达自己的感情需求。张学良正好赶上那个时代，那时候的他年轻、帅气、有权有势，是民国青年女子最欣赏的那一类男人。等不到张学良奋起直追，一些美女就主动出击了，一开始就习惯了被女人追的张学良，养成了惰性，你若追我，我就接招，你要不理我，我也就不朝前追了。

喜欢上一个女人，如果不往前追，是会坐失良机的，这样的好机会他不是没失去过。1928年，张学良在喜欢着赵四小姐，喜欢着北京天津的许多女朋友的同时，又喜欢上了当时外交部长王正廷的女儿。按照不主动追求女人的规矩，张学良没有向王正廷的女儿挑明这件事，而是经常到王家去做客，让王小姐自己猜。王小姐也许根本就没有看上张学良，一直是很不解风情的样子。张学良心里着急，就让人给王小姐几张自己的照片，意在表明心意。没想到阴错阳差，这张照片到了王正廷的妹妹大王小姐的手里。这个姑姑级别的王小姐早就对张学良有意，她截留了信件和照片，抢先和张学良联系，写了封情切切意绵绵的回信。小王小姐还蒙在鼓里，大王小姐已经把张学良追到了手，两个人迅速发展成情人关系。那段时间张学良经常到南京出差，他不是去和蒋介石谈工作，而是去和王正廷的妹妹幽会。到王家幽会的时候，经常能遇上小王小姐，到最后这个女孩子也是一脸懵懂的样子，用张学良的话说：那王小姐也有点傻不拉机的，不像王部长的妹妹那么聪明。

张学良还有一个很悲情的情人，天津怡和洋行买办梁家的梁四小姐。大多数资料上都说这个女子是梁四小姐，但是在张学良的一篇口述回忆录里面却说是梁家九小姐，我们姑且按照大多数的说法，把她叫做四小姐。

认识梁四小姐大概和认识赵一荻基本上是同一个时期的事，北京那边和蒋四小姐相互暗送秋波，天津这边和赵四小姐、梁四小姐关系都很不错。

梁四小姐没有赵一荻那么前卫，她很保守，虽然喜欢张学良，却不敢太明目张胆地表达，一直是犹抱琵琶半遮面，最终错过了最好的爱情档期。她的保守和她的买办老爸有很大关系。

按理说做到洋行的买办，观念上应当很解放很前卫的，但是梁老板不是，他表面上是洋买办，骨子里很农民，和农庄里收租子的地主差不多。他住的是最豪华的大楼，却从来不用电灯，晚上照明用煤油灯，一到夜晚，楼上昏暗，点点豆豆的煤油灯灯光使这座金碧辉煌的大楼显得很诡异。之所以不用电灯，因为梁老板觉得电灯那玩意不靠谱，容易失火，他却从来没想过，油灯这样的明火是不是更不安全。梁老板安全意识超强，活得非常惜命，家里从来不买汽车，出门都是打人力车。但是，人家也有前卫的地方，可着整个天津，就他们梁家有网球场，倒不是梁老板想抢一把时尚的风头，主要是打网球这样的运动项目可以锻炼身体，而且没有什么危险性，如果属于不安全项目，他才不会爱上这个项目呢。

张学良因为打网球总喜欢泡在梁家，就和梁四小姐非常熟络了。梁四小姐是旧式的大家闺秀，喜欢上一个男人，表达的方式也和现代女性不一样，她有些忸怩作态，显得非常放不开。但是张学良感觉到了，就利用梁四小姐对自己的那份情，经常和她打情骂俏开开玩笑什么的，如果是别人，梁四小姐早就恼了，但对张学良她从来不恼，反而羞怯怯的很受用的样子。

某一次张学良的玩笑开得有些大了，梁四小姐第一次半推半就地说：张先生你不要跟我开玩笑，好不好？

说这话的时候，那姿态，很有古典美人的韵味。

张学良就试探她：梁妹妹你喜欢不喜欢我？

梁四小姐那次的回答最大胆：跟你说真格的，我喜欢你，你不要跟我开玩笑，也给我交个实底到底能不能娶我？

大概感觉张学良的回答如同儿戏，半真半假的样子，梁四小姐这次用很认真的口气问他：你真能娶我吗？

这样的话不止一个女人问过，张学良的回答避重就轻，明白人一听，就能听出来他是在敷衍。

梁四小姐这种很正统的女人，是不会永远给某个男人当情人的，她最终的目的是一段爱情能修成正果，即使不能成为正妻，做二房也必须名正言顺地用八抬大轿抬回家去，她们渴望爱情，更要名分和脸面。她不是赵四小姐，她做不到像赵一荻那样为了自己的爱情甘于牺牲一切。不但她做不到，她那个土豪老爸也做不到像赵庆华那样破釜沉舟支持女儿去追求爱情。

梁四小姐很敏感，她感觉张学良对她貌似不太认真，于是心就有些凉了，正好有人来提媒，男方是叶公超的哥哥叶崇勋。叶公超曾担任过民国外交部长，他的哥哥也是当时的名流，有才有貌也有钱，于是在家里的安排下，梁四小姐嫁给了叶崇勋。老爸对这种赔钱货女儿舍不得出嫁妆，嫁到叶家后，叶崇勋表面上看是因为她没有像回事的嫁妆看不上她，其实那个风流公子根本就不喜欢她。后来叶崇勋因为工作关系到了青岛，当时他刚刚得过肺病，梁四小姐属于嫁鸡随鸡的那种女子，陪着丈夫在青岛养病。叶崇勋病稍好，就开始把控不住自己了，在一个宴会上和一个交际花表现得很暧昧。他们交杯换盏喝了很多酒，梁四小姐大约有些吃醋了，就过去劝了一句：你刚好，少喝一点吧。话音未落就挨了叶崇勋一记耳光。

当众受辱之后，梁四小姐咽不下这口气，带着屈辱收拾好自己的行装，提着一个小皮箱就负气出走了。当时他们已经定居上海，就准备坐着火车回上海。半路上，想起自己这些年的辛酸情路历程，她对人生绝望了，吞了大量的火柴头自杀了。

这个梁四小姐性情刚烈，这样的女子在爱情上比较认死理，大概张学良看透了这一点，不敢和她走得太近太深。

但是，张少帅遇到的，也有一些温情似水，怎么轰都轰不走的。她们有的是美丽的贵族少女，有的是优雅秀美的上层贵妇。火红的石榴裙下的阵阵香风，把张学良蛊惑得迷失在感情里，这种女人虽然温柔多情，张学良迷失自我的时候像一个醉汉，清醒过来之后，立即明白，这样的交际花是不可以投入太多真情的，金风玉露可以相逢，却不能在阳光下长久。女人的引诱更有杀伤力，如何收放自如，张学良在纷乱的情场上摸爬滚打，学到了一套独有的应对套路。

毫无疑问，张学良很有女人缘，他还有一个金发碧眼的红颜知己，就是墨索里尼的女儿。她跟随来中国当公使的丈夫齐亚诺来到中国，结识了张学良，并一下子喜欢上了他。张学良一开始并没有在意，中国女人还爱不过来呢，他还没有想过去爱外国女人。直到墨索里尼小姐的女秘书悄悄告诉他，墨索里尼小姐爱上他了，他才猛然醒悟，这个外国女人确实对自己不同一般。

走进爱情的女人，古今中外都是一样的，都对自己深爱的那个男人体贴入微。哪怕是一个平时很粗心的女人，一旦进入到爱情，也会变得细心起来，柔情起来。他们交往的那段时间，张学良因为染上了大烟瘾正在戒烟，墨索里尼小姐要跟随丈夫去上海了，临行前她用蹩脚的中国话深情地说：我希望你把嗜好戒掉，积极抗日。

张学良很礼貌很客气地点头答应。

离开张学良，一路上，墨索里尼小姐控制不住自己的感情，大哭了一场，她不明白这个东方男人为什么这么冷血，不懂得感情。不知她当着丈夫的面为另外一个男人流泪，那个外国公使心里会怎么想。

善解风情的男人是好男人，不解风情的男人更是好男人，张学良有时候很解风情，有时候却不解风情，拿捏得很到位，所以，不管他解不解风情，都被女人看做是好男人。

后来张学良也到了上海，认认真真找美国戒毒专家米勒戒毒。每天早上，米勒大夫的诊室都会有一个外国女人打来电话，向米勒询问张学良的治疗进展情况。米勒很奇怪这是一个什么女人，就告诉了张学良，张学良一听就明白了，是她，墨索里尼小姐，她一直在默默关注着他。

张学良还有一个大家都想不到的红颜知己，蒋介石的夫人宋美龄，她不是张学良十一个女人中的那些女人。

他们之间的情谊虽然只停留在友谊的尺度，但是，宋美龄一直很欣赏张学良，这种欣赏是因为张学良身上散发出的令女人们无法拒绝的魅力和风度。

宋美龄看男人是很挑剔的，张学良身上的毛病固然很多，可是他不像一般绅士那样矫揉造作，不像一般军人那样粗俗不堪。他威武中带着文雅，有很深的文化修养和艺术造诣，懂得鉴赏古画，能作古体诗，舞跳得很好，英语说得很棒，还喜欢体育健身，会打当时被认为很时尚的网球。

宋美龄第一次见到张学良，是在上海“五卅惨案”后，张学良来到上海，奉命调停冲突，维持秩序。一个盛夏的雨夜，在美国领事馆的宴会厅里，宋美龄见到青春年少的风流少帅张学良。那个夜晚，张学良很绅士地邀请宋美龄跳了一曲，他的舞姿很专业，不时会掺杂着英语说话的宋美龄，在张学良面前说话没有一点障碍，张学良偶尔还会用英语和她交谈几句，这个美好的印象一直保留在宋美龄心底。她把他看做绅士，亲昵地称他为“小家伙”。

张学良对宋美龄很有好感，晚年的时候，他曾经说：第一次见到宋美龄，惊为天人，极为倾倒。当时她还没有结婚，我立刻被她的气质倾倒，真是美如天仙。如果当时没有太太，说不定会猛追她呢！

西安事变之后，蒋介石恼羞成怒，要枪毙张学良，保护他的人恰恰就是宋美龄。她阻止蒋介石，甚至威胁他：你要是对那个“小家伙”有不利的地方，我就立刻离开台湾，我把你的内幕都公之于众。

宋美龄的情谊张学良是知道的，他们互相欣赏互相敬重，他们是知己，有着将近长达一个世纪的友谊，所以他曾这样对别人说：宋美龄活一天，我也能活一天。

张学良一生很少主动追女人，他曾经主动追求过的一个女人就是民国著名美才女林徽因。

1928 年 8 月 16 日，张学良接任东北大学校长，开始广招人才充实师资队伍。林徽因和新婚不久的丈夫梁思成受聘担任东北大学建筑系教授。正赶上张学良出资发起征集东北大学校徽图案大奖赛，林徽因就设计了“白山黑水”图案，并拿下本次比赛的最高奖。这个美丽的女教授立即凸显出来，让时任东北大学校长的张学良惊艳了一把。

和张少帅有过交集的女人们，还没有像林徽因这样的，他对这位年轻的美女教授不仅仅是倾慕，简直被她倾倒，他追求林徽因的第一措施和手段就是要聘请她做家庭教师。到张学良身边做私人家庭教师，和赵一荻做女秘书属于异曲同工，聪明的林徽因立即看明白了。

林徽因当时已经和梁思成结婚，即使没有结婚，张学良也不是她欣赏的那种男人。即使她未婚且张学良就是她喜欢的那种男人，但因为林徽因的父亲林长民就是被东北军打死的，她一直视张学良为杀父仇人，也不会和他产生感情纠葛。

林徽因婉言拒绝了张学良的邀请，课务刚一结束，立即逃也似的离开东北。

在张学良追求女人的道路上，这是为数不多的失败案例。

第四章　不要名分，只做你的女人

花为谁伤寂寞心

不管张学良有过多少女人，不管他曾经爱过谁，谁曾经爱过他，对于赵一荻来说，他就是她的唯一。

被张学良从车站接回大帅府，那时候的赵一荻还不知道父亲在报刊上登出了把她驱逐出家门的公告，她还沉浸在和张学良久别重逢的喜悦中。

进了大帅府，赵一荻才知道张学良的府邸和自己家的小宅小院相比，这里实在太大了。从外面进来的时候，她以为这就是一个普通四合院，没有想到里面居然如此气派。印象最深的是四合院朱漆大门彩绘着秦琼、敬德两位门神画像，正门南侧那座起脊挑檐的影壁正中，汉白玉板的刻有“鸿禧”两个大字，通往二进院的门楼很精致，在这里，处处显示着大气和气派，让没见过多少世面的小女生赵一荻站在院里瞬间就有了一种很渺小的感觉。

张学良从车上走下来，他的病还在恢复中，身体还显得很虚弱，三月的东北依然寒意料峭。在寒风中，张学良的身体有些站不稳的感觉，赵一荻适时上前挽住他的胳臂，扶住他，走向帅府后面休息的住所。这亲昵的动作刺伤了一个女人的眼睛，也刺痛了她的心，这个女人就是恰好从卧室走出来的于凤至，这一幕她并不想看到，一出门，却正好看到这一幕。

于凤至只知道病中的张学良去火车站接人了，并不知道去接谁。这段时间，张学良病得很重，一直没有怎么出家门，研究公务几乎也是在病榻上进行的，这两天身体刚刚好些，这么冷的天，突然说要亲自到车站接人，于凤至就知道要接的这位对于张学良来说不是一般的人物。现在人接来了，没想到却是这样一个妙龄少女，从她和张学良的亲昵动作来看，他们的关系已经很不一般。

当初，张学良在天津娶了第二夫人谷瑞玉，这个女人都已经是老公爹张作霖首肯的二太太了，却还是没有走进过大帅府，只能在府外另外购置的宅院里当外宅。于凤至经过无数回合的爱情保卫战，好不容易让那个女人落魄地回了天津，现在，从天津又杀回一个新的小狐狸精?

这个小女子乍看起来和谷瑞玉完全是两类人，她的容颜没有一丝的风尘味，甚至没有半点俗气，清纯得像出水芙蓉，这样的女孩你可以恨她嫉妒她，却不忍伤害她。这些年张学良在外面四处奔波，于凤至知道，他在感情上从来就没有消停过，他沾过无数花惹过无数草，只是那些花花草草们一直没敢引进家门，依然在外面的野风中摇曳着。至于那些花草有多少，这在于凤至眼里都不作数，毕竟，她们还没有威胁到她的地位和安全。今天张学良从火车站接回来的这个小女子非同小可，不可小觑，她直接走进了这个宅院，她和张学良在一起时候的动作和眼神，已经说明了一切。

于凤至是个深沉的女人，她不会像别的女人那样很冲动地扑过去，和小狐狸精厮打在一起揪头发挠脸，也不会玩一哭二闹三上吊的把戏，对于搀扶着张学良的赵一荻，她特意多留意了两眼，待赵一荻向这边看的时候，却装作没看到的样子，转身又回了屋。她这样做是给张学良一个面子，也是给自己一个面子，既然张学良没告诉自己这个女人是谁，自己也没必要正面和她接触。他在外面的女人多了去了，她都是睁一只眼闭一只眼的，这一个也一样。

赵一荻发现这个女人的时候，下意识地抽出搀扶在张学良胳膊上的手，她想颔首向那女人微笑一下打招呼，那女人却回屋了。

张学良已经看到于凤至，就轻声告诉赵一荻这位是大太太。当然，张学良没说“大太太”，而是用的“大姐”这个称呼，赵一荻立即就明白了，她就是于凤至，大帅府里稳坐在大太太交椅上的张学良的第一夫人。这个女人看上去慈眉善目的，还是很面善的，不是自己想象的那种用气势压人的女人。此时赵一荻还是想着陪病中的张学良养病，打算住几天就回天津。所以，她心里还是很轻松的，大概认为，我也没打算来抢你的老公，你也不必有深深的醋意。

不过，毕竟于凤至是张学良的妻子，自己爱的是人家的丈夫，任何一种有婚外情的人，心理上都不会坦坦荡荡，即使对方再大度，作为第三者，也感觉自己的形象在人家面前很低，哪怕这个对手只是大字不识的村妇，第三者的底气也足不到哪里去，更何况于凤至的气质不俗，整个大帅府她是一言九鼎的一号夫人。这个一号夫人面对张学良领回家的一个小女子，装作没看见，更让赵一荻这个小女子的心里有一些忐忑。

赵一荻跟在张学良后面进了一间屋。

这是张学良养病的一间卧室，一进门，两个人紧紧相拥在一起，很久很久没有在一起了，彼此被深深的思念煎熬着，今天终于可以彻底释放一把了。

张学良没有把赵一荻安排在大帅府居住，而是在北陵的一个别墅里让她安顿下来。这一类情人是不适合在家里居住的，在这一点上，张学良的分寸把握得很好。

刚住下没两天，天津那边传来了消息，赵庆华在报纸上发出了一纸声明，把女儿赴沈阳说成了与张学良私奔。这个朝野侧目的社会新闻搅乱了张学良的安宁，现在整个天津，整个沈阳，整个国家都知道赵一荻和张学良私奔了。张学良有苦难言，我什么时候拐你的女儿私奔了？这不是无中生有吗？搁到现在说不定就会找赵庆华讨要说法，找补回自己损失掉的脸面和名誉。

但是，矢口否认也不行，赵一荻就在沈阳，就在张学良身边，你说不是私奔，谁信啊？想找赵一荻问问明白，这个女孩子一脸的无辜，像受了委屈和伤害的小鸟一样，只知道吧嗒吧嗒掉眼泪。

赵一荻已经回不了家了，眼下只有拿这里当家了。

对于张学良来说，不能去找赵庆华当面对质，不能再发一个声明进行更正，看着赵一荻楚楚可怜的样子，张学良心里虽然有气，还是动了恻隐之心，毕竟这是个深爱自己的女人，这是自己爱过的女人。他把赵一荻安顿在北陵别墅做了长期住下来的打算，让她先从私奔门风波造成的心理阴影中走出来，缓解一下纷乱的情绪。

对于这个影响张学良声誉的私奔门事情，于凤至是如鲠在喉，心里酸酸楚楚很别扭。弄回个小妞来已经够闹心的了，居然还是私奔来的，也就是说，这个女孩子从此就要在沈阳驻扎下去了。作为第一夫人，她必须站出来捍卫自己的权益，这也是一个女人的本能。她在人前明着是维护张学良的尊严，暗着只剩下她和张学良的时候，敢于提出自己的各种不同见解。对于赵一荻，她是坚决不让其住进大帅府的，必须不顾一切把她像当年阻挡谷瑞玉一样挡在门外，才能保证自己的地位长治久安。她和张学良因为这件事情争吵得很激烈，甚至以死抗争，捍卫张家名誉。争执中，张学良甚至拔枪相向。为了一个刚来几天的小女人就对自己这个结发妻子拔出枪来，于凤至非常伤心。

伤心归伤心，于凤至还是爱张学良的，她知道，凭着他们这种包办婚姻，张学良能做到对她这样也算是不错了，她忍气吞声没有再为难他们。既然张学良决心已下，于凤至的阻拦是毫无意义的，反正小狐狸精没住到家里来，就让她在外面住下去吧。

事实上，他们不仅仅同居，有时候张学良会带着赵一荻出入各种场合，于是，给赵一荻安排一个怎样的身份成了于凤至必须考虑的问题。这个私奔来的小妞对外要有个说法，否则和张学良一起出席各种场合，算是怎么一码事？给她一个身份，对张学良有利，对她自己有利，最重要的是对整个大帅府的声誉有利，现在外界关于张学良和赵一荻的各种说法已经够多了。最终，于凤至给了赵一荻一个有职业的身份——张学良的秘书和侍从小姐。

赵四小姐对外是没有名分的，即使和张学良出双入对，对外国人就说她是张学良的女秘书，对中国人就说她是张学良的女侍从，因为中国人那时候对女秘书还没有什么概念。

也就是说，赵一荻私奔到这里，只是个秘书，只是个侍从小姐。如果她觉得委屈，吃不下这个苦，可以离开这里啊。

赵一荻从小没吃过任何苦，一个娇贵的大家小姐，一下子沦为了侍从小姐，虽然只是个对外的说法，她在张学良身边从没有做过侍女的事，可是说起来还是不太好听。赵一荻开始几天心里还有些不太舒服，几天后就把自己究竟是什么身份全忘记了。

身份对于赵一荻来讲已经不重要，只要能留在张学良身边，就是一辈子当女秘书她也认了。身份和名分都是虚的，只要身边有张学良，对赵一荻来讲就有了一切。她委曲求全，在这世界上，有些在别人看来很委屈的事，对于当事人来讲并不觉得有多委屈，赵一荻就是这样，她以侍女和秘书的身份成为了张学良的女人。

赵一荻住在北陵别墅，进入了从来没遇过的孤寂中。

过去在家的时候，有哥哥姐姐，有闺蜜们环绕着，从来没有感觉过寂寞，她有心事的时候，总会有人适时帮她出主意，替她化解。现在，守在自己心爱的人身边，却是无限孤独。沈阳城里这么多人，找不到一个可以说知心话的。张学良的病好了，整天忙于外面的各种事务，见到他依然很难，不过，他们总算是同居在了一起。

近在身边的思念，比远方的思念还折磨人，两个人很私密的耳鬓厮磨的时光在赵一荻看来显得那么珍贵。在别人眼里，她是张学良的小情人，情人算什么？其实什么都不算，她唯一和外面那些与张学良有关瓜葛的情人们的区别就是，她和张学良在沈阳同居了，成为众人皆知的张学良的二奶，而这一切，还要得益于老爸赵庆华的决绝。仅此一点，她已经成为了明恋暗恋着张学良的那些女人们嫉妒和羡慕的对象。在她们眼里，她是一个修成了正果的情人，所以她骄傲，她自豪，敢于理直气壮地说自己是少帅的情人，也坚定了她从一而终的意志。

孤独寂寞中，赵一荻发现自己怀孕了。

那时候，于凤至已经给张学良生下了三子一女，1916年生女张闾瑛，1917年生长子张闾珣，1918年生次子张闾玗，1919年生三子张闾琪。虽然膝下已经有了几个儿女，赵一荻的怀孕还是让张学良很高兴，他又要做爸爸了，不管这个即将出生的孩子是男是女，他都喜欢。张作霖那一代，娶了六房老婆，留下了一大帮儿女，张学良和老爸相比，在生产子嗣方面还差得远。而且，就在赵一荻怀孕前后，张学良刚刚十岁的三儿子张闾琪得了严重的肺结核病，看上去病病弱弱的，随时都有夭折的可能，所以，他特别渴望多要个孩子。

年轻女子怀第一个孩子，都希望妈妈能经常陪在自己身边。赵一荻没有妈妈的陪伴，没有亲人的安慰。自从那一纸公告之后，赵一荻再也没有亲人的音讯了，她只能轻轻抚着日渐隆起的小腹，和肚子里的孩子对话，这是她唯一守候在身边的亲人。

少帅府旁边的“赵四小姐楼”

怀孕之后，赵一荻妊娠反应很强烈，不知道什么原因后背上还长了一个痈疽，很痛苦，睡觉的时候都不敢随便乱躺，不小心碰到那个痈疽，就会疼得难以忍受。长期向一方侧卧，对孕妇和胎儿都不利。这个病奇奇怪怪的，张学良也很心疼她，为她四处求医，最后来到天津一家德国人开的医院里，据说这家医院治这种病是一绝。医生觉得赵一荻因为身体的原因，应当放弃这个孩子，就建议她打胎。

她怎么舍得放弃这个胎儿呢，这是她和张学良共同的孩子，就是不要自己的命了，也要保住这个孩子，这是赵一荻非常天真的想法。就是靠着这份天真支撑着，她居然奇迹般地挺了过来。当初在娘家的时候，作为家里最小的女孩子，她从小就是个比较娇气的孩子，她怀孕时期的坚强，靠的就是爱情，爱情的力量是战无不胜的，解释不清赵一荻为什么刹那间就变成了一个顽强的小女人。

天津是赵一荻生活了许多年的地方，往昔，在这个城市，她身边围绕着一大群亲人和好朋友，现在除了张学良派来的侍卫和保姆，她最想念的那些人一个都没见到。

在天津协和医院，赵一荻生下了她和张学良唯一的儿子张闾琳。年轻的小妈妈望着儿子粉嘟嘟的小脸，心里想的是自己的爸爸妈妈，此时，她特别希望能见到他们，幻想着也许自己从昏昏沉沉的睡梦中醒过来，突然会看到他们来到自己的产床前。然而，父母的身影自始至终没有出现，那个近在咫尺的家她是回不去的，抱着刚刚出生的儿子，赵一荻心情很糟糕。张学良也觉得在天津住下去不利于赵一荻调养身体，还不如再回到沈阳。

回到沈阳，住回北陵别墅，这个不足二十岁的小妈妈根本不知道该怎么带孩子，孩子哭的时候，她也会愁得泪流满面，这一切，张学良看在眼里，也很忧虑。回到大帅府，他把这种情绪也带了回去。

于凤至看出来了，作为一个过来人，她骤然明白张学良为什么而忧愁。

她是个善良的女人，自从听说赵一荻怀孕了，她就心软了。

于凤至自己已经生育过四个儿女，知道女人怀孕的时候最需要亲人的关爱。她比赵一荻幸运，虽然父亲早就不在了，但母亲还在，非常疼怜她，她每次的怀孕都有母亲陪伴在身边。在医疗条件差很多的那个时代，女人怀孕往往与死神就隔着一层纸，搞不好连命都会搭上。于凤至怀最小的儿子张闾琪的时候，得了一场重病，病得几乎起不来炕了，于凤至的母亲为几个外孙外孙女考虑，就打算让张学良先娶了于凤至的侄女，由她帮着照顾孩子。张学良拒绝了，他说如果他和于凤至的侄女结婚，于凤至没有了精神寄托，真的就可能很快死去，还是先替她治病吧，如果治好了就不娶那个侄女了，如果于凤至真的遇上不幸，到那个时候再做别的打算。

那一次，于凤至也和赵一荻一样挺过来了，由此来说，这两个女人的性格还是很相似的。因为有着共同的经历，于凤至越来越同情赵一荻，一个举目无亲的小女子，怀孕生子这种非常时期只能独自承受，何况她也和自己一样，忍着病痛为张学良孕育儿女。女人是最懂女人的，她越来越同情和可怜这个女孩子，甚至，在赵一荻快要生产的时候，她这边也悄悄为她准备了乳粉与婴儿衣物。她打算登门去把这些东西给她送去，又怕她难为情，临产的孕妇情绪上不能有太大波动。她把这些东西又收起来，隐隐感觉，用不了多久，它们就会派上用场。

于凤至已经释然了，通过这些日子的观察，她发现，赵一荻不是个坏女孩，不是那种水性杨花、贪图钱财的女子，对于张学良，这个赵四小姐是真心实意的，抛弃了一切只为了一份真挚的爱情。虽然这个女人是在和自己瓜分一个男人的爱情，她依然敬重她的真挚和痴情。

好女人是不该为难好女人的，于凤至对赵一荻不再抱有任何敌意。

那天，当张学良因为赵一荻的事在她面前叹息的时候，她开口说话了：汉卿，是不是赵四小姐那边遇上了难处？

张学良没想到于凤至会主动问这件事，就把赵一荻生下一个儿子，她自已抚养婴儿困难重重，有心把孩子送到天津的姥姥家，可是家里已经和她脱离了关系，赵一荻母子处于困窘境地的事对于凤至讲了。

于凤至轻声说，生了儿子是我家的大喜事啊，怎么不早些告诉我呢，明天我去看看他们母子，实在不行就回家住吧。

这话让张学良心生感动，这才是自己一贯敬重的夫人，关键时候，她总是善良而顾全大局的。

沈阳的冬日，天上飘着鹅毛大雪，于凤至和贴身保姆蒋妈带着鸡蛋、红糖、红枣冒着风雪来到北陵别墅。

这是于凤至和赵一荻两个女人的第一次正面接触。

于凤至的目光中已经没有一丝的幽怨，她看上去善良慈祥，问候完赵一荻，就去看孩子，所做的一切都是那么真挚，让赵一荻骤然感觉到无限的温暖。

于凤至从赵一荻怀里接过婴儿，抱着轻轻拍打，一股母性的温情涌上心头。赵一荻面对这个女人，心里的滋味很复杂，她其实不想伤害她，可是她真的离不开张学良，过去离不开，现在更离不开了。七想八想的，她就很没出息地又控制不住自己的泪水了，用细细柔柔的声音对于凤至叫了声“大姐”。

于凤至答应了，说汉卿就叫我大姐，你也叫我大姐吧。

赵一荻告诉于凤至：我真不是想伤害你，我爱汉卿，这辈子我可以不要名分，什么都不要，只要和汉卿在一起！

于凤至替赵一荻擦去眼泪：傻妹妹，怎么和姐姐一样傻呢。

赵一荻对张学良没有一丝伪装的痴情和执着，让于凤至的心五味俱全，有想哭的感觉。她第一次这样近距离见到这个比自己女儿大不了几岁的女孩子，她看上去那么年轻，脸上的绒毛在室内半阴的光线下都清晰可见，其实她还是个孩子，一个任性而执着的大孩子，自己这个年龄的女人怎么可以和一个孩子较真儿呢？于凤至替赵一荻擦干泪水，自己也已经眼泪汪汪。都是女人，都是善良痴情的女人，只是为什么都喜欢上了同一个男人？像赵一荻这样一个美丽温柔、聪明贤惠的女子，何苦要遭这个罪？

孩子已经出生好几天了，赵一荻的奶水还完全没下来，于凤至和她探讨产妇怎样下奶的话题，并说实在不行，自己就把这个孩子抱回大帅府，由她代为抚养。正为养孩子的事发愁的赵一荻刚刚止住的泪水唰地又流下来，突然觉得这个大出自己十四五岁的女人有些像妈妈，她感动得说不出话，轻唤一声大姐，就泣不成声。

于凤至说，快别哭了，你这一哭就更下不来奶了，我们这宝贝儿就更没吃的了。

赵一荻这才止住哭声，也为自己的失态觉得很不好意思。

于凤至又告诉赵一荻：我准备让你们母子都回大帅府居住。

赵一荻以为自己听错了，以为她只是接儿子去大帅府住，因为这个孩子毕竟是张家的后代，他住进去是应当的，自己没名没分的怎么可能住进去呢？当初谷瑞玉作为二太太都没住进去，自己不过就是个女秘书，是个侍女。她应声说：那就让孩子去大帅府住吧。

于凤至又把刚才的话重复了一遍，并告诉赵一荻，她亲自找人勘测设计，已经在帅府东侧给她盖了一栋小楼，由她出资，由她亲自监建，那座小楼虽然没在大帅府里面，却比大帅府里面最好的楼房都有特色，她决定把小闾琳和赵一荻接到里面去住。

这个大雪飘飘的日子，是赵一荻离开家来到沈阳之后最温暖最快乐的一天，虽然室外天寒地冻，但她的心里充满阳光，她紧紧握住于凤至的手：大姐，谢谢你。

两个女人，两个善良的好女人，终于为了同一个男人的爱情，成为同一个战壕的战友。她们是情敌，也是姐妹，在这种复杂扭曲的关系中，她们只有选择握手言和做好姐妹，才能寻找到更多的快乐和安慰。

于凤至所说的为赵一荻修建的那座小楼，就建在大帅府大院的东墙外，按照设计，这座小楼是一座二层中西合壁式建筑，占地547平方米，建筑面积428平方米。这座小楼建筑风格非常独特，既有体现中国传统风格的描金彩绘，又有典型的日本建筑风格，雕刻廊柱又具有欧式建筑艺术的鲜明特色，室内陈设则是豪华气派的法式家具，小楼门厅、客厅、餐厅、琴房、舞厅、办公室、卧室、书房、卫生间等一应俱全，并且独立成院，清静幽雅，精巧别致。

赵一荻带着儿子搬到了这里居住，这座楼和大帅府紧紧连在一起，看似是一体的。其实进这座小楼是不必通过大帅府的，它独立成栋。也就是说，赵一荻可以算作搬进了大帅府，也可以看做已经走近了大帅府的边缘，离大帅府只有一步之遥了，从张氏帅府东门出去，就是这座小楼，从楼上可以看到张学良办公楼的窗子。

赵一荻搬进去后，没有选择阳光明媚的南屋，出人意料地选择了小楼东北角最冷的一间屋子当卧室。人们猜不透这个女子为什么做事不按套路出牌，明明有那么多房间可以做卧室，为什么会选择那一间呢？于凤至起初也不明白这是为什么，某个夜晚，她去赵一荻的小楼上闲坐，走进她的卧室，举目往窗外望去，正好能看到大青楼二楼张学良办公室的灯光，她发现赵一荻和她聊天的时候，目光总是不由自主地向张学良办公室的灯光那边眺望，于凤至恍然大悟，她选择这个房间，就是为了每个夜晚能看到那灯光，那温暖的灯光让她感觉踏实和安慰。张学良经常在办公室工作到深夜，赵一荻就在这边默默地陪着他，守着他，一个女人要有怎样的痴情才会这样关注自己深爱的那个男人啊。

于凤至终于明白了，张学良曾经有过那么多情人，比赵一荻更美丽的，更有背景的，更有才情的，更有魅力的都有一些，为什么最终张学良却偏偏选择了她。赵一荻被家里逼得无家可归只是其中的原因之一，最主要的还是这个女子对爱情的真诚和专一。每个夜晚，当她痴痴地守着窗儿遥望爱人窗口的灯光时，上天也会为这份痴情而感动。

赵四风流朱五狂

张学良一生的第一个重大转折点不是他老爸张作霖被日本人炸死，而是在“九一八”事变。

1931 年“九一八”事变爆发后，东北军不放一枪，全军撤到关内。张学良“不抵抗将军”的帽子戴定了。

那一天的张学良在哪里，他在做什么？

那一天的赵一荻在做什么？

在那个特殊日子的重大事件发生时，张学良被全国人民质疑是正常的，虽然他自己觉得冤枉，毕竟他是当事人，最冤枉的是那几个和他有着各种关联的女人，一个是他的红粉知己赵一荻，一个是当红影星胡蝶，还有一个是那个年代的京津名媛朱五小姐。

“九一八”事变爆发，关于张学良的各种传言纷纷扰扰，本来就因为风流而闻名的张少帅，自然少不得在男女情事上被人们猜忌。一些人猜测，那个夜晚，当东北那边山河涂炭的时候，张学良正在京城带着他的情人赵四小姐以及关系有些暧昧的朱五小姐，到娱乐场合歌舞升平，遇上当红影星胡蝶，于是搂着胡蝶翩翩起舞。

那边是国土沦陷的隆隆枪炮声，这边是灯红酒绿红男绿女的奢靡生活，这种猜测如果不是被国民党元老马君武落实到文字上，也还好一些，关键是马君武在根本不了解内情的情况下，写了两首题为《哀沈阳》感事诗，于1931年11月20日发表在上海的《时事新报》上，诗是这样写的：

之一

赵四风流朱五狂，
翩翩蝴蝶最当行。
温柔乡是英雄冢，
哪管东师入沈阳。

之二

告急军书夜半来，
开场弦管又相催。
沈阳已陷休回顾，
更抱佳人舞几回。

这两首诗，是在讽刺张学良在“九一八”之夜嘉兴失守的严峻形势下，依然搂着美女跳舞的事情。如果光说张学良不抵抗，还不会有那么大的影响力，关键是他搂着美女跳舞，一下子点亮了人们的眼球，激活了一颗颗蠢蠢欲动的八卦心，人们竞相传颂这两首诗。诗写得并没有太多的文采，却有人把这两首诗背得滚瓜烂熟，在茶余饭后作为谈资。

短短的两首诗，像是很八卦的花边新闻，里面不仅仅涉及到了风流韵事，还涉及到了女人，而且一下子就涉及到了三个：赵四小姐赵一荻、朱五小姐朱湄筠、影星胡蝶。

一个伤及几个人的冤案就这样出炉了。

赵一荻自然是一号红颜祸水，她和张学良的那点事几乎是家喻户晓的。人们猜想，那个夜晚，赵四小姐一定是陪在张学良身边的，她对外的身份是女秘书，是女侍从，从传说中的私奔之后，几乎所有可以带女人的场合，张学良身边都少不得她的陪伴。这样的女人，不管她做没做什么，都是板上钉钉的红颜祸水，谁让她蛊惑张学良的心智来着？

按照许多史料记载，那个夜晚，赵一荻的确和张学良在一起，不过他们没有在舞厅跳舞，而是在京城的一座戏楼听戏。

那年的夏秋，张学良大多数时间是在京城度过的。自从父亲张作霖在皇姑屯遇难身亡和三儿子张闾琪因病检查身体时胸透机神秘爆炸死去后，张学良的身体经常出状况。那一年的五月底，张学良因患严重的伤寒症到协和医院诊治，好像这场病旷日持久地治疗了几个月。那时候日本人已经开始经常挑衅闹事，蒋介石给张学良定的调调就是不许抵抗，他也无奈，眼巴巴看着日本人得寸进尺。

到了初秋，张学良的病已经基本痊愈了，不过依然在协和医院休养，于凤至和赵一荻这两个女人住在京城陪着他。养病期间，已经恢复得差不多的张学良各种外事活动都出席一下，大多数时候是赵一荻陪着他，于凤至自从小儿子病逝后心情一直不好，很少参加场面上的事。

偶尔，赵一荻也会陪着张学良到舞厅跳跳舞，但是，“九一八”的那天晚上，他们的确没有进舞厅。

那一夜，他们在前门外中和戏院观看梅兰芳的《宇宙锋》。张学良身边不但有赵一荻，还有于凤至，看戏的事于凤至还是会参加的。这场戏是张学良用来招待宋哲元等将领的，演戏的很认真，看戏的也很投入。戏看到半截，张学良的副官匆匆走进包厢，和张学良耳语几句，赵一荻看到张学良脸色大变，起身离座走出去，那情景，很像当初张作霖被炸身亡的那个夜晚。

张学良是去装有外线电话的协和医院，向东北边防军司令长官公署参谋长荣臻了解情况去了，同时迅速与南京方面联系，请示该怎么办。

包厢里的赵一荻和于凤至不知道到底发生了什么事，心里都忐忑不安，后面的戏唱的是什么基本上都没听进去。自从成为张学良的女人，赵一荻觉得自己一夜之间就长大了，从一个不问政治的女孩，也变得很政治。她时时都在提醒自己不要成为人们眼中的红颜祸水，做任何事情都是小心翼翼，和同年龄段的女子相比，她显得很老成，很懂事体，从来没有显示过她的所谓风流，即使这样，还是没有逃脱被别人看作红颜祸水的厄运。

那首诗里面的二号红颜祸水朱五小姐朱湄筠，和张学良之间没有任何暧昧关系，不知道为什么马君武把她选进里面，是因为这个京津名媛名气够大呢，还是因为马君武没搞清张学良的情人究竟都有谁呢？就是给他安插绯闻，也要摸清楚他究竟和谁有过绯闻，那样这桩公案的可信度多少还要高一些。

北洋名媛朱湄筠

朱湄筠也不是和张学良一点交集都没有，她是赵一荻的同学兼闺蜜，是张学良的秘书朱光沐的妻子，1930年朱光沐和朱湄筠结婚，还是张学良为他们主婚。再细究起来，张学良和朱湄筠还沾着点亲戚，朱家的六小姐嫁给了张学良同父异母的胞弟张学铭，另外，朱四小姐嫁给了张学良的副官飞行员吴敬安，朱九小姐嫁给了张学良的把兄弟吴泰勋。

因为这些纷杂的姻亲关系，他们偶尔会在北京和天津的舞厅碰上，偶尔会在一起跳个舞，不过，仅仅是不经常跳舞的普通舞伴而已。如果把和张学良跳过舞的女人都算作和他有暧昧关系，那么，和他有暧昧关系的女人队伍就太庞大了，数也数不清。

张学良自己也为这件事喊冤，他说，他都没跟朱五开过一句玩笑，他们之间更谈不上暧昧关系。

如果不是马君武在诗里面硬把他们牵扯到一起，他们从来没想到过他们之间会有什么，当然，牵到一起之后更没什么了，本来就清清白白的，绝对不会为了迎合马君武的那首无稽之谈的诗而做什么。朱湄筠作为赵一荻的闺蜜，不会对闺蜜的男人做什么，张学良作为朱湄筠丈夫的领导，不会对自己部下的老婆下手，要知道他曾经严格要求自己兔子坚决不吃窝边草。

不过，“朱五狂”这一句也不是完全不对，因为朱五小姐本人还是很爱出风头的。

朱湄筠是北洋政府内务总长朱启钤的五女儿，朱启钤一生娶了三任太太，生下十个女儿，在这一点上比赵一荻的老爸赵庆华更胜一筹。十个女儿个个如花似玉，最出众的是三小姐朱淞筠和五小姐朱湄筠。朱家的这两个小姐天生美貌，喜欢抛头露面混迹在社交场合。

民国年间的名媛们的共同特点是：一般都出身于名门望族，拥有高贵的身份、优雅的气质、风华绝代的美貌、与众不同的观念，而且一般都是高学历高智商，这样走进大都市的上层权贵圈子里，才能混出点名堂。她们中许多人的身份不仅仅是大家闺秀和贵族家的太太，有的还是世间少有的奇才，特殊的时代造就了一群特殊的新女性，北京天津的名媛和上海的新女性共同构成了民国女性的惊艳风景线。

朱家三小姐和五小姐主要的活动范围还是天津，她们不做作，不忸怩作态，性格大胆泼辣，但是却不放浪。都说她们风流，却没有什么风流韵事，想炒作她们的绯闻，一件都找不到，朱湄筠被马君武免费炒作了一回，还是虚假新闻。

“九一八”那天，朱湄筠根本就没在北京，她正在天津住着，不但没有和张学良在一起，那个夜晚也没进舞场。那时候她和新婚丈夫朱光沐一个在天津，一个在沈阳，天各一方，一边忍受着相思的煎熬，一边又沉浸在甜蜜的爱情之中。那段时间，朱湄筠主要的娱乐活动就是和上层太太们打打牌，基本上是不进舞场的。

虽然被马君武冤枉了，朱五小姐的知名度却一下子提升了。后来，在香港的一个宴会上，朱湄筠遇上马君武，她举杯走过去向马君武敬酒：马先生，你知道我是谁吗？我就是你诗中所写的那个朱五。我敬你一杯，我谢谢你了，你把我变成名人了。

马君武尴尬地僵在那里，那杯酒不知道该喝还是不该喝，没等到酒席散去就仓皇逃窜。

那首诗里面的三号红颜祸水就是著名影星胡蝶。

马君武的诗一出，胡蝶听说后，立即开始叫冤。也别怪她高调喊冤，事实上，胡蝶根本就不认识张学良，别说和张学良跳舞，就连张学良的面都没见过。“九一八”事变开始的时候，胡蝶和明星公司的人正在天津，一周之后，为了拍摄《自由之花》的外景来到北平。“九一八”之夜，胡蝶并不像舆论界传说的那样，在北京六国饭店被张学良拥在怀里翩翩起舞，她是和她的《自由之花》剧组正为拍戏的事而忙碌着，根本没有心思到舞厅和

影星胡蝶

哪个达官贵人共舞。只是他们拍摄的这部《自由之花》却是一部很敏感的剧目，内容是小凤仙和蔡锷的故事，里面有一段剧情是写袁世凯和日本勾结的。对这部戏，日本人是很仇视的，胡蝶和张学良的这个莫须有的“绯闻”其实就是日本人制造的，他们在天津《庸报》登载了《张学良的“九一八”之夜》的文章，里面有这样的文字：

民国二十年九月十八日夜，日本关东军发动大规模进攻，一路烧杀抢掠，无恶不作，东北三省之同胞陷入水深火热之中，而东北军之最高统帅张学良将军彼时却正与红粉佳人胡蝶共舞于北平六国饭店……

马君武不过是根据道听途说的消息，写成了两首诗。

当外面传嚷她“九一八”之夜和张学良共舞的消息已经家喻户晓的时候，从天津北平拍外景回到上海的胡蝶还蒙在鼓里，回家遭到亲朋好友的谴责，她才知道，自己已经变成了亡家亡国的红颜祸水。这个黑锅太沉重了，她可背不起，因为她根本就不知道张学良长什么样。马君武《哀沈阳》发表的时候，胡蝶已经回到了上海，所以，第一时间就看到了报纸。

胡蝶很愤怒，她坐不住了，诗发表的第二天，立即在上海的《申报》发表声明：

蝶亦国民一分子也，虽未能以戏颈血溅仇人，岂能在国难当前之时，与守土之责者相与跳舞耶？

紧接着，张石川、洪深、郑小秋等人也出面了，在报刊上辟谣，为胡蝶鸣不平，证明那个夜晚胡蝶是和他们在一起。

之后，张学良到上海，正好有和胡蝶相识的机会，有人想介绍他们认识，张学良说：还是算了吧，那样一来谣言不就变成真的了吗？

20世纪60年代，胡蝶赴台湾出席第十一届亚洲影展，有人问，要不要见见张学良？她回答：专程拜访就不必了，既未相识就不必相识了。

张学良和胡蝶一生也没有见过一次面，如果不是这个诗歌谣言，也许，他们会相识的。

朱五小姐和胡蝶这两个躺着中枪的女子都通过各种渠道澄清了事实，只有赵一荻，永远都没有站出来为自己洗清什么。是不是红颜祸水自有历史来证明，她不想用苍白的语言说什么，马君武“赵四风流朱五狂”那句诗在她那里就当清风吹过。她从来不喊冤，不在个人的事情上纠缠和计较，她相信她爱的男人，相信他在民族大义的问题上是有原则的，她只要他好，自己受点冤枉也无所谓。她用自己的一生向世人证明自己的清白，证明自己不是红颜祸水。

只因为我有两个“他”

“九一八”事变那一夜的历史已经变成了20世纪越来越远的背影，虽然还不算遥远，许多真相却永远也说不清了。

关于张学良的不抵抗，坊间有两种说法。一种说法是，在“九一八”事变之前，蒋介石曾经给东北军发过一系列电报，命令其不抵抗；另一种说法是张学良权衡利弊，考虑到东北军的实力，主动采取不抵抗政策。

前一种说法跟随着一个传奇故事，据说蒋介石那些电报函件被于凤至保存在伦敦汇丰银行保险柜中，用这些东西作为要挟蒋介石的手段，所以西安事变后，国民政府和蒋介石不敢加害张学良。

关于这个说法，于凤至给予了否认，说不存在蒋介石下令不抵抗的电报，历史就是历史，要尊重事实。

张学良晚年在回忆自己一生的历史时，也说起让他伤心的"九一八"事变。

那时候的张学良已经是年逾九旬的老人，但是脑子还不算迟钝，对旧日的许多事情还能清晰忆起，让记忆穿越历史回到六十年前的那个多事之秋，许多事已经变为遥远的过去，他很平静地回忆说：

> "九一八"不抵抗命令是我下的，不能诿过于他人，我的过，就是我的过。

这是《张学良口述历史》中记载的。

1990年的6月和8月，张学良两次接受日本NHK电视台采访，又说：

> 我当时没想到日本军队会那么做，我想绝对不会的。我认为日本是利用军事行动来向我们挑衅，所以我下了不抵抗的命令。……我不能将'九一八'事变中的不抵抗责任推卸到国民政府，是我自己不想扩大事件，采取不抵抗政策。""对'九一八'事变我判断错误了。之所以后人骂我，国人骂我。我说你骂我'九一八'事变不抵抗，我是

一点不服，不认这个账，我没有错。可是你要骂我是封疆大吏，没把日本的情形看明白，那我承认。我为什么判断日本不能这么做，因为这么做对他不利。

1931年9月18日夜，日本人发起对沈阳北大营进攻的时候，当然不会和中国方面任何人商议。那个夜晚，张学良在北平。那个夜晚，蒋介石在做什么？

那天一大早，蒋介石在宋美龄的陪同下先是去了一趟中山陵，然后参加了国府会议，议题是讨论工厂检查法等问题。

那个夜晚，蒋介石登上永绥舰，前往南昌督师剿共，部署对江西中央根据地进行围剿。当晚十点钟日军进攻沈阳北大营的时候，蒋介石已经在剿共的路上，当晚没和张学良取得过任何联系。所以说，那个夜晚蒋介石没有下不抵抗命令，也可能是真的，但是，之前是否明示或者暗示张学良不予抵抗，就不好说了。如今，当事人都已经走进历史的烟云中，谁还说得清？

张学良骨子里厌恶战争，他小时候的理想不是做军人，更不是做军阀，母亲的早逝让他觉得做一名治病救人的医生更有价值。长大后遵从父亲的设计成为军人，他依然不想打仗，认为战争给国家和民族带来太多痛苦和创伤。张作霖离世后，他在东北推行铸剑为犁政策，裁军员、转军产、兴百业，他的军队已经没有强大的战斗力了，歌舞升平中，日本军队突然发起进攻，也让张学良措手不及。

不管历史背后真实的背景是怎样的，呈现在人们面前的，是“九一八”事变之后，张学良成了众矢之的，“不抵抗将军”的骂名让他抬不起头来，他一下子成了东北沦陷的罪魁祸首，成了遗臭万年的民族败类。

张学良倒霉了，大家从他那里“挖”出来三个红颜祸水，其中的两个立即大声喊冤，不是装腔作势地喊，人家是真冤，因为那两个女人跟张学良真没什么关系，最后落实到张学良名下的只剩下了一个赵一荻。

赵一荻本来就因为和张学良的私奔事件，变成了花边新闻上的著名人物，这一次不管有没有马君武的那首《哀沈阳》，她都成为了脱不了干系的红颜祸水。她没有奋起为自己正名，既然自己的男人现在是“不抵抗将军”，当一回红颜祸水陪伴他又有何妨，男人都已经倒霉成这样了，自己那点名声还算什么？一荣俱荣，一损俱损，作为张学良的女人，赵一荻把自己的悲喜都和这个男人紧紧系在一起。从“九一八”之夜开始，张学良的脸上没有露出过笑容，赵一荻的脸上也出现了与她年龄不相称的忧愁。

十九岁的女孩子应当是阳光快乐的，她却无论如何也快乐不起来。

那段时间，张学良身边的氛围是沉重的，不仅仅是外界舆论的重压，还有日本军队快速侵占东三省全境的耻辱和痛心。那里是张学良从小生长的地方，是他的家乡，眼巴巴看着自己的地盘被别人抢占去，他拱手相让，手里拿着武器，连一枪一炮都不放，心中的那个滋味，只有当事人自己知道。

政治是件复杂的事，许多政治上的事，赵一荻是不懂的，她的政治就是爱自己的男人和孩子。当张学良在自己的政治上输得一塌糊涂的时候，赵一荻的政治却毫不动摇。张学良叹息的时候，她搂紧年幼的儿子，守在他身边，陪着他沉默。张学良为什么不抵抗，她没有问过，她不是为张学良当着半个家的大女人于凤至，她甚至连个姨太太都不是，在别人眼里顶多是个顶着秘书名声的张学良的二奶。张学良是她的男人，张学良是她的领导，张学良也是她的天，她尊重他的一切选择，他做任何事情都有他的道理，有些道理她懂，有些她不懂，不管懂与不懂，她都不给他添乱。

偶尔心情平静下来的时候，张学良会问她，现在我落魄成这个样子，丧家之犬一样，家国丢了，尊严丢了，名声也丢了，跟着我你还要背上红颜祸水的恶名，你后悔吗？

赵一荻轻轻摇摇头：汉卿，我不计较，更不悔恨，只因为我有了两个“他”。

她所说的两个“他”，一个是张学良，另一个是他们的儿子张闾琳。这两个男人都是她的最爱，这辈子有了他们，就是上苍对她的恩赐，她就足够了。

张学良人生中最黑暗的那段时间，赵一荻用自己的柔情温暖着他。于凤至是可以依赖的大姐，有她在身边，张学良觉得有主心骨，她像是自己的一个哥们儿和朋友。赵一荻却是善解人意的红颜知己，她细心敏感，能看透张学良的一切心思，张学良焦头烂额的时候，她一言不发给他送上一杯清茶，他就心生安慰；张学良心灰意冷的时候，她一句贴心的话，他就感觉到温暖。

赵一荻奉行的爱情至上主义，这才刚刚拉开序幕，此时的她不知道未来还有那么漫长的路要走。

“九一八”之后的张学良陷入了无限的痛苦中，1931 年的 9 月 18 日，他启用了一个新的日记本，记录自己的人生点滴。后来所有的日记，每一本都是 9 月 18 日开始，直到他去世。可以看出，“九一八”在张学良心中，比西安事变的分量要重。

从“九一八”那天开始，蒋介石在日记中也经常提及张学良和“九一八”，不过，他大骂张学良懦弱胆小，是个纨绔子弟。从这本日记看，不抵抗命令似乎不是蒋介石下的，而是张学良自作主张选择了不抵抗。

东北军节节后退，退到了关内，军队还在，士气已经没了。一支没有了士气的军队就像一个撒了气的气球，瘪瘪的，疲软在那儿。东北丢了，根据地丢了，张学良客居在北平，身边有他的于凤至和赵四小姐陪伴着。此时，妻子和情人的安慰只能抚平他表面的伤痛，内心深处的伤是谁也抚慰不了的。

乖巧的小儿子牙牙学语，童真可爱，赵一荻有时候故意把孩子抱到他跟前逗他高兴，他只有片刻会被孩子那懵懂的憨态逗得有一丝笑意，很快又是愁眉不展。

他又开始吸毒了，赵一荻想拦，却拦不住，不但张学良沾上了毒瘾，连于凤至也开始沾染这个东西。赵一荻欲哭无泪，她感觉很绝望，这可如何是好，她是劝不动张学良的，再说已经变成那个状况的张学良必须戒毒，靠言语是劝不动的。她希望于凤至劝说张学良去戒毒，于凤至摇摇头，说自己也做不到，正因为做不到，所以自己也开始抽大烟麻痹自己。

赵一荻沉默了，张学良那时候已经不仅仅是抽大烟了，他开始注射吗啡，每过一会儿工夫就扎一次，赵一荻劝他的时候，他竟劝赵一荻也试试。

誓与张学良同甘苦共患难的赵一荻心想，既然劝不了他，那就和他共患难吧，他做瘾君子，自己也陪他，大不了就是一死嘛，她愿意陪着他去赴死。

财务部长宋子文按照蒋介石的安排，到北平去见张学良，一方面为了鼓励安抚他，一方面也为了探探张学良的思想动态。那一次两个人一起坐车到下面视察，张学良的毒瘾已经很大了，随时都会发作，无奈汽车每走四十公里，张学良就要停车注射一次吗啡。

宋子文察觉到了问题的严重性，他发现张学良现在就是一个瘾君子，如果任其发展下去，这人就完了。

吸毒，在虚幻梦境中麻醉逃遁

人们习惯于把张学良吸毒的责任推到他的第二任太太谷瑞玉身上，认为当初如果不是受谷瑞玉的蛊惑，张学良不可能变成瘾君子。

张学良吸毒，谷瑞玉的确有脱不了的干系，不过全部责任都归到她身上，太重了，这个女人承担不起。张学良不是三岁的孩子，他是统领千军万马的军中大将，是具有完全刑事责任能力的成年人。1924 年第二次直奉战争爆发，二十挂零的少帅就是负总责的司令官，精神压力想必非常大，郭松龄倒戈反奉，让张学良在巨大的精神压力之下，增加了心理上的绝望和崩溃。那个时间谷瑞玉段正好在张学良身边守候，张学良用吸毒来排解内心的痛苦，也不一定就是谷瑞玉的馊主意，再说谷瑞玉在张学良那儿说话有那么重的分量吗？

据说张学良以往也不是一点都没有沾过大烟的边儿，住在大帅府里的张作霖的那些姨太太们，大都抽大烟。抽大烟被看作是上层社会奢靡生活的标志，张学良偶尔也吸食几口，只是没到上瘾的地步。第二次直奉战争期间，他借毒消愁，第一次沾上了毒瘾，他开始依赖毒品，没有鸦片提神，就打不起精神来。他抽大烟的事是不敢让张作霖知道的，先是瞒着，有了毒瘾的人，想瞒是瞒不住的。和张作霖见面的时候，他哈欠连天，一副萎靡不振的样子，被张作霖一眼就看明白了：这小子不务正业，抽上大烟了。

因为谷瑞玉那阵子天天以二太太的名义守在张学良身边，整个大帅府的人都把责任推到了谷瑞玉身上，觉得这个狐狸精不是什么正经东西，你是干嘛吃的，让张少帅吸毒。大家认为张学良吸毒就是这个女人怂恿的，因为这个，这辈子她休想住进大帅府。

谷瑞玉在一片喊打和叫骂声中，满腹惆怅灰溜溜地缩在天津的小洋楼里，不敢再抛头露面再随便嘚瑟的时候，张学良没有一丝想戒毒的意思，这个他曾经迷恋的女人已经变成了明日黄花，他决定把她戒掉。对于已经迷恋上的鸦片，却没有戒掉的意思，他愈发迷恋毒品，吸毒的频率在不断增加，没有谁能控制得了他的毒瘾，张作霖也无奈。

1928 年，张作霖在皇姑屯被炸身亡，张学良的毒瘾更大了。他靠吸毒排解内心的巨大悲伤，当他自己意识到必须戒毒的时候，他的毒瘾已经很难戒掉了。

他尝试了很多种戒毒的方法，都没有多大作用，已经和张学良有了二心的杨宇霆告诉他，有一种日本进口的注射药名叫巴文耐鲁，是戒除鸦片的特效药，毒瘾发作的时候，扎一针下去，就能缓解痛苦。张学良对杨宇霆还没有戒心，觉得只要能戒毒，不妨试一试，于是让帅府的私人医生马扬武给他找来这种针剂。鸦片烟瘾上来了，就打一针，一开始确实很有效，每天打一针可以顶挡一天。后来一针不管事了，要打两针才行。鸦片是基本上不抽了，不打针却不行了，难受的时候，比当初鸦片瘾犯上来还难受。张学良这才意识到这针剂更不是什么好东西，仔细一打听，原来这玩意儿里面含有海洛因，说穿了这种巴文耐鲁就是吗啡，从一天的一次两次到后来一会工夫就要注射一次。

他也恨自己涉毒之深，为了表示自己戒毒的决心，把马扬武医生撤了职，尽量自己控制自己，后来情况稍稍好了一些。

“九一八”事变后，东北失陷，热河失陷，张学良一夜之间成为千古罪人，巨大的精神压力和心理压力让他连活下去的勇气都快丧失了。人在绝望的时候，可以做出离谱的事，并没有完全戒掉毒瘾的张学良用大量注射毒品麻醉自己，对他来说，吸食毒品、注射吗啡还不算多么离谱。

在毒品中寻找到的片刻轻松，让他付出的是惨重的代价。那个光彩照人的英俊少帅，没多久就出现了瘾君子典型的外貌特征。他的儒雅被孱弱代替，光洁的皮肤变得黯淡无光。张少帅瘦了，没精神气了，整天无精打采地闷坐着，打完这针勉强支撑起一点劲头，几分钟过后，就又萎靡下去，忍到实在忍不下去了，接着再打一针。

到 1933 年 3 月被迫引咎辞职，张学良的毒瘾已经发展到其一生涉毒史上最“辉煌”的阶段，他身上到处是扎吗啡扎出来的针眼，胳臂上满满的，大腿上满满的，但凡能扎针的地方，千疮百孔，惨不忍睹。

引咎辞职后，张学良决定找个隐蔽些的地方躲起来，他带着于凤至和赵一荻，悄悄住进上海法租界的一幢豪宅里。

两个女人看上去和在东北大帅府的时候没多大变化，衣着依然很光鲜，于凤至虽然抽大烟，还没把自己折腾成黄脸婆，赵一荻只是精神气不如从前了，看上去还是青春秀丽，张学良却明显苍老了许多。一些老朋友探听到他们搬到了这里，来看他，都惊叹于他的变化之大，往往是他在客厅坐立不安、心不在焉、精神萎靡地陪朋友说不了三两句话，就要把人家晒在客厅，他匆匆离去打一针吗啡，回来再接着刚才的话题谈，也是一副心神无主的样子。在大家的心目中，过去那个风流潇洒、英姿勃发的少帅已经不存在了，变成了这个看上去可怜兮兮的大烟鬼。

蒋介石觉得，让一个落魄成大烟鬼的张学良留在国内，在政治上对自己很不利，不如让他带着他的女人孩子出洋“参观游历”，到国外旅游一段时间，于人于己都是件好事。

按照张学良的身体状况，别说出国，他还出得了门吗？

他首要的任务是戒毒。

宋子文在张学良戒毒这个问题上，是起了关键作用的。不管他是受妹夫蒋介石指派，还是出于对朋友的关心，为了劝张学良戒毒，他苦口婆心地劝，告诉他出国前一定要戒掉毒瘾，他的形象不但代表着他自己，也代表着中华民国，在外国人眼里，他代表整个国家的形象。

临离开张学良住所之前，宋子文还在对张学良重复这些话，出来送宋子文的赵一荻都听到了，低声对宋子文说：谢谢您，好好劝劝汉卿吧，为他打针这件事，我和大姐都快愁死了。

宋子文说，我们一起努力，你们也要多劝他。

赵一荻叹息一声：一直在劝啊。

宋子文说，光劝不行，你们也要拿出行动来，听说张太太的烟瘾也很大，你是不是偶尔也沾一点这东西啊。

赵一荻惭愧地低下头，张学良扎吗啡，于凤至抽大烟，她对他们都无可奈何，确实这段时间偶尔会沾一点这东西麻醉一下自己的情绪，但是还没到上瘾的地步。

宋子文告诉赵一荻，回去后他给张学良找一个靠谱的医生，不但要让张学良戒毒，于凤至和赵一荻都要戒。

送走宋子文，张学良立即召集家里人开紧急会议，自从东北沦陷以后，已经很久没有开过家庭会议了。这次家庭会议的气氛怪怪的，张学良自从有了毒瘾，比平时更爱喝水，他手里端着不离手的水杯子，哈欠连天，流泪涕涎地对大家说：我已经下了决心，把毒瘾戒掉。

看大家默然无声，他接着说：我戒毒的时候，希望大家支持配合，谁也不许偷着给我毒品，如果谁可怜我给我送了毒品，我马上打死他。

张学良把自己的手枪放到枕头下面，以示自己是说话算数的。

于凤至听说过戒毒的痛苦，担心张学良挺不住，他已经瘦弱成这个样子了，出了意外怎么办？就劝张学良，是不是调养一下身体再下决心。

张学良的毒瘾已经上来了，这会儿折磨得他正难受，于凤至的话让他情绪暴躁，他把水杯狠狠地放在桌子上，咆哮道：我决定的事情，还要你来说三道四吗？

赵一荻赶紧把桌子上的水擦掉，柔声劝导他息怒，大姐也是好心啊。

张学良当然知道于凤至是好心，只是他不能让任何借口和理由再阻拦自己的戒毒行动。他心里很明白，从那年在天津吸第一口鸦片的时候他就明白，毒品是不能沾的，一旦沾上，自己就彻底被毁了，他一而再再而三地想戒掉，阴差阳错地却由抽大烟发展成了扎吗啡。

看张学良情绪稍稍稳定了，赵一荻准备退出去，张学良叫住她，说自己有话对她说，他从自己的枕头底下掏出手枪，交到她手上。赵一荻愣愣地望着自己手里的那把枪，不知道这是什么意思，她历来和刀啊枪啊之类的无缘，这把枪放在自己手里，她觉得有千斤重，一只手根本就拿不动它，于是拿枪的这只手有些颤抖了，她不解地问：这枪，什么意思？

张学良说：四小姐，他们我谁都信不过，就信得过你，我戒毒的时候，你拿着枪，守在我门口，除了医生谁都不许靠近，我多难受都不许任何人进我的房间，你能做到吗？

赵一荻从来没见过戒毒的人是什么样子，听张学良这样一说，她隐隐感觉戒毒是件很可怕很要命的事情，就有些犹豫了，这毒，还要不要戒？看张学良坚定的样子，她又觉得，既然他一定要这样做，自己必须配合他，她相信他能挺住，能吃得下这个苦，她爱的男人不是一般人。

于是她答应他，自己一定会守在他门口陪伴他。

宋子文请来的医生是上海疗养院的美国名医米勒博士，他是这方面的专家。开始戒毒之前，这个资深专家不但做了详细的治疗方案，还和张学良约法三章：一是于凤至和赵四小姐必须同时戒毒；二是戒毒期间，米勒有指挥其卫队和随从的权力；三是暂停张学良那些私人医生的工作，一切治疗方案听从米勒的安排。

张学良答应了，他给自己写下了“陋习好改志为鉴，顽症难治心作医”的条幅，这条幅是用来表决心的座右铭，激励自己，也是写给别人看的：看到没，我张学良下决心要戒毒，大家都给捧个场，配合一下支持一下，千万别给我添乱。

张学良闭门谢客，进入戒毒程序。米勒的戒毒方法很独特，需要进行灌肠，吃麻醉药，抽出腐血，注入新血等程序，像他这种毒瘾已经很大的人，戒毒的过程要承受常人难以忍受的痛苦，回顾这段艰难的戒毒过程，过后张学良自己说：

> 一个人能把烟戒掉了，那人就了不得。我跟你说，戒烟时难受得像什么似的。那肉就好像没皮肤一样，就好像烫了以后没有皮肤一样。尿尿，大便，都不敢坐，烫的不能坐，那可真痛啊！

最艰难的一段时间，米勒医生要把他捆在床上。张学良的痛苦求救声让门口的守卫都有些不忍心。

赵一荻的毒是三个人中最好戒的，她还没到上瘾的地步，所以根本就不用受什么痛苦。她按照张学良事先的吩咐，守候在他病房的门口，手里拿着他交给自己的那把手枪，

病房里，不断传出张学良痛苦的呻吟声、惨叫声，那声音撕心裂肺，让深爱他的女人内心忍受的是难以言说的煎熬。她心疼他，却不能替他分担这种苦痛，只能陪在门外，只能一次次泪流满面，一次次哽咽着问米勒医生，能不能替他减轻一点痛苦。

米勒医生说，不能，谁都无法帮助他，他只能自己战胜自己。

赵一荻捂着耳朵，越是这样，那声嘶力竭的声音越有穿透性，张学良身边的其他人想趁着米勒医生不在的时候去替张学良减轻一下痛苦，看到门口哭得双眼红肿、手握着枪的赵一荻，大家又都退了出去。

最痛苦的一个星期熬过去了，张学良不再喊叫折腾了，他四肢无力地躺在床上，浑身没有一点气力，他已经没有了吸毒的欲望，只是感觉疲惫无力。对从门口走进来的赵一荻，他只

是无力地笑笑：我成功了，谢谢你。

赵一荻握住张学良的手，泪水又一次流下来，这是这十来天她流的第N次泪水了，这泪水与以往的那些都不同，这是喜极而泣的泪水。

张学良的身体素质本来就不错，经过短短一段时间的调养，他就恢复了体力。一个月之后的张学良，又有了少帅的风采，他带着于凤至和赵四小姐以及儿子闾珣、闾玗、女儿闾瑛，在顾问端纳、副官谭海等人的陪同下，开始了他为期九个多月的欧洲之旅。

航船行驶在辽阔无垠的大海上，重新恢复了精气神的张学良在畅想这次欧洲之行。他不仅仅要休闲游览，还要通过考察替自己找出一条路子。它山之石，可以攻玉。这次出游他准备学一些欧洲先进的军事经验。

最终，先进的军事经验没学到多少，法西斯的治国方略倒是令他感觉耳目一新。他觉得，用法西斯主义的方法统率全国，不失为抵抗日本侵略的一个好办法。

就在张学良在欧洲考察的时候，蒋介石想调东北军去福建打第十九路军，东北军拒不从命。关键时候蒋介石想起被他赶到了欧洲的张学良，赶紧通知他，让他回国听命。正在意大利的张学良接到命令，知道蒋介石又要重用他了，立即结束了他的行程，踏上回国之旅。

欧洲之行的这段日子里，抗日、收复失地、收复东北这个梦想一直萦绕在他心头，他以为实现梦想的机会到了。

第五章　情牵江南幽禁客

郎君西京英雄梦

陪着张学良出洋的那段日子是快乐幸福的。

下野之后的张学良卸去了一切羁绊和牵挂，无官一身轻，有两个体贴入微的女人相伴，他让自己进入到另外一种状态，这种状态中的张学良是一个难得的好男人。

当初赵一荻刚刚认识张学良的时候，他就开始吸毒了，后来毒瘾越来越重，终于，他彻底戒掉了各种毒瘾，在赵一荻眼里，那是他最光彩照人的时段，也是最和谐幸福的时段。虽然身边还有一个大老婆陪伴左右，两个女人和平共处，为了一个共同的男人心往一处想，两个女人互相谦让，混得像姐妹，像闺蜜。有妻妾相伴，有儿女娇憨绕膝，有快乐安逸无忧无虑的生活，这是中国男人最渴望的幸福，旅居在欧洲的张学良和他的女人孩子们陶醉其中，他们暂时忘却了国内纷乱动荡的时局，觉得如果一直这样生活下去也很不错。

蒋介石本来也想让张学良就那样混几年再说，等将来东北军全部归到了他老蒋的名下，张学良回来不回来都无所谓了。怎奈，这支军队根本没有他想象的那么好驾驭，他们像一群凶猛的藏獒，看起来很拉风，但是他们只忠诚于他们的第一个主人，很难被新的主人驾驭。蒋介石根本指挥不动这支军队，特别是需要这支军队上阵的时候，他发现必须让张学良回来，他自己指挥张学良，张学良指挥东北军。于是，他给正在国外悠闲度假的张学良发去电报，让他速速回国。

张学良貌似已经沉溺于国外快乐的生活，看似已经变成儿女情长的绅士，其实，内心深处无时无刻不在等待蒋介石的召唤。一接到让他回国的命令，他立即把于凤至和已经在欧洲上学的几个大一些的儿女安排妥当，让人准备行装，马上为他和赵一荻母子订回国的船票。

他按捺不住自己的兴奋心情，那天的话比平时多了许多，赵一荻看出来了，她知道张学良这些日子就盼着这一天呢，所以那个夜晚早早哄儿子上床入睡，自己默默收拾行囊。欧洲的景色再美好，生活条件再优越，毕竟不在自家的地盘上，心里一直有一种客居的不安定感。她也想家了，尽管娘家自从那年宣布她和张学良私奔之后就断绝了和她的一切往来，但是，在自己国家的土地上，她就会觉得自己就在他们身边。现在这思念隔着重洋，隔着千山万水，太遥远了，距离阻断了思念的路，让人心里总是闷闷的。

终于要回家了，张学良高兴，赵一荻也高兴，于凤至说只要张学良高兴就行了，她其实还是很喜欢这段时间的生活。嫁给张学良快二十年了，只有在欧洲这段时间是她最安心的，不用随时防备丈夫被那些无名的小狐狸精勾引去。身边这个和自己共同分享爱情的赵四小姐已经被她所接受，把她归到同一个战壕忽略不计，别的女人都远在天边，她和赵四小姐都可以轻松一下。现在老蒋突然让张学良回去，自己的儿女们都在这边上学，她要陪伴着孩子们，不能跟着张学良一起回国，看着张学良兴奋的样子，看着赵一荻喜上眉梢地收拾行装，她心里是说不出的滋味。此一去，她怕又会冒出一些女人勾引自己的男人，怕独自陪伴张学良的赵一荻把这个男人的心全部俘虏了去。左一个怕，右一个怕，只怕最后自己没了归处，离张学良出发的日子越近，她的心事越重。

出发的时节，正是北半球寒冷的冬季。

到达上海的日子正是1934年1月8日，刚刚进入小寒节气，上海的天气阴冷潮湿。虽然那天是星期一，码头上的热烈气氛却像是周末，许多军界政界的高官都等候在码头迎接张学良。

这氛围，让赵一荻感觉亲切而陌生。张学良在东北最风光的时候，这样的场面是常态，那时候她经常以女秘书的身份跟随张学良出行，今天这仪式还不算隆重的。自从“九一八”之后，特别是张学良被迫下野之后，他就变成了孤家寡人。一年前从北平来到上海，他们比丧家之犬强不了多少。几个月前从上海出发的时候，也是这个码头，来给他们送行的人寥寥无几，码头上冷冷清清。回来的情形却不一样了，码头上人头攒动，就差打出条幅来欢迎他们了，看来蒋介石真的要重用张学良了。

船马上要靠岸了，赵一荻特意替张学良整理了一下西装。她看得出，他非常兴奋，他指给她看远处的码头上都有谁谁谁。那些谁谁谁们都是当朝的大人物，有的赵一荻只是听说过，从来没有见过。

安顿下来后，张学良在蒋介石面前表现得很低调，他不知道老蒋这次究竟是什么用意，试探着提出自己的要求，说自己想担任蒋的侍从室主任。侍从室主任相当于中央办公厅主任，对于曾经是蒋介石手下的副总司令的张学良，当个办公厅主任，等于是低就了，从副手自甘沦为侍从，张学良自己故意把调子定得很低，然后等待蒋介石的反应。

蒋介石没有立即和他谈工作，告诉他先休息休息吧，一路劳顿，很辛苦了。

休息了一个来月，1934 年 2 月中旬，张学良接到新的任命，任命他担任豫鄂皖三省“剿匪”副总司令。

这个职务是张学良还在欧洲的时候，蒋介石就已经替他安排好了的，之所以迟迟没有下达命令，就是怕他一回来不是让他去抗日，而是去“剿共”，他心里有抵触情绪。先不给他安排工作，吊一吊他的胃口，吊到他迫不及待非常渴望出来工作的时候，然后，给他一个什么职务，他很容易就接受了。

蒋介石是“剿匪”总司令，张学良被任命为副总司令，“剿匪”说穿了实际上就是“剿共”。他接受新的任命出发之前，赵一荻对他重上前线非常不放心，表现得忧心忡忡。“剿共”不同于抗日，这件事本身在私下里人们就有许多其他的说法，赵一荻作为一个小女子，虽然不知道共产党是什么，但也觉得在这种形势下，作为中国人不去抗击外来侵略者，反而去打中国人，不是什么争光的大好事。她想劝说几句，却又不知道如何劝，支支吾吾欲言又止。

张学良明白这个女人的心思，临行前告诉她，我做事是讲规矩的，该做什么，不该做什么，我心里有数。

张学良被重新启用后，第一站就带领他的东北军直奔武昌，然后整个的豫鄂皖三省“剿匪”都交给了他做副总指挥。他的“剿共”没取得什么重大进展，看似没有什么实力的共产党并不像他们想象的那样不堪一击。在大别山，他们遭受了重大失败。张学良也算是身经百战，和各类军队打过对手，他发现共产党的红军不是一般的队伍，他们勇敢顽强，非常令人佩服。他的身边有共产党安插进去的红色间谍，受到这些人的影响，张学良的思想开始发生了细微的变化。

既然蒋介石把他任命为“剿匪”副总司令（听清楚，是“剿匪”），所以，对于真正的“匪”还是可以剿一剿的。根据掌握的情况，皖豫交界有支真正的土匪，为首的头目也叫张学良，安徽阜阳人，和张学良同一天生日，只是小了七岁。这个土匪张学良的老爸在北洋军当过军官，后来沦为土匪，并不想让儿子子承父业，但是这个土匪儿子骨子里就是当土匪的材料，也像他老爸那样在军界混了一遍之后，最终找准了位置觉得还是当土匪老大最拉风。不知道这家伙是不是读过《水浒》，看没看过真假李逵的故事，他有意或无意抄袭了“李鬼”的招数，假冒少帅张学良，自封为司令，以“少帅张学良”的名头号令四方，到处杀戮抢劫，成为皖豫一带的一害。

这个消息让张学良非常恼火，居然还有人暗地里冒充自己，明目张胆黑自己，不剿灭这个假冒伪劣的土匪张学良，自己本来就已经不怎么样的名声，就更不怎么样了。所以，这个真正的匪必须剿掉。1934 年 11 月，东北军费了老大劲终于把土匪张学良逮住了，少帅张学良不想让这货再辱没自己的名声了，审判书上，土匪的名字变成了“张学狼”，并立即就地正法。

这种“张学良剿匪张学良”的小把戏不是蒋介石欣赏的，他要的是东北军“剿共”的辉煌业绩。1935 年 3 月，张学良被任命为武昌行营主任，10 月，兼任西北剿匪总司令部副总司令，临行前蒋介石对张学良有所暗示，只要他的东北军打开局面，现在的陕甘领袖杨虎城立马滚蛋，陕甘两省的地盘就交给他了。

张学良丢了东北根据地，确实想拥有一块自己的地盘，怀揣着这种野心，几十万东北军开到陕北的“剿共”战场，和刚刚经过了长征的红军作战。在“剿共”战争中，东北军的实力不断被消耗，仅仅1935年10月到11月间，东北军就损失了近三个师，张家父子两代人创建的东北军，没有损失在保家卫国的东北抗日战场上，却损失在这种内战中，张学良不仅仅是心疼，还觉得很窝火。

在社会舆论中，他的人气指数直线下降，如果说当年的“九一八”事变他不抵抗有难言之隐，那么，到陕北打共产党就更加不仁义不厚道，人们已经把他看做卖国贼。

剿灭红军不但损兵折将，还成为全国人民痛骂的汉奸卖国贼，这个买卖实在不划算，张学良陷入了更大的痛苦中。这样下去，不但陕甘地盘变不成自己的，连军队都快七零八落了，自己本来就已经不怎么样的名声也越来越臭了。

张学良心情很糟糕，在铺天盖地的骂声中，又迎来了蒋介石的痛骂：你们号称实力雄厚的东北军，连一群饿得半死穿得叫花子一般的红军都打不过？不但丢东北军的脸面，也丢了我老蒋的脸面，下一步要效仿国民党军队第五次围剿的碉堡战术，采取步步推进、稳扎稳打的战术，彻底把红军消灭。

张学良亲临前线，视察了一圈之后，才知道了什么叫站着说话不腰疼，什么叫瞎指挥。陕北的黄土高原建房子都是就地挖窑洞，你来筑个碉堡看看？通过前线考察，他还了解到，东北军的基层官兵情绪很大，自己的家乡被日本人占着，不去东北打日本人，却到这偏远的地方打红军，大家普遍认为张学良的脑子让驴踢了。别说根本打不下这个地方，就是打下了，这里土地贫瘠，哪像富饶的东北那样有舒服日子过？再说看着那么多弟兄死在了这里的战场上，他们怨声载道，士气低落，这样的军队根本不可能打胜仗。

在这种情绪和士气中，许多东北军官兵被共产党劝降，他们要求抗日和“打回老家去”。在这种情绪感染下，张学良也决定不和共产党打了，要联共抗日。

张学良亲自前往洛川和共产党接触。张学良发现，共产党的主张比老蒋有道理，他表示愿意与中共方面的全权代表就共同抗日问题进行商谈，他真心想抗日。

张学良提出了逼蒋抗日的意见，他要逼迫坚持“攘外必先安内”的蒋介石加入到抗战队伍。中国共产党经过慎重考虑，同意了张学良的意见，并向党内发出《关于逼蒋抗日问题的指示》，张学良在东北沦陷五周年纪念大会上也郑重表决心：我要率东北军披甲还乡，雪耻报仇。

张学良和陕甘将领杨虎城把逼蒋抗日纳入议事日程，就等着蒋介石来陕西了。1936年12月4日，终于等来了来视察工作的老蒋，把他安顿在临潼华清池。

蒋介石没等到张学良、杨虎城摊牌，就先给他们发出最后通牒，要么全力开赴陕北前线剿共，要么把他们调离，由中央军接替他们。张学良说了自己的观点，蒋介石根本就不听，两个性格脾气都非常火爆的男人像普通男人吵架一样争吵起来，争执中张学良流下眼泪，蒋介石当然不会在乎他的那几滴眼泪，两个人不欢而散，蒋介石也放出狠话。

张学良是个情绪型的人，回到住所他闷闷不乐，此时，守在他身边的赵一荻敏感地发现他的情绪波动。她是一个温柔细心的女子，从来不干涉他工作上的事情，政治上的事她更不敢掺和，只有他主动和她说起来，她才会旁敲侧击地说一些自己的看法和想法，有时候看似很随意地在说。张学良发现，这个女人是很有主见的，她常常会在轻描淡写中，提出一些非常有见地的建设性意见。这一次，苦闷中的张学良把他的心事向赵一荻倾诉出来，告诉赵一荻，他想对蒋介石兵谏，又下不了决心，现在正犹豫不决。

关于兵谏的事，赵一荻并不知道具体计划，却也略知一二。那段时间，张学良和共产党的所有秘密来往信件都由她亲手拆阅缮写，有时候她作为张学良信得过的人，会代表张学良和一些敏感人士秘密联系。她知道兵谏意味着什么，从某种意义上说，这是一次冒险的赌注，危险系数很高。但是，她也知道，这个行动对于国家和民族意味着什么，一头是自己男人的安危，一头是国家民族的命运，迅速权衡之后，她用温柔的话语坚定地告诉张学良：汉卿，既然已经决定的事就不要犹豫，你想做什么就做吧，我和儿子都支持你。

张学良没有想到这个一向温柔的女人会这么坚定勇敢地支持他，看来人心的向背已是大势所趋，连一个视自己男人为天的小女人都知道以国家利益为重，自己还有什么好犹豫的？

1936年12月12日是蒋介石一生中最落魄的一天。凌晨，张学良的卫队悄悄摸进蒋介石的驻地临潼华清池，被蒋介石的卫队发现，双方打了起来。蒋介石这几天已经嗅到了一股子别样的味道，枪声一响，他警觉地从被窝里爬出来，穿过后墙逃上山坡。被张学良的卫队在山坡上搜到的时候，他正穿着薄薄的睡衣，躲在冬日清晨的寒风中瑟瑟发抖。

幽禁中两个女人的陪伴

张学良、杨虎城发动完西安事变，只顾得上扬眉吐气了，根本不会想到这次兵谏带给他们的将是什么。

西安事变前夜，张学良在兵谏前的紧急会议上，用他一贯调侃的口吻说：好像灯泡，我暂时把它关一下，我给它擦一擦，我再给它打开，让它更亮。

至于把蒋介石抓起来，以后怎么放他，张学良根本没有考虑那么多，用他的话说，先把他抓起来再说，这个老头子，我要教训教训他。

他们一鼓作气，兵谏的当天就宣布取消“西北剿匪总部”，成立抗日联军西北临时军事委员会，通电全国提出改组南京国民政府，停止内战等，并致电中共中央派代表到西安共商团结抗日大计。

南京方面被这个突发事件搞得措手不及，一边组织了何应钦为总司令的“讨逆军”，派飞机轰炸西安，一边紧急派出宋子文、宋美龄这些亲友团到西安和张学良、杨虎城谈判，首先保证老蒋的人身安全。

那几天，张学良很忙很累很充实，先是周恩来率队的中共代表团来西安谈和平解决这次事变，宋子文、宋美龄兄妹到达西安后，三方一起会谈，达成了改组国民党与国民政府，驱逐亲日派，容纳抗日分子，释放上海爱国领袖，释放一切政治犯，保障人民权利，联共抗日等项协议，这次事变扭转了国内战争形势，进入到全国抗战的局面。

“西安事变”和平解决，一切处理妥帖之后，12 月 25 日，张学良护送蒋介石离开西安飞往南京。

这个决定似乎很仓促，赵一荻知道张学良要亲自护送蒋介石回南京的消息时，已经是12月24日深夜了，刚刚还沉浸在快乐中的赵一荻骤然沉默了。她意识到事情不会那么简单，张学良此去凶多吉少，这个后果他应当是知道的。无言的沉默中，张学良去了小儿子的卧室，亲吻了熟睡中的孩子。那个夜晚他看上去温情脉脉，像一个温情的丈夫和父亲。

赵一荻忍不住流下眼泪：能不去吗？

张学良说，不能，我已经决定了。

赵一荻偎依在张学良怀里，她怕就此永远失去他，她听见张学良似在自言自语地说：如果有人要杀我，让他杀吧，我不在乎。

赵一荻哽咽着说：可是我在乎，我要你好好活着。

张学良替赵一荻擦干眼泪，他的眼角也已经湿润了。送蒋介石回南京是他自己做出的决定，这个决定不但东北军上下反对，杨虎城反对，共产党方面的代表周恩来也反对。张学良作为义气的东北爷们儿，觉得自己必须给足蒋介石这个面子，兵谏已经让蒋介石脸面扫地，他放低身段把他送过去，算是替蒋介石找补一下脸面，作为蒋介石忠诚的部下，必须维护领袖威信。此一去虽然山高水险，该去还是得去，在政治江湖上行走，有些事情是躲不过去的，蒋介石如果想对自己下手，早晚都发生。

那一夜，赵一荻觉得自己特别无助，如果于凤至在国内，帮着自己一起劝，也许还多一份力量，现在她根本没有能力力挽狂澜，她拦不住自己的男人，眼巴巴看着他走向蒋介石布下的陷阱，那里明明就是陷阱，他是知道的，却执意要去。满心的凄楚与悲凉在寒冷的夜晚愈发沁入骨髓，赵一荻抓紧张学良的手，生怕他现在就不见了。

张学良已经好几个夜晚没有睡好了，那一夜他又几乎没睡，赵一荻睁大眼睛，不盼望天亮，天亮了，她的男人就走了。赵一荻舍不得张学良，但是懂他。若干年后，回忆起当年的西安事变，她说过这样一段话：他爱的不是哪一党、哪一派，他所爱的就是国家和同胞，因此，任何对国家有益的事，他都心甘情愿地牺牲自己去做。

12月25日，西方的圣诞节，西安的天气很冷。

军事机场上飞机已经整装待发，张学良身穿黑色制服，头戴黑色碉堡式帽子，几天没睡好觉并没影响他的精神，看上去并没有疲倦的意思。蒋介石倒是一脸疲惫，在宋美龄的搀扶下匆匆登上飞机。宋美龄这两天一再对张学良保证，只要他保证蒋介石的安全，安全把他们送回南京，事后不追究他的责任。张学良相信宋美龄的话，但是蒋介石是不是听她的就不好说了。

宋美龄一上飞机就用带着美国腔的中国话说：准备好了吗？离开这里，让我们快走吧。

她恨不得插翅立即离开这个地方回到南京，沉默不语的蒋介石这些天一直脸色铁青，张学良敢于冒着生命危险陪他回南京，既在意料之中也在意料之外，他在心里恶狠狠地说：回到南京再算账！

回到南京，张学良一下飞机，立即被提前准备好的卫兵包围了。张学良立即明白了，这里暗藏杀机，蒋介石是不会放过自己的。他悄悄委托自己的私人飞行员美国人伦纳德和里昂，回到西安后由他们担任赵四小姐与幼子的贴身侍卫，照顾好赵四小姐母子的生活。他轻则被监禁，重则会丢掉性命，不管自己发生什么事情，都要让赵一荻母子好好保重。

飞机回到西安，随机的其他人员都回来了，独缺张学良。赵一荻立即明白发生了什么事——张学良被蒋介石监禁了。虽然这已经是意料之中的事情，当它真的发生时，她依然难以接受。那天她偷偷哭了很久，没人能够劝得住她，里昂走过去，告诉赵一荻自己受张学良的委托协助她处理家务，赵一荻红肿着眼睛说：谢谢，你先回吧，以后少不了给你添麻烦。

赵一荻准备用自己的力量联合社会各界为张学良奔走呼号，迫使蒋介石放人。她想救张学良，可是她刚刚有所行动，就被蒋介石发觉了。考虑到蒋介石心狠手辣，担心他会对赵一荻母子下手，张学良家的英籍管家詹姆士·奥德决定让赵一荻立即离开西安，趁着夜色悄悄用飞机帮她母子逃离。对于这件事情，1937 年 1 月 18 日里昂在写给外祖母的信里面有过描述：

> 目前局势依然诡谲。已经三周了，但北方军队与南京的国民军依旧谈不拢。我的工作则是陪同詹姆士·奥德先生，充当他的保镖。张大元帅的二房，一位非常貌美的赵小姐，很幸运地在九日从西安逃了出来，十一日抵达此地。真是惊险！搭载赵小姐的飞机是晚上飞进来的，我和奥德先生到机场去接她，把她带回家……现在赵小姐每要出门，总是会叫我陪同她。

赵一荻再次见到张学良是在南京高级军事法庭的庭审现场。1936 年 12 月 31 日，南京高等军事法庭审判张学良，她虽然心绪复杂，表面上看起来还是娴静的贵妇人仪态。赵一荻发现，在旁听席上还有一位不速之客——张学良曾经的绯闻女友蒋四小姐。这个女人虽然已经嫁人了，今天却也来到了庭审现场。这种形势下，没有心情和这个女人论短长，赵一荻装作没看见，只等着看看她的张学良被蒋介石折磨成了什么样子。

张学良出庭了，穿了一件羊毛的古铜色长袍子，令人匪夷所思的是，他居然还带着平常总带在身上的那把小手枪。案犯带着手枪上法庭，这大概是古今都没有的“奇葩”事，张学良的一生都是传奇，带手枪上法庭这样的传奇也只有在他身上发生。

他自己的解释是：我知道今天审判完了，我不能回去了。假使我关在什么地方，这些特务要来侮辱我，我就自杀！

那次庭审，张学良被判有期徒刑十年，这个结果让赵一荻感觉五雷轰顶。这十年是他最好的年华，他刚刚三十六岁啊，怎么能把十年的美好年华放在监狱里呢？她不知道，张学良搭进去的不仅仅是十年的青春年华，还有一生的软禁岁月。如果仅仅是十年监牢生涯，十年之后他还有几十年的自由生活。可是，后来蒋介石改主意了，对于张学良这样的人，只有一辈子关禁闭，才能解他的心头之恨。他感觉对张学良这样做已经是仁至义尽了，他看的是大舅子宋子文和老婆宋美龄的面子，按照他的想法，张学良应当像杨虎城一样，先囚禁，再把他们全家都杀掉。

张学良被判刑后，没有住进监狱，而是移送到太平门外孔祥熙的陵园公馆进行软禁，这大概算是蒋介石的网开一面了吧。

自此，张学良漫长的幽禁生涯正式拉开序幕。

一切似乎没有回旋余地了，赵一荻想起于凤至和宋美龄家还有一层关系——于凤至是宋老太太的干女儿。能不能拼上这干亲关系再搭救张学良一回？她给于凤至发去电报，告诉她张学良已经被蒋介石囚禁了，自己无计可施，大姐能否回来想想办法？

接到这封电报的时候，远在英国的于凤至已经知道了西安事变的消息，也正准备回国。焦虑中，她给宋子文发电报委托他帮助周旋，自己飞抵南京后求见蒋介石，蒋介石这次算是摆上谱了，拒不接见。她又去求自己的干娘（她干娘是宋美龄的母亲），当初张学良和蒋介石的关系在蜜月期的时候，宋老太太曾经认了她做四女儿。宋老太太出面了，蒋介石也没给丈母娘面子。于凤至只好打出最后一张牌，去找干姐姐宋美龄，凭着姐妹之间的关系，凭着张学良和宋美龄之间多年的深情厚谊，她觉得宋美龄一定会帮自己。宋美龄面带难色，她不是不帮，在老蒋面前她已经做了很多工作，甚至撕破脸皮，能保住张学良的命已经是她能尽的最大所能了，否则依照蒋介石的意思，张学良必死无疑。

活着就是硬道理，只要命在，就有希望。

于凤至认头了，她也不得不认头。

赵一荻听说这个结果后，也认头了。

张学良在南京被幽禁了一段时间后，大概蒋介石觉得把张学良关在环境优雅条件优越的孔祥熙陵园公馆太便宜他了，这是让他疗养呢，还是关押呢？既是软禁，就要有个软禁的样子，不能让他这样蒙混过关，要严格起来，让张学良明白软禁是怎么回事。于是，张学良被转移到浙江奉化溪口山上一座寂静的院落里，从西安事变的惊恐中已经缓过来的蒋介石言语间已经有了些幽默元素，张学良离开南京临去奉化溪口时，老蒋谆谆教导张学良：你错就错在读书太少了，到我老家溪口静下心来好好读几本书吧。

这种读书可不是古代书生苦读圣贤书的寒窗苦读，这是一种另类的惩罚。

张学良在溪口幽禁期间，曾住在武岭学校，二日后，移居距武岭学校五六华里的雪窦山中国旅行社招待所。他的心情很糟糕，几位东北旧部来探视他，他交给他们一份遗嘱，让他们交给赵一荻。

赵一荻收到从溪口转来的张学良写给她的亲笔遗嘱，心中充满焦躁和忧思，她在东北军将领和中共首席代表周恩来的帮助下，征得蒋介石同意，决定去溪口照顾张学良。在这一点上老蒋还是很讲情面很有人情味的，答应让张学良的女人陪着他一起到山里“进修”。

几经周折，赵一荻终于在雪窦山上见到了她日思夜想的爱人。

随后，于凤至也到了。

当局允许张学良的夫人于凤至和女秘书赵四小姐与他同住。

两个女人一起陪着他住在溪口镇的那段时间，是1937年的初春，正是万物复苏的美好时节。赵一荻祖籍就是浙江兰溪，到了浙江等于是回了老家，或许骨子里就有的江南遗传基因，使她对这里的一草一木都有一种亲切感。这里的条件和过去的生活比较，确实有天壤之别，但是她并没有感觉到有什么不适应，只要有张学良在，多艰苦的日子她都不怕，她本来打算在这里好好陪伴张学良，一直就这样陪伴下去。

很长时间以来，于凤至忙于出国陪伴儿女，都是赵一荻陪在张学良身边，他已经习惯了赵一荻温柔体贴的陪伴。两个人感情上你侬我侬的感觉，让于凤至心里也有了些不舒服。都是女人，一点醋意也没有是不可能的，再善良的女人，也会有意无意之间对和自己分享一个男人的女人产生嫉妒，这是人的本性。

于凤至和赵一荻都在溪口陪着张学良，这个地方不是沈阳的大帅府那会儿于凤至和赵一荻各有各的宅院，现在两个女人同在一个屋檐下，感觉别别扭扭的。赵一荻倒是不在乎，于凤至首先忍受不住了，和赵一荻商量轮流陪伴张学良，两个人每月一替一换。如果这个月于凤至从上海乘船来宁波，那么赵一荻则由宁波回到上海去。有时她们也一同留在张学良的身边，小住几日。

赵一荻舍不下张学良，却又不好提出反对意见，毕竟人家于凤至是名正言顺的太太，自己对外不过就是个女秘书，只有言听计从的份儿。

第一轮于凤至留下，赵一荻先回上海，于凤至显得很善解人意：赵一荻的儿子张闾琳还小，她还是先回上海照顾孩子，一个月之后再来接替自己。

虽然这不是第一次和张学良分离，但赵一荻的感觉却和以往张学良外出有公务或者带兵出去打仗都不一样。在于凤至的注视下，和他道别，她必须克制自己的情感，克制自己的泪水，她走下山路的时候，对站在山坡上的他的身影不断回首，泪水不争气地流下来。

她真的舍不下他，他知道吗？

好想好想陪在你身边

在上海马思路公馆，赵一荻在自己的住所内天天扳着手指头算日子，计算着哪天是她和于凤至轮班的日子。

她和张学良的儿子张闾琳已经上小学了，孩子还小，不知道老爸那边究竟发生了什么事。这些年张学良忙于公务，平时也很少陪着小儿子，孩子已经习惯了没有爸爸在身边的日子，没有妈妈他则显得很孤独，从出生到现在，都是赵一荻手把手带孩子，她的寸步不离使孩子非常依赖她。她回到上海，回到孩子身边，张闾琳非常快乐，问妈妈，这次回来就不走了吧，他好想好想妈妈。

赵一荻无法回答孩子，她经常会呆呆地半天半天地坐着愣神儿，心里牵挂着远方那个人，他这会儿在做什么，他还好吗？

张闾琳小朋友觉得妈妈变了，这次回来像变了一个人，她心事重重的，好像不怎么喜欢自己了。

上海的春天很短暂，刚刚春暖花开，就到了穿夏装的时节了，满大街都是穿着薄薄旗袍的潮女。赵一荻也给自己置办了几件漂亮的新旗袍，和于凤至换岗的日期已经临近了，她要把自己妆扮得漂漂亮亮的去见自己的爱人。“士为知己者死，女为悦己者容”，前半句是说男人的，刚性悲壮，后半句是说女人的，轻松柔美。从古到今，男人都是把事业放在第一位，女人都是把爱情放在第一位，女人为了自己深爱的男人而妆扮，为了自己喜欢的男人而妩媚。

她把那些做工精致的旗袍对着穿衣镜一一试过，给它们排好了号，最漂亮的那一件见到张学良的第一天穿，然后依次展示它们，她那么婀娜凹凸有致的身材，怎么能不穿旗袍呢。为了配合这些旗袍，她还买了这一季最流行的玻璃丝袜，这种丝袜好性感，上海女人就是比北方女人会打扮。如果在东北，这个时节棉袄棉裤还没脱掉呢。

她采购了大量的生活用品，准备给张学良带过去。到了要去宁波的日子，她才感觉自已其实很矛盾，这边，有些舍不下儿子，在儿子的泪光中，她内疚地走出家门，归心似箭地登上去宁波的船。已经一个月没见到张学良了，她担心他的身体，更担心他的心情。到了溪口，发现他还好，比上一次分别时黑了些瘦了些，看上去倒是显得壮实了。

她来了，于凤至并不急着走，不知是担心赵一荻照顾不好张学良，还是已经习惯了这里的环境，愿意多陪陪张学良。她不走，赵一荻不能去跟她说：大姐，你该回上海了。两个女人面子上是很和谐的，男女之情上一比二的和平共处，作为二分之一的任何一个分母都要豁达大度，不斤斤计较，好在张学良遇上了两个好女人，他倒是乐着两个女人都在身边陪着他。

山上天气还有些凉，丝质的旗袍一时还穿不着，赵一荻悉心选购的一些漂亮衣服只好安安稳稳地睡在箱子里。于凤至曾经夸她，穿什么都好看，这句话不是女人之间的羡慕嫉妒恨，她是诚心诚意在夸。赵一荻气质优雅，确实穿什么都有模有样，与众不同。

其实，不论两个女人穿什么，软禁中的张学良都没有心情欣赏。从统率千军万马的国民革命军副总司令，一步变为没有行动自由的阶下囚，不但地位上的落差让他接受不了，心理上的落差也深深折磨着他。

蒋介石把张学良囚禁在这个偏远的地方，说是让他恶补一下国学知识，一边改造自己的思想，一边进行培训教育读书悔过。大家都以为这句话也就是说说而已，张学良现在哪有心情读什么圣贤书。到了溪口那座寂静的院落，里面还真的有一个书房，书柜上的书满满当当。这万卷书就是给张学良准备的，看来张学良以后软禁的寂寞时光就要靠这些书来打发了。

蒋介石大概觉得依照张学良的文化水平，根本不可能读懂这些书，还专门给他配备了一个老夫子做他的老师。这个老爷子姓步，前清的进士，学问是没问题的，就是有些一根筋，脑子不怎么会拐弯，他把张学良当做私塾学生来教育，忘记了这个学生过去是桀骜不驯的大将军。

步老师被聘请到这个地方来，是重金聘用的，老先生觉得不能对不起自己拿的工钱，所以刚开始的那段时间他非常敬业，给张学良排好了功课表，每天他都准时过来，给张学良上一个半小时的《论语》《中庸》课。上课的时候，赵一荻如果在的话，会陪着张学良去上课，听步老师摇头晃脑讲什么之乎者也。

赵一荻是个好学生，她很喜欢这个老先生讲课，他讲课的乡音有些像父亲的声音，自己的家乡虽然和溪口相隔一段距离，语言上也是有相通之处的，她呆呆听他讲课的时候，常常想家，想爸爸妈妈，所以究竟讲的是什么，也没有完全听进去。张学良则是一句都不听，老先生在一边讲他的，张学良该干什么干什么，在步老师眼里，这个已经落魄的张少帅绝对不是什么好学生，这是他一生教过的学生中最不听话、表现最糟糕的一个。这个学生有时候公然在课堂上召集一帮秘书侍卫看守什么的，在课桌上打牌，无视老师的存在。如果仅仅是打打牌，不遵守课堂纪律交头接耳说话，也就罢了，更严重的是，他还在课堂上召集人喝酒，这是步老师最难以忍受的，他觉得这个学生朽木不可雕也。

“七七”卢沟桥事变的消息传到了张学良软禁的地方，张学良坐不住了，不再听这个老朽讲什么《论语》《中庸》，学会了那玩意儿能让日本人主动退出中国的土地？他很性情地上书蒋介石，请求他放自己出去参加抗战，他死也要死在战场上。

第一封信蒋介石还给予了回复，让他安下心好好读书学习，再后来的信老蒋就不理他了。张学良心情郁闷，郁闷之极的时候就喝酒，喝醉了就高喊自己要去打日本。他这个样子让赵一荻心里很难过，安慰不是，劝也不是，只能随着他的性子来。

蒋介石给张学良规定了在溪口软禁可以去的地方和范围。有时候，赵一荻陪他去千丈岩或者妙高峰，听他声嘶力竭唱他最喜欢的京剧《失街亭》里的唱词。张学良的京剧唱得很好，他故意不好好唱，把好好的京剧唱得苍凉沙哑悲壮，常常把赵一荻听得眼泪忍不住流下来。张学良心里苦，她比他还难受。

步老师彻底失望了，他向当局请示，这个学生他教不了，决定辞职不干了。他一生最失败的一次教学就是教了一个张学良，这让他晚节不保，心情郁闷。

老学究终于撤了，以后不用每天听这种折磨人的课了。张学良把这空闲出来的时间用来做些事情，他到雪窦寺种了四棵楠木，寓意自己有像楠木一样的冲天气魄。那时候他还雄心勃勃，还憧憬着脱离监禁之后干点大事，并不知道今后自己的一生就要这样度过了。

溪口这边，赵一荻舍不下张学良；上海那边，她又不忍离开儿子。跑来跑去的，她很辛苦，却并没有觉出有多苦，只是一颗心两边牵扯着，顾着这边就要放下那边。于凤至觉得，张闾琳毕竟还小，需要妈妈的照顾，赵一荻到溪口的时候不能照顾他，太亏了这个幼小的孩子。她看着都心疼了，就劝赵一荻还是留在上海抚养张闾琳，溪口这边有她一个人就够了，以后赵一荻就不用过来了。

于凤至是一片好心，赵一荻虽然一再要求还是像以前那样两个人倒班吧，或者大姐在这边陪护两个月，自己一个月，于凤至摇摇头，坚持还是自己一个人守着张学良，她对赵一荻说：四妹就在上海安心抚养孩子，孩子是我们老张家的未来，苦谁都不能苦了孩子。

话已经说到这个份儿上了，她还能说什么。一个做了母亲的女人，爱情似乎必须退避到母爱之后，如果她不顾幼小的孩子非要坚持守着这个男人，别人会不会觉得她太自私？

她告诉张学良，以后就由大姐一个人陪着你了，我要回上海陪咱们的儿子，这段时间暂时不过来了，这是大姐的意思。

她盼着张学良恋恋不舍地拉着她的手，说自己舍不下她；盼着他去对于凤至说，你和四妹还是轮着陪我吧。

张学良却什么都没说，他这会儿不在乎哪个女人陪着自己，大姐或者四妹都无所谓，他虽然一生离不开女人，在这落魄的时候，在这动荡的时局中，不论是于凤至的体贴还是赵一荻的温柔对他来说都一样。他含糊地答应一声，大概也觉得于凤至的决定有道理，毕竟小儿子确实需要妈妈的照顾。

赵一荻觉得好委屈，她喉头哽咽，鼻子一酸，眼泪就流了下来。她想说自己好想好想陪在张学良身边，话到嘴边又咽了回去，她不习惯用肉麻的话表达感情。

赵一荻离开溪口，她劝自己，反正这里离上海不远，想他了，自己可以经常过来看他。

她走后没多久，初秋的一个上午，溪口囚禁地厨房就着火了，大火蔓延到整个囚禁地，虽然没有人员伤亡，但房子已经被烧得面目全非，张学良不得不紧急离开溪口迁往别处。

这一次的囚禁地在安徽黄山，离上海更远了，赵一荻想经常看望张学良的愿望变得越来越难以实现。

第六章　用爱情成就第二次生命

远方的深深牵挂

离开浙江溪口，蒋介石又把张学良迁移到安徽黄山。

这时，赵一荻正在上海陪伴儿子，张学良是在于凤至的陪伴下走上迁移之路的。

此后的很长一段时间，张学良开始了颠沛流离的幽禁生涯。从南京出发，先是浙江奉化溪口，之后是安徽黄山，然后是江西萍乡、湖南郴州苏仙岭、湖南沅陵凤凰山、贵州修文阳明洞、贵阳黔灵山麒麟洞、贵州开阳刘育乡、息烽集中营、桐梓无门洞小西湖。常常是张学良在一个地方刚刚熟悉了那里的环境，蒋介石的一纸手谕就来了。在那些从来没有听说过的陌生的地方，张学良像一个可以被随意挪动的棋子，蒋介石想把他挪到哪儿就挪到哪儿。蒋介石就是要这样折磨他，通过这种折磨，让他对自己在西安事变中的行为懊悔。张学良不过幽禁了他几天，他却让张学良用一辈子来偿还。

刚开始迁移的时候，张学良还有旅游的心情，感觉自己像一个游客，后来他心里的惆怅越来越重。自古以来，哪有这样被监禁的？古代被贬谪幽禁的，流放到一个地方也就罢了，像这样三天两头折腾来折腾去的，路途上的劳顿也能把人的意志折磨垮。

从溪口到黄山的时候，因为是一把大火把过去的住处烧得一塌糊涂，不得不迁离那个地方，张学良的心情还不算糟糕，和溪口比较，他更喜欢黄山。即将入驻的那个地方叫听涛居，现在如果去黄山旅游，还能找到那个地方，只是看上去已经有些岁月的沧桑。现在，那个地方还有一个名字：张学良幽禁处。

这个小别墅当时还算是比较时尚的建筑，原本是为蒋介石来黄山避暑建造的，蒋介石忙于“剿共”抽不出时间来住，就送给了皖系军阀段祺瑞。段祺瑞本来是想退隐后到这个地方学佛谈经的，结果还来不及居住就驾鹤西游了。这地方幽静偏僻，离南京又不远，便于蒋介石监控，做张学良的囚禁地是最合适的。由军统特务头子戴笠亲自负责，派了专门的军统特务押解张学良奔赴黄山。

很长时间没有见过外面的景色了，张学良显得有些兴奋，走到黄山脚下的屯溪，他特意要求去那里游览一下。在于凤至的陪伴下，张学良行走到屯溪老街的那一刻，他几乎忘记了自己此时的境遇。在卖精美的工艺品和时装的店铺前偶尔停留一下，他会想起赵一荻，这些店铺都是她喜欢逛的，如果她在身旁看到这么多精致好玩的东西，一定高兴得像个小女孩。

赵一荻不在，时装和工艺品商店就不必逛了，张学良在自己感兴趣的旧货摊、古董摊前停留下来，徽墨、歙砚买了一些，然后开始上黄山。他以为此去怎么也得在这里住上一阵子，购置的这些文房四宝是为打发寂寞时光预备的。

张学良刚住进来，他过去东北军的部下有驻防安徽的，便悄悄来探望他。消息很快便传到了蒋介石那里，老蒋从电话中得知这个消息，感觉大事不好，他忽略了这里还有驻防的东北军，如果他们去武装劫抢张学良，那就有了大麻烦。蒋介石立即命令戴笠带着张学良马上离开黄山，这个地方不能久留。

在黄山住下来，还没来得及认真看一眼别墅周边的景色，张学良就被告知要离开这个地方。这一次，张学良心情非常糟糕，在南京和溪口的时候他还没有被囚禁的感觉，这回蒋介石一声令下，他在押解人员的严密监控下离开黄山，他深深感觉到自己失去的不仅仅是自由，还有尊严。这一次，押解人员把守得很严密，防范东北军有什么小动作，在人不知鬼不觉的状态下，张学良仅仅在黄山住了三天，就赶往江西萍乡。

这一次，押解张学良的阵容比较强大，由几十名特务和百余名宪兵“保护”，队伍有些浩浩荡荡，这是张学良被幽禁以来随从最多的一次。至于蒋介石为什么脑子一热把张学良一路奔波转移到这个地方，很令人费解，因为这个地方不像溪口和黄山一样有闲置的建筑，这里实在找不到合适的关押点。猜来想去那个地方不过是临时动议，一是因为那里是抗战的后方，二是离开黄山后要去一个东北军想不到的地方，免得他们去解救张学良，三是那个地方比较偏远便于隐蔽。这支阵容强大的押解队伍来到萍乡后，发现他们的到来太显眼了，本来就不大的小城一下子出现这么多陌生人。张学良被临时安排在旅馆住下来，这一住就是一个月，直到军统又来电让他们迁往湖南郴州。

郴州的苏仙岭苏仙庙景色优美，只是条件没有过去住的地方好，洗澡都成问题，还要到山下的县城去洗。某一日，张学良被押送去县城洗澡行走在街面上，居然遇上了一个认识张学良的国民党炮兵中校军官，他向张学良敬了个军礼，把陪同的特务吓得如惊弓之鸟，如临大敌般立即向军统汇报。

这个地方居然有人认识张学良！看来这里也不安全，继续转移。军统局又下达指令迁往沅陵。

在一个地方住习惯了，张学良真的不想走，但是现在他说了不算，一切都要听从蒋介石的安排，他说让你走，不走也得走。

离开郴州前，张学良作了一首诗：

剡溪别去又郴州，四省驰车不久留。

大好江山难住脚，孰堪砥柱在中流。

在湘西沅陵的明代古刹——凤凰寺，张学良也没住多长时间。寂寞中他到河边钓鱼，被过去在报纸上见过他照片的一个学生认出来了，张学良在沅陵的消息迅速传开。这样一来，沅陵也待不下去了，于是他又被转移到贵州修文阳明洞。

从奉化溪口，再到贵州修文阳明洞，这种流浪式的幽禁生活把张学良和于凤至的身体都摧垮了。在郴州的时候，于凤至的抵抗力就很差了，经常感冒发烧，到了贵州这个更加贫瘠的地方，她终于坚持不住了，乳房上生了个烂疮，病情越来越重。因为不懂得是什么病，就管它叫烂疮，其实就是乳腺癌，早期没在意，当然也没有条件在意，等发展到一定程度，病情已经很严重了。于凤至离开这里去治病成为当务之急，如果于凤至走了，谁来照顾张学良的生活呢？张学良提出让赵一荻来代替于凤至。

张学良大致知道赵一荻已经迁到了香港，但现在具体在香港的哪里，张学良并不知道。这几年，家里的一切消息都隔绝了。一想到赵四小姐，张学良心中就有一丝内疚，他觉得自己特别对不起她。自从那年她只身来到自己身边，十年的时间，她吃了太多的苦。没名没分地做着女秘书，连小妾都不算，好处没得到过多少，却要跟着自己一次次倒霉。“九一八”的时候被人们当做红颜祸水，西安事变又跟着自己受牵连。他也有些不忍心让她来这里陪着自己受罪，想想那些曾经的红粉知己们，谁肯在自己最落魄的时候来这里陪伴自己吃苦受罪呢？他把那些和他有过关系的女人们挨个过了一遍，也曾经试探着让戴笠替他询问他认为关系和他很铁的某些女人，但人家都一口回绝了，有的连理由都懒得编一个。最后，张学良认定唯有赵一荻不会拒绝，唯有赵一荻会不顾一切到这里来。

他看得很准，赵一荻一直在苦苦打听他的消息。

张学良现在在哪里，赵一荻也不知道。

她离开溪口回到上海后不久，由于一场大火把溪口的囚禁地烧成废墟，张学良被悄悄转移到黄山，之后又辗转各处。前些年，不管他外出征战，还是落魄到什么地方，他的行踪都在她的掌控之间，她的思念追随他的行踪而去，他的踪迹到哪儿，她的思念就到哪儿。现在他似乎突然在人间蒸发了，一点消息都没有了。她派人四处打听，开始还能打听到他去黄山了，后来再打听，人家说他只在黄山住了几天，然后就不知被押送到了哪里。

赵一荻变得更加沉默寡言了，张学良在她心中不单是她的爱人，也是她的亲人。自从那年父亲声明和她断绝关系，她就变成了无家可归的人，变成了举目无亲的人，她把他看做身边唯一的亲人，后来有了小儿子，她有了两个亲人。如今，一个亲人丢了，没音讯了，她和儿子住在上海的马思路公馆，虽然吃穿不愁，却总觉得自己像个无依无靠的弃妇或者寡妇。

会不会永远就这样下去了，会不会一辈子再也见不到他了？

这样想着，泪水就不由自主地流了下来。

上海已经沦陷了，许多达官贵人都迁离这个地方，亲友们也劝她带着孩子走，到香港去避一避。赵一荻不愿意离开上海的家，她怕自己走了之后，张学良万一让人来找她和儿子，找不到怎么办。

她的想法那么天真和幼稚，深陷在爱情中的女人都会变得很幼稚，她其实是陷在自己营造的爱情中，此时远方正疲于奔波的张学良根本没有心情和精力思念她。后来被亲朋半推半哄的，才勉强去了香港。

香港是她的出生地，那里有过她童年的快乐，带着儿子重新回到这个地方，却是在国破山河碎、家破人离的窘境之下。她没有心思重拾童年的记忆，落寞地在亲友的安置下住下来，她整天没有一丝笑容。

有亲友的照顾，有张学良留给她的一部分钱财，赵一荻在香港的生活算得上舒适安逸。她的三哥赵国梁在香港大学土木工科毕业后，暂时在香港安了家。有哥哥照顾着，赵一荻重温久违的亲情，她荒芜寂寞的内心多少有了些安慰。

赵一荻手头的经费足够她和儿子继续过上当初的上层贵族生活，从上海逃避战乱的那些贵妇们，又开始出入社交场合，跳舞、玩牌、打高尔夫球、赌马……她却深居简出，基本上不出门，有时候会抱着本闲书看上半天，书上究竟写的是什么，她一个字都读不进去，心里还是牵挂着远方的爱人。有时候哥哥怕她这样下去会闷坏了，偶尔会带她去清水湾乡间俱乐部打打球，她也是草草应付一下，心思全然不在球上。

她的心一直放不下远方那个人，因为没了他的音讯，心中更加牵挂他。

这种苦闷的生活一过就是三年，三年的时间，并没有让她忘记他，思念更加深重。衣带渐宽终不悔，为伊消得人憔悴，赵一荻明显比刚来香港的时候憔悴多了。她无心说笑，甚至无心打扮，要知道她是一个非常喜欢打扮的女子，现在却不知道为谁去打扮自己。

三年后的某个日子，内地那边来电报了，一下子来了两封。

一封是张学良的，一封是戴笠的。

还没读到电报内容，她已经喜出望外，盼来盼去，终于盼来了爱人的音讯。她只是不明白为什么张学良和戴笠的电报同时寄达，欣喜之余又觉得蹊跷。心情忐忑地打开两封电报，措辞不同内容大同小异。张学良的电报不是和她叙儿女私情的，戴笠的电报也没有行政命令的语气，大意都是说于凤至病倒了，不能陪护张学良，问她可不可以到贵州去陪着张学良。

她这才知道张学良现在被幽禁在贵州，因为于凤至生病，她才可以作为替补队员准许上场。

电报的内容哥哥也看了，看完就沉默了，说心里话，他是不希望四妹答应这件事的，因为电报用的是商量的口吻，也就是说，赵一荻可以答应，也可以选择拒绝，毕竟儿子还小，这不仅仅是借口，也是事实。

赵国梁探询赵一荻：你是怎么打算的？

赵一荻声音很柔，但是很坚决：我决定去陪他。

赵国梁提醒她：闾琳怎么办？

是啊，闾琳怎么办？赵一荻迅速想着该如何安置自己的儿子，却丝毫没有打过退堂鼓，她第一时间就决定了：她要去贵州陪张学良。

别子，为了你我愿自投囚笼

接到电报的那一夜，赵一荻守在熟睡的儿子身边，那一夜她无论如何都睡不着。

闾琳已经十岁了，虽然从他出生就是一路的风风雨雨，但是这些风雨和坎坷都是爸爸妈妈在承受，他没有经历过任何磨难。纵使家已经不是家了，他依然是有人悉心呵护的小少爷，因为从小和父亲聚少离多，他心目中关于父亲的概念并不是很强，有没有父亲在身边，对他来说是无所谓的。

妈妈就不一样了，从小没有爷爷奶奶，没有外公外婆，他只有妈妈一个亲人的守护，他不能没有妈妈，如果妈妈也离开他，他将没有一个亲人了。

这一切，赵一荻比任何人都明白。

所以她不知道该如何张嘴向儿子说这件事。

实话实说，她舍不得儿子，这是她和张学良唯一的爱情结晶，他是自己的心头肉，这些年不论怎样寂苦，看到天真可爱的孩子，她就有了生活下去的勇气。熟睡中的孩子一脸的稚气，他还看不懂妈妈的心事，不知道为什么妈妈今夜迟迟不睡，不知道为什么妈妈会守在自己床前。月光下，他稚气的笑脸幸福安详，偶尔会在睡梦中露出一丝微笑。

赵一荻鼻子一酸，泪水夺眶而出。

这是多么艰难的抉择啊，一边是幼年的儿子，还需要妈妈的呵护，另一边是幽禁中的爱人，需要她的陪伴。

她必须舍弃一方。

她可以为了儿子舍弃陪伴爱人，这不仅仅是理由，也是摆在眼前的现实，假如那样，也许，爱人永远不再是自己的了。

儿子无论走到哪儿，无论被谁养大，永远都是自己的亲儿子，爱人一旦失去，就与自己无关了。他虽然已经落魄成那个样子，也许这辈子他永远只是幽禁中的囚犯，但他是自己最爱最爱的男人，是自己一生唯一爱过的男人，他变成了什么样她都不在乎，她看重的是那个人，除去了所有的光环，他依然是他。

儿子离了自己，有优裕的生活条件，还可以健康成长。

爱人离了自己，一个人在艰苦的环境中过着苦闷寂寞的在押生活，他的心理，他的身体也许会出现意想不到的状况，这是几年来赵一荻最牵挂的，最放心不下的，几年不见了，她不知道张学良的情况究竟怎么样，恨不得立即见到他。

去深山老林陪伴张学良，要放弃的不单是母爱，还有安逸的生活和行动的自由。作为张学良的陪伴者，她走进幽禁地，“享受”的是和他一样的待遇，从此，不论是什么样的凄风苦雨她都要和他一起承受，这个心理准备早在溪口的时候，赵一荻就已经准备好了。

把儿子托付给谁，成了赵一荻最为难的一件事。

因为当年父亲声明和赵一荻脱离关系那件事，娘家是不能考虑的，虽然现在和哥哥姐姐有了一些联系，也只限于联系联系，真把孩子托付给他们，怕远在北平的老父亲听说后不答应，这么多年不能在身边尽女儿的孝心，她不想再因为自己的事情让老爸生气了，也不想因为这件事无端给哥哥姐姐添麻烦。张家也没有合适的人可以托付，张学良的弟弟妹妹们有的还年少，有的自顾不暇根本没有能力和精力抚养别人的孩子，更重要的是，赵一荻不想让儿子受委屈，她想让他接受良好的教育。

冥思苦想，她想到了张学良的美国朋友伊雅格。

张作霖时代，美国人伊雅格就在张大帅部下当军需官，那时候就和张学良是好朋友，他们的关系一直很铁，张学良执掌东北三省军政大权以后，伊雅格成为他的经济代理人，张学良和赵一荻都十分信赖他。

赵一荻决定把张闾琳托付给远在美国的伊雅格，让孩子离开这个环境，对他的成长是有利的，她不想让他因为是张学良的儿子再受到别人的伤害。

把一切都计划好了，她选择了一个合适的机会跟儿子谈这件事。

当真要认真谈的时候，她才感觉和这样幼小的孩子谈这样沉重的话题，对孩子太不公平了，她围着这个话题绕来绕去，最后不得不绕到正题上来。

她问闾琳，是不是勇敢的孩子。

闾琳骄傲地说，自己一直都很勇敢。

赵一荻夸奖他这一点很像爸爸，爸爸也是个勇敢的人。

她又问闾琳，如果让他离开妈妈一个人去美国上学，他会哭吗？

闾琳不明白妈妈为什么要让他一个人到美国上学，他机智地盯着妈妈的脸，这目光特别像他的父亲，有着这个年龄孩子不应该有的睿智，赵一荻慌忙避开孩子的目光，她听到闾琳很无助地说：为什么让我一个人去美国上学？

因为爸爸也需要妈妈的照顾，因为我只能舍弃你们中的一个。这些话赵一荻能对孩子说吗？她无声地流下眼泪，她的泪水让闾琳很惶恐，他偎依到妈妈怀里给她擦眼泪，轻声说：对不起妈妈，你别哭，我一个人去美国就是了，我会像爸爸一样勇敢。

这些话让赵一荻喉头哽咽，多么好的孩子，如果一家人能在一起该有多好，命运就是这样捉弄人，偏偏要让她忍受这种痛苦和折磨。

此时的张闾琳像一个小男子汉，赵一荻反倒像是一个需要呵护的人。

联系上伊雅格，他很爽快地答应了赵一荻，表示愿意帮助照顾张闾琳，让她带着孩子尽快到美国去。

1940 年深冬，赵一荻带着张闾琳漂洋过海来到美国西部城市旧金山，见到伊雅格和埃娜夫妇。闾琳小时候经常见到伊雅格，所以对他并不感觉陌生，这对美国夫妇也很喜欢这个漂亮的小男孩。初到伊雅格家，因为新到一个地方感觉新奇，闾琳很兴奋，当赵一荻真要离开的时候，闾琳抱着妈妈哇哇大哭，说要和妈妈一起走，一起陪爸爸。大家怎么劝都劝不住，他就那样坚持不懈地哭着，哭得赵一荻心如刀绞，泪水汹涌。

孩子哭着哭着，就哭累了，当他止住哭声，在埃娜太太的怀里慢慢静下来的时候，赵一荻满脸泪痕地别过头，狠了狠心走出去，伊雅格送她出去，赵一荻把已经说了 N 遍的话又重复了一遍：谢谢你们，不要让孩子和外界多接触，防止有人加害孩子。

伊雅格在答应了 N 次之后，又诚恳地答应了 N+1 次，这个很讲义气的美国人不仅仅是口头答应了，在未来的日子里，他和夫人替张学良和赵一荻尽了父母的义务。他们怕在旧金山华人聚居区有人知道张闾琳的真实身份，很快就从那个地方搬了出去，住进洛杉矶，并把张闾琳改名为克尔。

或许感觉孩子在自己身边还是有些不保险，毕竟伊雅格在中国生活了那么多年，许多人都知道他和张学良一家的关系，为了更加安全，他把闾琳寄养到好朋友科恩夫妇家中，恰好科恩家有一个和闾琳同岁的男孩，一走进科恩家，闾琳就和那个美国男孩成为了好朋友。这个远离家乡远离父母的孩子适应能力很强，没过多长时间，他俨然已经是一个地地道道的美国华人小孩，因为没有汉语语言环境，后来这个孩子长大后不会说汉语。

让赵一荻没想到的是，她和儿子一别就是十五年，十五年的时间中，不但没见过儿子，连一点音讯都没有。

原本以为，过不了一年半载，她就可以抽时间到美国探望一下闾琳。走进幽禁地，相当于进了囚笼，赵一荻一到贵州就完全失去了自由。从贵州到重庆，又到台湾，蒋介石对他们的幽禁越来越严密，她只能默默思念着自己的骨肉。实在想儿子了，她就拿出他小时候的照片看一看，照片上的闾琳永远只是十岁的模样，她想象着儿子长成英俊少年时候的样子，想象着他长成青年人的样子，那模样完全是按照张学良年轻时代的样子去想象，她有时候也会内疚，在儿子那里，自己真不是一个好妈妈。

在爱人那里，她却是一个非常称职的好女人。

一回到国内，来不及休整，她就匆忙奔赴贵州，经过辗转颠簸，来到了贵阳附近的修文县。

来到县城的时候，天色已近黄昏，随行的人都说今天还是住在县城吧，明天再上山也不迟。张学良被囚禁的阳明洞离县城还有一段距离，在阳明洞位于修文县城北的龙岗山上，赵一荻早一天到那个地方，就是早一天自投罗网成为囚徒，还是多享受一天自由的日子吧。

然而，赵一荻坚持立即去阳明洞，她想立刻见到张学良，越快越好。她等待了三年，已经不能再等待了，一分钟都不想等。每个温润可爱的女子都曾经是天使，为了自己爱上的那个人，她们宁愿折断翅膀飞落凡间，为自己心仪的那个男人不再腾飞。女人是一种痴情的动物，当她们爱上一个人的时候，就想随时见到他，天天和他厮守，赵一荻就是那些折断翅膀的天使中的一个。

车子一路向北，道路崎岖，他们行进缓慢。在张学良被关进这里之前，阳明洞已经是很有名的古迹了，明代著名哲学家、教育家王阳明曾居于此洞。那位四百多年前的老夫子当年也是和张学良一样的倒霉蛋，他本来是兵部主事，没站好队得罪了宦官刘瑾，进而招惹到皇帝，屁股上挨了四十大板的廷杖之后，拖着被打得皮开肉绽的屁股，被贬谪为贵州龙场驿丞。军事研究不成了，他开始研究哲学，在此悟道讲学，成为了名扬中外的哲学家，阳明洞也成为名胜古迹。

蒋介石把张学良安放在这个古幽的地方，并不是想让他成为第二个王阳明，他一定是觉得这个地方相对僻静一些，没有人会想到在这里关押着一个重要的政治犯。

张学良被关押在阳明洞旁的小楼上，这小楼偶尔住住是个好地方，风景优美，幽深僻静，如果常年住在这个地方，一般人是受不了的，赶上个喜欢热闹的人，住久了说不定会疯掉的。从1938年11月起，张学良就被转移到了这里，他比王阳明稍优待一点的就是屁股上没有挨四十大板。被打烂过屁股和没打过的就是不一样，张学良当时受的刑罚显然没有王明阳厉害，后来他也没有王阳明那样的大彻大悟，但是他们巨大的失落感大概是一样的。

祸不单行这句话往往是正确的，于凤至病了，病情越来越严重，到后来已经不是于凤至在照顾张学良，而是张学良照顾于凤至。连戴笠都感觉到于凤至的病实在太严重了，非治不可，再这样下去说不定连命都丢在这里了。请示过蒋介石后，于凤至被送到重庆检查诊治，查出来却是乳腺癌。

宋美龄得知情况，念于干姐妹的感情，准备送于凤至到美国就医。于凤至自然舍不下张学良，但考虑到自己的身体情况，在他身边实在也替他做不了什么。看来命中注定自己必须离开他，命中的情缘是争不来的，她也无奈，考虑再三，提出赵一荻来替换她。

赵一荻会不会来，蒋介石拿不准，戴笠拿不准，连张学良和于凤至都拿不准。如果说别人拿不准是有情可原的，按照正常人的思维，一个没名没分的编外二奶，凭什么要抛弃安逸幸福的大都市生活，抛弃自己唯一的孩子，来这种地方受罪？说是为了爱情，张学良真的爱她吗，如果爱她，为什么不给她一点名分，哪怕只是一个妾？张学良按说不应该拿不准，大概就是因为人们考虑到的那个原因，他到现在也没有给人家个名分，赵一荻对外不过是张学良的女秘书，仅仅作为女秘书，人家有义务来跟着他吃苦受罪吗？

但她却来了，抛弃了身后的一切。那个黄昏，她一步一步攀上龙冈山，在护送她的人和阳明洞的守卫进行了交接之后，这个女子，轻轻攀上阳明洞旁的一座木结构楼房的楼梯。

三年了，她不知道他变成了什么样，她不知道第一眼看到他的时候，他会是什么样，她不知道，只是一颗心突突跳得厉害。

我是你活下去的唯一精神支柱

见到张学良的一刹间，赵一荻的鼻子酸了一下，她忍住眼泪，静静地看着他，无语。

他穿一件咖啡色丝绵袍，布鞋纱袜，这种咖啡色服饰是他家常喜欢穿的颜色，只是这件衣服的款式很一般。三年不见，他的头发从什么时候开始变得这样稀少，那个英俊潇洒，风流倜傥的少帅骤然间变得这般沧桑。

他老多了，也憔悴多了，站在依然年轻、风采依旧的赵四小姐面前，张学良明显苍老了许多，不过，那沧桑仍掩不住他那英武的军人气魄。

赵一荻的突然出现让张学良感到非常惊喜，他以为她还要过一段时间才能到，没想到这么快就出现在了自己面前。黄昏不太明朗的光照下，赵一荻的剪影非常美，很久没有见到过这样美丽女人的影像了。

四妹，来啦。

张学良那一口亲切而熟悉的东北话，让赵一荻顿时又找到了过去的感觉。

她轻声回答：来啦。

声音很轻，轻得连她自己都勉强听到，说完这句话，她的泪水就不争气地流下来。此刻，她好想扑进他的怀抱，诉说自己这一千个日日夜夜的思念，叩问他一声：是否想她？

他过得好与不好，她就不必问了，他如果过得好，就不会变成现在这个样子。那一头茂密的秀发在短短的三年间到哪里去了？如果不是心情抑郁惆怅，如果生活环境好一些，他不会一下子老去，她过去总以为她的爱人永远不会老去，永远是刚遇到他时的那个样子。仅仅三年的幽禁，他似乎一下子老去了十岁。

于凤至听说赵一荻到了，从病床上爬起来和她见面。

出现在赵一荻面前的于凤至一脸憔悴，她本来就瘦，这会儿看上去更瘦了。见到赵一荻，于凤至拉住她的手：四妹，你真的来啦，大姐谢谢你。

她的弦外之音是，本来不应当让你到这里来受这份罪，你没名没分的，也不该来受这份罪，都是因为自己的病，连累了赵一荻。

赵一荻听明白了，她平静地说：大姐，安心去治病吧，这里有我呢。

或许，于凤至根本就不懂赵一荻对张学良的感情到底是怎么回事，对这个“谢”字，赵一荻是不敢领的，她不是那种想从成功男人身上牟利的小狐狸精，这本来就是她深爱的男人，她不是替任何人来尽责任和义务，她为的是自己的爱，自己的心。

于凤至向赵一荻交待了一些需要注意的事项，现在赵一荻来了，她可以去外面治病了，她说不上是高兴，还是难过。高兴的是张学良有人照顾了，难过的是按照检查的情况，她的病情很严重，这一走能不能再见到张学良都是未知数。把自己的男人就这样交给另外一个女人，即使这个女人和自己情同姐妹，心里也是说不出的酸意，对于女人来说，这是怎样的悲情。

那个夜晚，是他们三个人在一起的最后时光。灯光摇曳，那个天气有些寒冷的深夜，张学良和他的两个女人说了很多话，此后，他的身边只剩下一个赵一荻。最终，于凤至远走大洋彼岸，至死都无缘再和张学良相见。

于凤至走了，赵一荻这回成了张学良正儿八经的生活秘书，她的出现让张学良恢复了几分青春活力，她对他讲外面的新鲜事。发现张学良有时候精神萎靡，经常一个人对着墙壁发呆，她鼓励他潜心研读明史，学学明代那位名叫王阳明的前辈，这位老先生在这里住了三年，把自己修炼成了大家，四百多年后的张少帅既然有缘来到了这里，不能给前辈丢脸啊。

张学良觉得赵一荻说得有道理，他真的开始研究明史了。在阳明洞，赵一荻是他研究成果的唯一见证者，他静心读书的时候，赵一荻就默默坐在他身边不离不弃地陪伴着，茶凉了为他续上一杯，天冷了为他披上件衣服，读书读累了陪他天南地北地聊阵子八卦。偶尔，他们会谈古论今，张学良惊诧于赵一荻学识见长，他们分别的这几年，她在寂寞中读了很多书，这些书现在都派上用场了。

过去，赵一荻在张学良眼里是不谙世事的小女孩，这一次，张学良忽然觉得她长大了，他越来越依赖她，无论什么事都喜欢和她探讨一下。于凤至在张学良面前是大姐，总喜欢像对待弟弟那样宠着他。赵一荻不是这样，她会很平和地和张学良探讨一些话题，用她特有的温柔的叙述方式说服他，打动他。

春天不知不觉到了，1941 年阳明洞的春天一如既往的美，这美景似乎与张学良无关，他的心情依然留在灰暗的冬季，无心观赏春天的景色。赵一荻拉着他去楼外赏景，听花开的声音，看草长莺飞。她和他偎依在一起坐在春风中，张学良恍然间觉得自己又回到了少年时代。

这个女子他是真心爱过的，在他爱过的所有女人中，她其实不是最让他心动的，却是最让他舍弃不下的。这些年他可以离开任何一个女人，就是离不开她，和她在一起的时候，是他最轻松的时候。

自从赵一荻来到阳明洞，张学良明显精神了不少，气色也越来越好，她成为他活下去的精神支柱。

张学良的幽禁生活很苦闷，看守他的那些特务也苦闷，一帮人整天在这不见人影的地方守着这么一个人，时间长了觉得挺没劲的。他们有时候自己哄自己玩，比如几个看守吃饱了没事干凑到一起打打球，这些人的球技一般般，张学良隔着窗子看到了，放下手里的书对赵一荻说：就这种水平，也好意思玩。

赵一荻也想让张学良锻炼锻炼身体，就趁机激他一把：你去给他们当教练，教教他们呗。

张学良已经很久不活动了，赵一荻的话提醒了他，自己义务给这群菜鸟当教练也未尝不可，将来他们调离这里到了别的部队，万一有机会打打球，这球技还不让人家笑话死，说曾经看守过张学良的宪兵，就这两下子，怪给自己丢人的。他走出小楼，主动给他们当起教练来，除了当教练，有时候还要兼当裁判，赶上高兴的时候，还会亲自上场，把对手打得落花流水。

所有的人都看得出来，在赵一荻爱慕欣赏的目光注视下，张少帅的英姿又开始勃发，隐约有了一些当年的模样。

短暂的春天匆匆而过，进入五月，这里草木葱茏，景色宜人。

他们已经渐渐喜欢上这里的环境，艰苦是艰苦了一些，却返璞归真，张学良俨然已经是半个明史专家了。

几天后，一场突如其来的急病让张学良不得不离开这里。

那天，张学良突然肚子疼得厉害，开始他还忍着，不想让赵一荻为他着急。后来，他疼得实在厉害，病情恶化，无论如何也忍不住了，脸色铁青，天气还不是很热，他额头上的汗珠噼里啪啦往下掉。

细心的赵一荻发现张学良情况不对，她问他是不是哪儿不舒服。张学良说肚子疼得厉害。这个当年戒毒都能撑下来的汉子，被这尖锐的疼痛折磨得痛不欲生。赵一荻慌忙叫来这里的队医，初步诊断为急性阑尾炎。山上没有医疗设施，修文县城的医疗条件也很差。看守们不敢怠慢，张学良不是一般的政治犯，他如果有个三长两短的，他们如何担待？于是，他们立即向戴笠汇报情况，得到的答复是，马上离开修文县，到贵阳进行手术治疗。

这是张学良被幽禁在阳明洞三年后第一次离开这个地方，他想象过无数种离开这里的方式，没想到却是因为患上急性阑尾炎，被迫来到贵阳住院。

本来发现的时候病情就很严重了，在山上耽误了一点时间，到了修文县医院又耽误了一点时间，到了贵阳的医院，他的病情已经严重恶化，不得不进行切开引流手术。也就是说，阑尾炎术后，还要在他的腹腔植入引流管，引流腹腔内的液体。

张学良的病居然严重到这个程度，赵一荻很内疚，觉得是自己没有照顾好他。医院里，她一直陪伴着，寸步不离，一直到他的病痊愈。

病好了，贵阳这样的好地方蒋介石是不肯让张学良长期住下去的，既然幽禁，就要有幽禁的样子。张学良又得继续回阳明洞，他在那里已经住了三年，明代的王阳明得罪了皇帝也不过就在那里住了三年，张学良这三年一步都没离开过那个地方。

赵一荻也不想再让他回到那个地方了，就提出修文县比较偏僻，阳明洞交通更是不便利，那里缺医少药的，张学良的身体还没有完全恢复，如果病情复发就会有生命危险，请示是否能给他换个地方。

考虑到赵一荻说的这些都是实际情况，戴笠把张学良安置到了离贵阳更近的贵州黔灵山麒麟洞。

麒麟洞是贵阳的风景区，这些年张学良一直被关押在各大风景区，荒无人烟的，主要是为了好看守。其实，麒麟洞的条件还不如阳明洞，这里景色不错，不过没什么像回事的住处，一座名叫白衣庵的尼姑庵就算最奢华的建筑了。在这里住着四个尼姑，再加上张学良、赵一荻和看守关押他们的三个连的卫兵，白衣庵一下子变成了集中营，山上架着机枪，出入的都是大兵，没有人敢到这里来烧香了。

在张学良被关押到这里之前，杨虎城也被关押在这里过，前不久已经迁到了别处，张学良他们的住处就是杨虎城曾经住过的地方。赵一荻的房间和张学良的房间中间有一个会客和用餐的小空间，他们经常会坐在那个地方看看书，聊聊天。当然，四周有看守把守着。不过，他们早已习惯了众目睽睽之下旁若无人地做他们的事情，甚至说些情话，习惯了执手散步的时候，后面有人看押着。

尼姑庵里，三个小尼姑都喜欢赵一荻。她那样有气质，那样会打扮，小尼姑们经常看到赵一荻穿着好看的旗袍，挽着张学良的胳臂，从关押他的小屋里走出来，四周驾着的机枪就对着他们。他们看上去却是格外浪漫，至少是尼姑们没见到过的浪漫，每当这个时候，老尼姑就使劲敲着木鱼把小尼姑们的注意力牵拉回来。

阿弥陀佛，都落魄到这个地步了，这个女子还这样浪漫和自信，真是世间少有啊。老尼姑怕自己手下的小尼姑们被这对在逆境中还坚持秀爱情的男女带坏了，她紧闭着眼睛使劲敲木鱼。木鱼声中，小尼姑们的目光是被拽回来了，但心里还想着那两个人，暗自思忖着，多恩爱啊，人世间竟还有这样的爱情。

再往前走就是白象桥，那里挂着一块写着“禁止”的木牌，再往前就是禁区，他们的活动范围只能到这里了，他们只好停下来，观观景说说话。

坊间都知道麒麟洞关押着张学良，因为老百姓不能到尼姑庵烧香了，连最草根的老太太都知道了这件事。贵州省主席吴鼎昌一直很钦佩张学良将军，于是胆大包天组织各界人士到麒麟洞附近的花溪组织了一次特殊诗会，在特务监视下邀请张学良参加。大家朗诵的诗词基本上都是赞扬张学良的，诗会上，张学良一激动，即兴吟诗一首答谢大家：

犯上已是祸当头，作乱原非愿所求。
心存广宇壮山河，意挽中流助君舟。
春秋褒贬分内事，明史鞭策固所由。
龙场愿学王阳明，权把贵州当荆州。

这件事传到蒋介石耳朵里，他大为光火，责怪戴笠怎么可以把张学良放置在距市区这么近的旅游景点，立即换地方。

张学良在麒麟洞住了半年多，1942 年 2 月，迁往贵州开阳县刘育乡。

蒋介石或许觉得张学良的幽禁生活过得还是太幸福了，要求以后严加看管。到了开阳县刘育乡，张学良的日子更难过了，一切行动都要受到严密监视，艰苦的乡村生活和严密的监视，让张学良陷入无限的苦闷中，赵一荻敏感地觉察到了，她更加悉心地照顾他。

他已经无心看书，无心研究明史之类的了，本来对于他来说那也不过就是消遣，现在无心这样消遣了。赵一荻就帮他寻找新的消遣方式，比如在众多卫兵押送下去水坑塘里钓钓鱼，在指定范围里散散步，看远处的农人们忙忙碌碌劳作。

这场景总能勾起张学良童年的回忆，他的童年就是在东北乡村度过的，现在的自己，还不如那些日出而作日落而息的农民，如果让他现在去当农民，他相信赵四小姐也会和他相依相守，陪他过老婆孩子热炕头的苦日子。

有时候他会想，西安事变，自己后悔了么？

没有，他不后悔。

虽然在这个地方听不到抗战的炮声，他知道，在前方，抗日志士们正和日本人激烈交战。

他的幽禁也是在为抗战做贡献。

蒋介石铁了心就是不想让张学良在一个地方消停，他就是要折腾张学良，直到把他折腾得精神彻底崩溃。开阳县刘育乡没住多久，老蒋又把他送到了著名的息烽集中营。至此，张学良快把贵州住遍了。

这里是真正的集中营，在这里，张学良脾气变得越来越暴躁，他有时候会无缘无故暴怒，无缘无故掀桌子，摔家具。

桌子和家具都不是自家的，当然用不着心疼，但是人是自家的，情绪不好会有人心疼，这个人是赵一荻。她用自己独有的方式劝慰他、安抚他，让他冷静下来，留得青山在不怕没柴烧，这种情绪这种状态正是蒋介石想要的，他挖个坑咱们就跳吗？

张学良觉得她说得有道理，慢慢冷静下来。

抗战快八年了，他安静下来，盼着胜利的那一天。

第七章　在台湾的漫长幽禁岁月

青山绿水间的小木屋

1944 年，日军开始实施打通“大陆交通线”行动，制订了所谓的“一号作战计划”，组织数十万兵力发起了豫湘桂战役，进攻河南，袭击湖南，夺取了长沙、衡阳，然后又侵占桂林、柳州、南宁，到那年冬季，贵州独山也被攻陷。张学良的关押地看起来也不安全了，他又被转移到桐梓“小西湖”囚禁。

桐梓“小西湖”比息烽集中营强不了多少，他依然像真正的囚徒。这个地方从外面看景色优美，像杭州的西湖，其实也是个小集中营，张学良的行动更加受到限制，他除了靠听听收音机了解一点外面的情况，几乎和外界断了一切往来。

赵一荻每天帮他调台收听收音机里的新闻，其实里面的新闻大同小异，嗲声嗲气的女播音员听上去懒洋洋的，播送的新闻也没什么太大价值。

1945 年 9 月的某一天，一条新闻让张学良为之振奋，抗战胜利了，日本鬼子无条件投降了。

张学良怕自己听错了，问一直专心致志听收音机的赵一荻：我没听错吧，日本人投降了。

赵一荻也是一脸惊喜：我也是听里面这么说。

他们拥抱在一起，兴奋、激动。

张学良首先想到的是：抗日战争胜利了，老蒋应该放自己出去了。

赵一荻想的是：他们如果被释放，就可以见到儿子了，她已经五年没有儿子的消息了，他应当长成一个青春小帅哥了。

他们确实要离开桐梓“小西湖”了，看守他们的特务说这回要把他们送到重庆，然后乘机到南京，和杨虎城一同去见蒋介石，然后让他们恢复自由。

张学良和赵一荻相信了，他们憧憬着自由的日子，那几天他们兴奋得吃不下睡不着，以为这回真的盼到头了。

然而现实情况却不如他们所想蒋介石并没有放他们出去，不但没有释放张学良，还把他转移到了重庆歌乐山松林坡的戴公馆。按照蒋介石自己的解释，他担心张学良被中共利用，这样做也是为了保护他。和张学良一起发动西安事变的杨虎城将军也是这样被蒋介石“保护”着，有所不同的是，蒋介石在和共产党的内战中惨败逃离大陆前，杨虎城举家死在他的屠刀下，张学良则在 1946 年 11 月就被长途跋涉押往台湾新竹井上温泉继续幽禁，如果他没有离开大陆，会不会也落得杨虎城的下场，谁也说不好。

张学良也不知道自己会被蒋介石送到台湾，在重庆的戴公馆住了没多长时间，又要被转移了。他已经习惯了不停地被转来转去，这次转移到哪儿，他并不知道，其实知道和不知道没多大区别，蒋介石心血来潮，高兴让他去哪里他就必须去哪里。

这次去的地方路途似乎更遥远，事先已经告诉他要坐飞机走，是去南京吗？

这十年张学良一直被关押着，许多事情他是不知道的，他不知道1946年1月周恩来代表中共中央向蒋介石提出释放张学良，蒋介石表面上答应了。张学良关押在重庆的时候，老蒋曾经派人和他谈过条件，张学良如果答应了那三个条件，就让他恢复自由：条件一，向社会公开说明西安事变是因为上了共产党的当；条件二，恢复自由后立即带着他的东北军去打共产党；条件三，不打共产党也可以，立即出国留洋。这些条件张学良一个都没答应，蒋介石烦了，现在你还敢跟我玩这个，看来你的心跟共产党贴得很近啊。

1946年10月，蒋介石带着宋美龄到台北参加台湾光复一周年庆祝大会，意外地发现，台湾这块土地是净土，没有被红色浸染，他一到台北就受到热烈欢迎，那些人如同他的粉丝，他找到了做政治明星的快感，这是这么多年在大陆所没有享受过的。他高兴之余对采访他的记者说：

> 台湾尚未被共党分子所渗透，可视为一片净土，今后应积极加以建设，使之成为一模范省。则俄、共虽狡诈百出，必欲亡我国家而甘心者，其将无如我何乎！

蒋介石突发奇想，把张学良弄到台湾去幽禁倒是个不错的选择，免得共产党老惦记着他。这样想着，他就命令台湾的有关人员立即找合适的地方，不到十天的时间，就下达了转移张学良去台湾的密令。

又要出发了，赵一荻帮着张学良收拾行装，衣服必须带上，必备的日用品也必须带上，每次不能忘记的还有那台收音机，那是宋美龄某一次来探视张学良的时候特意送给他的，收音机个头很大，不像后来的袖珍收音机那样小巧玲珑，而且跟随他们四处辗转，收音机的外壳已经很旧了，不过音质尚好。赵一荻已经习惯了搬家，收拾起行装来干脆利索，到出发的时候，行李早就被看守们运上飞机，张学良和赵一荻一大早就被汽车送到重庆的九龙坡机场，一架美制 C47 型运输机早已等候在那里。

国民党空军上尉飞行员王赐九奉命在机上等着张学良和赵一荻登机，事先他不知道乘客是谁，只知道此次任务是从重庆的九龙坡机场直飞台湾桃园机场，上级给他下达的指令是：不准打电话，不准与任何人见面，不准走漏任何消息。

看来这次运送的是个非常重要的人物。

张学良和赵一荻登上飞机，王赐九一看这两个人，忽然明白了，这就是传说中的张学良少帅和赵四小姐，那女子并不是倾国倾城的美貌，却气质不凡、优雅温婉。她搀扶着张学良，看上去比头发稀少的少帅年轻好多好多的样子。

中国人习惯于权贵阶层的老夫少妻，这对老夫少妻在王赐九眼里看来，张学良还是过于沧桑了些。赵一荻的模样也就是二十挂零的感觉，张学良看上去有五十开外的年龄了。但她和张学良尔侬我侬情意绵绵的样子，却又羡煞每一个见过他们的烟火男女。

张学良对重庆似有不舍，他倒不是真的不舍得这个地方，只是不清楚下一站自己的目的地在哪儿，有一丝犹豫。如果他知道这将是他人生中在中国大陆的最后一刻，无论如何也要多看几眼。

赵一荻轻轻催促他：汉卿，快进飞机吧。

飞机呼啸而起，他们不知道这是要飞向何方，这个时间，如果飞南京早该到了，如果飞上海早该到了，如果飞北平，飞沈阳也该到了……这是要去哪儿呢？

云里雾里地飞翔着，经过了无限漫长的飞行之后，飞机终于落地了。

随行的看守说：到了，下飞机吧，这里是台湾的桃园机场。

飞机驾驶员王赐九说：这里不是桃园机场，是台北机场。

原来，这种秘密飞行无地面指挥，又没有无线电联络，在这种情况下到一个陌生的航线飞行，随时可能造成机毁人亡。王赐九考虑到飞机上坐着的是举世闻名的爱国将领，如果在自己驾驶的飞机上出了事故，自己就是千古罪人，于是擅自改变飞行计划，改道飞往台北。

他的擅自改道打乱了军统的一切计划，惹得他们大发雷霆。

从重庆来到台北，这是张学良无论如何也没有想到的。赵一荻一脸困惑，台北在家乡的什么方位？她极力分辨着方向，分辨着哪里是西，哪里是家乡的方向。

然而，无论是台北还是计划让他们飞往的桃园，都不是他们的最终目的地，蒋介石已经让人帮他们勘查好了，尽管飞越千山万水，到了老蒋自以为很放心的台湾岛，毫无例外还是要让他们住进偏僻的深山老林景区，台湾的新竹有一处井上温泉，那里人烟稀少，长年累月见不到几个人影，下一站他们就要住进那里。

新竹井上温泉，乍一听感觉应当是个很不错的旅游胜地，其实那个地方非常偏远，在台湾的西北部，是一个很古老的城镇，居民以闽南人为主。这个地方山高林密，峰峦起伏，井上温泉确实有温泉，但这不过就是个很原生态的山胞村子，住着一些土生土长的高山族居民。

和张学良在一起被幽禁的五年间，赵一荻已经见识并住过了祖国大好山河中的不少景区，这个名叫井上温泉的地方在她心中期望值也不高。果然不出她意料，押送他们的汽车经过了长途颠簸，开进密不透风的深山丛林，在一条只能容一辆车行走的陡峭狭窄的山路上缓缓前行，穿越山体隧道，艰难行进在沟沟坎坎的石子路面上，直到午后时分，最终晃荡到那个名叫井上温泉的地方。如果赶上下雨的阴天，这条道路是无法通行的，恰好赶上那几天天气不错，算是一路畅行。赵一荻一路上紧紧握着张学良的手，偎依在他怀里，在车上颠来颠去，连五脏六腑都快要颠出来了。

张学良的幽禁处是一排日本式木造平房，据说是日本统治时代为裕仁太子来台湾时所建。也就是说原本这木屋的建造算是高规格的，裕仁太子即使来也不过是走马观花，后来房子闲着也是闲着，就充分利用了起来，变成了日本警察的疗养所。日本警察撤走了，疗养所的顾客变成了普通游人和旅客。

这里景色秀美，是天然氧吧，只是太偏远了，所以这木屋一年也接待不了什么游客，平时是没人到这幽深的山林中来的，只有旅游季节有为数不多的一些散客偶尔来几个。现在，蒋介石把这里改成了张学良幽禁地，一接到指令，这边的工作人员立即在温泉边为他翻建了一座新居。新居刚建成，还没收拾利索，已经看出大致轮廓来了，张学良住的木屋依山傍水，屋外有几棵樱花，有个大花园，还有个不大的网球场和温泉浴室。

张学良和赵一荻被安排住进小木屋，白天小木屋的光线尚好，房间里只有一两件非常简单的家具，简单布置好张学良的房间，安静下来后，赵一荻才感觉到了这里的阴冷潮湿，她发现张学良冻得嘴唇有些发紫了，忙着给他找出一件丝绵坎肩套上。这件衣服穿了许多年，有些旧了，赵一荻想，该给他做件新棉衣了，这里即将到来的冬天不知会不会很冷。如果外出采购做衣服的材料，还要在卫兵的押送下从那条很难走的路到外面去，赵一荻盘算着，出去一趟就要把需要的东西都想齐全了，出去一趟太不容易了。

到了夜晚，赵一荻才发现一个严酷的现实，这里居然没有电灯，天黑下来，四周一片黢黑，偶尔能看到点点灯光，却是不很明亮，昏昏暗暗的，那不是明亮的电灯灯光，而是油灯，昏黄的灯光下，两个人相对而对，油灯的光亮把他们的身影拉得很长，投到木屋的墙壁上。

那一夜，许多事情他们都来不及多想，匆匆收拾收拾就睡下了，实在是太累了，一停下来，疲惫就袭上来，那一夜虽然冷，但他们睡得很香很沉。

第二天，他们发现这里的景色确实很不错，如果是春夏季节肯定会更美，倘若不是被关押在这里，倘若是一对情侣相伴到这里来旅游，实话实说这青山绿水间的小木屋还是很有情调的。当然这个地方不是什么季节都好玩，比如在这寒冷的冬季，这里的潮气让空气变得更加湿冷，贵州深山的冬季就已经让张学良和赵一荻心有余悸，到了这里他们才知道，其实和这井上温泉比，那根本算不上什么。

他们在这里安营扎寨住下来，对张学良和赵一荻来说，不存在喜欢不喜欢这个地方的概念，他们今后就要住在这里了，不知住多长时间。

张学良拿出自己那唯一的家用电器——宋美龄送给他的那

台收音机。赵一荻帮他调了调台，还好，能收到一两个台，以后，在这闭塞的地方，这台录音机更是他们了解外面世界的唯一渠道了。这个时段没什么新闻，还是先关掉吧，干电池也要省着用，大概买几节干电池也要到遥远的新竹县城去。

蓝衣，布鞋，为你我宁愿洗尽铅华

美丽的景色不能当饭吃，这里不但寂寞，也更加艰苦。

周边住的都是当地的土著居民，他们不知道张学良是什么人，不知道什么是西安事变。前些年，这个温泉的木屋子里在旅游季节住的是日本官员和他们的家眷。抗战结束，日本人投降了，他们也撤离了台湾。这里刚清静了不到一年的时间，一夜之间，突然住进来这样一对男女，还有那么多的大陆军人。

张学良被囚禁的木屋子就在吊桥的下边，吊桥那边就是当地居民，他们向这边遥望，有一条明显的警戒线拦住他们去往木屋的路，他们猜测，关在这里面的不是一般人物。那个头发稀疏的男人看上去风度翩翩的，那个年轻女子长得真好看，他们是夫妻吗？这么好看的女子为什么也被关在里面不能出来？

他们出于好奇，经常向这边偷窥，大陆那边这些年发生了些什么事，山里人是不太清楚的，读书的孩子们比大人知道的稍多一些，但也不知道这里面关的是著名爱国抗日将领张学良和他有着传奇色彩的女秘书赵四小姐。

女孩子们只是觉得关在里面的这个年轻女子很会打扮，穿的衣服很好看，她们也想买一件那个式样的衣服穿穿，跑了很远的路去到新竹县城，根本就没有这样款式的。

其实，那个时候的赵一荻已经没有什么像样的时装了，在特务们的严密监控下，她没有机会去逛商场，不知道外面现在正流行什么，不知道时尚女人们都在怎样妆扮自己。有时候她会在外出时机采购一些自己喜欢的布料，自己裁剪缝制服装。这个爱美的女人并没有因为长期的幽禁而失去对美的追求。没有高档时装，没有脂粉，她就自己设计服装样式，尽量把自己打扮得优雅得体。在荒无人烟的地方，没有几个人能看到她穿成什么样子，她依然不肯放松对自己的要求，每天醒来的第一件事就是对着仅有的一面小镜子，把自己打扮得漂漂亮亮的，她要打扮给她的爱人看，在爱人眼里，她永远是最美的赵一荻。

很多时候，她的时装不过就是一身自己裁剪缝制的布衣，一双自己制作的布鞋，没有胭脂香粉眉笔口红，手头什么化妆品都没有，她一身素雅的布衣，洗尽铅华，却掩不住她与生俱来的与众不同的气质。

从那个时期留下的照片看，素衣装扮的赵一荻身上依然散发着独具品位的女性魅力，那身装扮在今天看来依然不过时，发型是很时尚的民国范，上衣的下摆系进肥腿裤中，腰肢纤细，身姿婀娜，虽然不似当年那般倾国倾城的绝艳，却人淡如菊，清幽素雅中，更有女人味。

赵一荻不但把自己打扮得一丝不乱，她还把张学良收拾得干净利素。长期被关押的男人，通常头发胡须蓬乱，衣衫褴褛。张学良从来不曾那样过，赵一荻不允许他变成那样，她的少帅不可以像一个囚徒。她没有办法控制他日渐老去，却可以让他衣冠齐整很体面地活着，可以用自己的爱让他感悟到人间温情。

多年来，一直“守护”张学良的看守是国民党中校刘乙光，从 1937 年 1 月浙江奉化溪口开始，刘乙光就奉命专门负责张学良的内卫，对外他是张学良的秘书，对内他就是特务队的队长。

这个人是戴笠的心腹，个子不高，貌不惊人，但很忠诚于党国的事业，张学良辗转了那么多地方，都是他守卫着，并且一直陪伴张学良来到台湾。他严格按照蒋介石确定的“严加防范，相对自由”的原则，按照戴笠派给他的任务：确保张学良的安全，不能让他自杀，防止来自外界的一切威胁；随时留意他的言行，做到有言必记，有行必载，不放过任何蛛丝马迹。他还定期直接向戴笠汇报，戴笠因飞机失事之后，他就直接向蒋介石汇报。

到了这人生地不熟的新竹井上温泉，刘乙光大概觉得这个地方偏僻，山里人对于共产党根本就没有听说过，所以采取内紧外松的监控方式，偶尔，张学良可以在温泉的浴池隔着矮矮的木板和当地居民交流一下，甚至允许他们接触一下当地驻警的家属。

赵一荻结识了一个美丽的当地女孩戴月妹。

戴月妹的妈妈是赛亚族，爸爸是泰亚族，这两个族系都是高山族的分支，也就是说他们都属于高山族，戴月妹就是高山族女孩。她爸爸是新竹井上温泉的警察，派出所设在吊桥边。这个十六岁的女孩家庭条件比较好，当时正在台北读书。张学良和赵一荻来到新竹井上温泉的第二年夏天，戴月妹放暑假回家，到河边洗衣服时，经常能看到穿衣服很有品味的赵一荻陪伴张学良在温泉边散步，他们有时候会走到离她很近的地方，她就会和赵一荻搭讪几句。

赵一荻很奇怪这个高山族少女会说不很流利的汉语，但是她的日语说得很好。因为这里过去是日本统治的地盘，孩子们从小就接受日本式的教育。赵一荻的服装也和当地一般小女孩不一样，碰上戴月妹和她搭讪的时候，她就停下来与之交流。

戴月妹会问赵一荻：你的衣服真好看，在哪儿买的？

赵一荻告诉她是自己缝制的，不是买的。

戴月妹惊叹于这个美丽的姐姐心灵手巧，她们交流的时候，张学良也会凑上前说上几句话，他的日语比赵一荻好，和戴月妹交流起来没有一点障碍。戴月妹有着山地女孩的活泼和纯真，高兴的时候，她会放开歌喉唱歌给张学良和赵一荻听。

有时候戴月妹还带上她的表妹一起到吊桥边来唱。桥头有一棵高大的榉木，细密的树叶撑起一片绿荫，女孩子们站在榉木的树荫下唱好听的山歌。

高山族女孩子们优美高亢的歌声，吸引着张学良和赵一荻，也吸引着看守他们的卫兵们。并没有人出来干涉，囚犯和看守都成为她们的粉丝，都在静静地听。

在这没有任何文化娱乐活动的地方，这些少女们的歌声比任何明星的演唱会都受欢迎。大家奇怪的是，刘乙光没有出来干涉。也许，他觉得在这远离政治的地方，几个当地少女不会给他的监管工作带来什么影响；也许，他觉得卫兵们的业余生活和张学良一样贫乏空虚，让几个女孩子活跃一下业余文化生活也无妨。不知道这件事刘乙光是不是也向他的上级汇报了。

一切都是原生态的，没有电灯，只有油灯，所以，这里的夜晚更加寂寞沉静。这样的夜晚，如果每天都靠睁着眼睛胡思乱想直至进入梦境，是一个很痛苦的过程。

辉煌的时候，张学良是习惯于过夜生活的人。幽禁中，贫瘠的夜生活使他养成了读书的习惯，人到中年，油灯下读书是件很费眼费力的事，赵一荻用自己的方式丰富张学良的夜生活，她在天津生活了许多年，少女时代喜欢上了评戏，会唱不少评戏唱段，就给张学良清唱评剧，咿咿呀呀有板有眼，唱得挺像那么回子事。高山族的女孩子们从来没听过评戏，夜晚也到吊桥边听赵一荻唱评戏，戏文究竟是什么她们听不懂，但是觉得她唱得很好听。

赵一荻唱评戏，她们那边用高山族的民歌和舞蹈和她应和。深色的天幕上，月亮升起来了，明亮皎洁的月光下，是很美很美的剪影，那场景很美。那样的夜晚，张学良忘记了自己当下的身份和处境，仿佛又回到了当年在东北当少帅的美好时代。听到高兴的时候，张学良也会唱上一段京剧，比如《四郎探母》之类的。当然，这些活动都是在卫兵的监视下，张学良和赵一荻坐在吊桥下边的温泉边，女孩子们站在吊桥那边，卫兵们站在张学良和赵一荻后面的不远处，这场景很奇特。

也许正是因为这种熏陶，戴月姝喜欢上了中国戏剧，后来上大学的时候学的就是声乐戏曲专业。

夏季，有外出求学暑假回乡的小女孩们的歌声陪伴，可以在卫兵的严密监视下去温塘欢畅地洗澡。洗澡的时候，男女浴池用低矮的木板分圈着，张学良的专用浴池隔壁就是女浴池，还可以探头偷窥那边的半裸美女。这是张学良最快乐的时候，赵一荻只能装作没看见的样子。她知道，她的张少帅天生是个好色的男人，如果不是被蒋介石幽禁了起来，他还不知道会招惹多少花事呢。

被这个幽禁的坏老头儿偷窥，那边的小美女们哭笑不得，他都落魄成这样了，难得还有这份闲心，大家就拿脸盆舀水泼他，泼得他满脸是水。

新竹井上温泉的夏季会比冬季好过一些，但是也会有新的烦恼，这边的夏日雨水多，经常会下大雨，下雨的时候木屋就会四处漏水。过去条件再艰苦，他们还没有住过不能遮风避雨的房子，这样差的居住条件，锻炼着从小娇生惯养、没有受过任何磨难的赵四小姐。

她从来没有过怨言，这样的生活是她自己主动选择的，他能忍受，她更能忍受。一个东北军大帅，一个国民革命军副总司令都能承受这样的苦难，她愿意无怨无悔地陪在他身边。

他们是相依为命的伙伴，张学良越来越依赖赵一荻。他不知道这个小女子身上哪来的那么大的能量，她很瘦很弱，走路都有些娇喘吁吁，骨子里却无比坚强。过去，张学良是她的主心骨，现在倒过来了，赵一荻变成了张学良的主心骨，只要有她在身边，他就踏实。

为你愿做笼中鸟

张学良被秘密押解到台湾的事没有几个人知道，究竟把张学良幽禁在了台湾的什么地方，即使国民党高层，也只限于蒋介石等一些当事人清楚。

小弟得罪了大哥的下场，就是大哥一旦占了上位，想怎么处置你，就怎么处置你。大哥一不杀你，二不让你坐监狱，这辈子豁出一大批卫兵陪着你，让你带着心爱的女人住遍祖国的山山水水。至于自由嘛，这辈子就和你无缘了，画地为牢，你走到哪儿，哪儿就是牢狱。

陪着张学良做笼中鸟，赵一荻心甘情愿。

大概觉得已经到了遥远的台湾，军统放松了对张学良的监控，在新竹井上温泉的时候，曾经有三批不速之客来这里看望过他。

第一批就是张学良的东北老乡莫德惠。

莫德惠曾经是张作霖、张学良在东北时的部下，张学良被幽禁，他曾三次探望。第一次是张学良刚刚被关押在浙江奉化溪口雪窦山的时候，他和几个昔日好友进行过探视，并把张学良写给赵一荻的遗书带出来交给了赵一荻。第二次是在抗战胜利后，1946 年 1 月 10 日各党派代表参加的政治协商会议在重庆召开，会上中共代表周恩来提出恢复张学良、杨虎城两位将军的自由。会议结束后，东北军推举代表看望张学良，莫德惠作为东北人士推举的代表，到贵州桐梓探视张学良，两个人长谈了几天，他给张学良带去了安慰和鼓励。第三次就是 1947 年元旦蒋介石公布了《中华民国宪法》和《大赦令》，东北人联名致函蒋介石要求释放张学良。迫于压力，蒋介石做了让步，允许国民参政员、国民参政会主席莫德惠代表东北人士渡海到台湾看望。莫德惠长途跋涉来到台湾新竹井上温泉，见到了张学良和赵一荻。

一年前见面的时候是在贵州桐梓，现在却是在遥远的台湾岛的偏僻一隅。如果不是老蒋答应让他来探视，无论如何也想不到张学良已经被弄到了这样一个地方。莫德惠比张学良大十几岁，现在却看不出张学良年轻多少。老朋友再次在幽禁地相见，百感交集。莫德惠在山里住了两周，分别时，张学良以一首《赠莫德惠》五言诗相赠：

十载无多病，故人亦未疏；
余生烽火后，惟一愿读书。

这首诗中写的是无奈，十年的幽禁生活，没有一丝获得自由的迹象，不读书还能做什么，在深爱自己的女人的陪伴下，红袖添香伴读书，听上去很美，这种凄美要靠多少辛酸来支撑。挥别这对男女的时候，莫德惠看着他们消失在林子深处的身影，不禁老泪横流。

第二批来新竹井上温泉探视的是保密局设计委员会主任张严佛。

张严佛是奉命从南京专程赴台湾对张学良进行考察的，公务在身，目的性很强。但是寂寞中的张学良对所有来看望他的人都心存感激。那个夏日午后，他送给张严佛的诗依然是情深意切：

山居幽境处，旧雨引心寒；
辗转眠不得，枕上泪难干。

这首诗比上一首更加抒情，有了一些五代十国南唐皇帝李煜被赵匡胤软禁时“小楼昨夜又春风，故国不堪回首月明中”的失落感和积郁激愤的情愫。“辗转眠不得，枕上泪难干”，这大概是张学良最真实的生活写照。

那一年的夏秋时节，是张学良和赵一荻这些年来最忙碌的一段，一边听高山族少女们的山歌，一边接待一拨又一拨的探视者。

第三批来新竹井上温泉探视的是西北行辕主任张治中。

张治中本来是带着家眷到台湾度假的，既然来了台湾，想到自己的老朋友张学良传闻被关在这个岛上，就向他的学生台湾警备司令彭孟缉提出看望张学良的想法。彭孟缉不敢答应，直到张治中一再表示“一切由我负责”，他才勉强同意了。

张治中也是在张学良幽禁期间三次探望过他的人。第一次是张学良被软禁在南京鸡鸣寺宋子文公馆，第二次是张学良被拘禁在湘西沅陵一个寺庙里，任湖南省政府主席的张治中前去探望他，这次来台湾新竹已经是第三次了。

他们坐火车到新竹，又坐了很久的汽车才到井上温泉，步行到空中吊桥，再走过一座大木桥，来到张学良被幽禁的木屋。

张学良和赵一荻早就得到通知，说老朋友张治中带着家眷来看望他们。赵一荻特意拿出平时舍不得穿的衣服，把自己装扮得很漂亮。那是一件自己精心缝制的藏青呢旗袍，鞋子也是自己做的，和衣服一个面料，这件衣服只有贵宾来访，才拿出来穿。然而，尽管她换上了最好的衣服，但在上层大小姐们眼里还是非常寒酸的。在张治中的女儿张素我看来，这位著名的赵四小姐贤淑温柔，当年那个以爱漂亮著称的赵四小姐居然能心甘情愿跟着张学良过这种苦日子，不禁对这个女子肃然起敬。

赵一荻和保养得很好的张治中的女眷们比较，显得那样纤瘦，脸上也失去了这个年龄的女子应有的红润和细腻。但是见到从故乡来的这些朋友，她比张学良还高兴，带着女眷们上山散步。多年的幽禁生活，她的体力变得很差，不能像那些女人们一样迈开大步走很远的路，她要走走歇歇。她第一次走上了桥头，那天非常兴奋，还和张治中夫妇合了影。

那天，张治中和张学良说了很多话。十年不见，张治中发现张学良苍老了很多，脸上写满了磨难的沧桑。临别前张学良送给张治中一首诗：

总府远来义气深，山居何敢动佳宾。
不堪酒贱酬知己，惟有清茗对此心。

张学良和赵一荻眼含热泪告别张治中。

他们不知道，莫德惠、张治中的探望带来了大麻烦。莫德惠来探望的时候，和张学良、赵四小姐以网球场横网为背景的合影留念，张学良让赵一荻找来笔墨在照片后面留下一句话“网球作戏于台湾井上温泉柳老纪念”。这张照片后来被莫德惠拿出来，并配上了一篇《张学良在台湾》的文章发表在上海艺文书局发行的《艺文画报》第1卷第12期。张治中回到大陆后，也在上海《大公报》发表了和张学良的合影以及张学良的亲笔诗稿。

刘乙光（左一）、赵一荻（左二）、张学良（右二）、莫德惠（右一）

张学良被囚禁在台湾新竹井上温泉的消息全国人民都知道了。在美国一直关注张学良消息的于凤至从报纸上得知后，立即派陪在她身边的张学良的奶妈从美国飞到台湾，寻找张学良和赵一荻的下落。她当然扑了个空，因为蒋介石得知张学良在台湾新竹井上温泉已经不再是秘密之后，非常恼火，命令刘乙光：“以后非经我批准，任何人不许去见张学良！”这话是冲着张治中的探望说的。从此，张学良和赵一荻的日子更加艰难了。有一段时间，他们还被转移到高雄，囚禁在寿山要塞的兵营中。在高雄的日子里，他们和外界完全隔绝，那是真正意义上的囚徒生活。好在那样的生活仅仅过了一年，因为有情报显示，高雄要塞已经成为共军空袭的目标，他们被迁回井上温泉。

那时候，已经是1950年。

被关押在哪里对于张学良已经无所谓了，又回到老地方也不是件坏事，至少这个地方他们已经熟悉并习惯了这种艰苦生活。

不知道为什么又把他们送回了老地方，也许蒋介石觉得最危险的地方才是最安全的？按照正常人的思维，既然已经把他们迁出去了，就不会再回到这个地方了。这次回来，确实极少有人知道，他们这一次算是彻底被雪藏起来，外界没有了张学良与赵一荻的消息。

张学良的日子是寂寞的，长期与世隔绝让这个叱咤疆场的将军身心备受摧残。他变得脾气很大，动不动会发些无名火，赵一荻以柔克刚的劝慰是最好的灭火剂。

井上温泉这样偏僻的地方，物资极其紧缺，尽管老蒋批下了足够的经费料理张学良的生活，但是有些东西有钱也没处买，于是赵一荻鼓励张学良自己学习种植蔬菜。他们在院子里开垦出一片土地，不但种了蔬菜，还饲养了一群鸡仔鸭仔。这样一来，张学良的生活丰富多了，他种菜、喂鸡喂鸭、爬山、打网球、钓鱼、读书。

赵一荻亲手烹饪自己种的蔬菜，闲时自己做衣服。后来，有人给她送来一台缝纫机，她居然学会了使用，过去都是用手缝制，有了缝纫机后就方便多了。她做的衣服很有个性，张学良和她自己穿的衣衫都由她亲手缝制。张学良经常穿一件半中半西式的衣服，休闲式领子，带纽扣的衬衫式袖口，衣服最与众不同的是前身左右一边一个大口袋，方便携带报纸眼镜，那就是赵一荻自己设计的，张学良冬天戴的帽子也是她自己钩织的。

她除了自己做好缝衣烧饭一个家庭主妇应当做的一切之外，

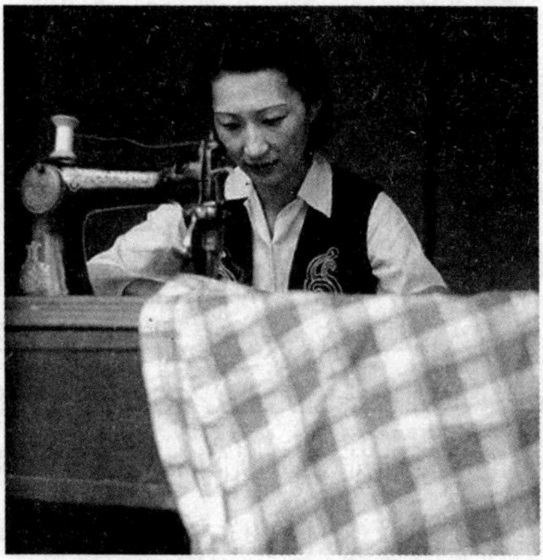

赵一荻使用缝纫机

还陪着张学良下围棋、打猎、钓鱼……张学良研究明史的时候，她给他当资料员，为他整理卡片，抄写资料；张学良读书眼睛累了，她就让他闭目养神，自己读给他听。

她还是一个不可多得的家庭保健医生，张学良的假牙保养的时候需要一种细线绳，她只好自制，一根一根用手捻，然后打上蜡料备用。

幸好他们手头有一部相机，记录下了许多平实而珍贵的瞬间。

照片上的赵一荻衣着朴素，却掩不住大家闺秀的秀媚风姿，她和张学良蹲在菜地里，俨然就是一对平实的农家夫妇，只是气质上不像，面对长势喜人的青菜，二人露出了喜出望外的表情。她在菜地旁边种了一片花花草草，闲来无事就侍弄那些小植物。花儿快开了，她期待着花开的日子，把自己爱人拽到花前看花，娇羞地问一声：比比看，我与花儿孰美？那情景，很像李清照的那首《减字木兰花》的词句："怕郎猜道，奴面不如花面好。云鬓斜簪，徒要教郎比并看。"

这是苦中作乐的浪漫，人生不过一场绚烂花事，这话说起来容易，当付出一生去一步一步丈量的时候，每一时每一刻却不只是说说而已那么简单了。

面对张学良的时候，赵一荻总是把自己最阳光的一面展示给他，带给他正能量，带给他快乐。夜晚，她在张学良看不到的时候，常会背着身子流出思儿的清泪。

已经很多年没有儿子闾琳的消息了，自从那年把闾琳托付给远在美国的伊雅格夫妇，她就没有再听到过孩子的只言片语。夜深人静的时候，对儿子的思念会随着夜的沉静而疯长，她不敢把这种思念说给张学良，怕影响他的情绪。白日里，非常寂寞的时候，她会拿出闾琳的照片偷偷看上半天。

宋美龄没有忘记一直幽禁中的张学良。她到了台湾后，开始不断地关照井上温泉这边的事情。这让负责监管张学良的刘乙光有时候也很为难。面对蒋介石，他必须执行严加看管的命令，面对宋美龄，他又要按照她的要求，对张学良和赵一荻人性化一些。通过刘乙光，宋美龄不断给他们带来好消息，她到美国见到了于凤至，联系上了张学良的亲人们，甚至联系上了伊雅格，带来了闾琳的最新消息，他已经长成一个帅气的大小伙子，开始读大学了。

刘乙光还从宋美龄那里带回来一台打字机，以后他们可以用打字机写信和美国那边的亲人联系了。

经历了漫长的囚禁岁月，那是张学良和赵一荻最快乐的时候，他们用已经非常生疏的手，费了很长时间在打字机上打出一封家书，打完了，却觉得还有许多话没有说出来，只好重打。

活着，就是为了用生命陪伴你

爱情永远是绚丽烂漫的，在绚丽的背后，会有许多别人不知道的苦痛来支撑。

在爱人面前，在爱情面前，赵一荻是坚强的女子。面对与过去安逸优裕生活完全不同的残酷现实，她内心深处有苦痛，有抑郁，为了排解这种痛苦，她一度靠吸烟消愁。赵一荻的身体本来就不怎么好，吸烟更加损害了她的健康。

她年轻的时候，牙齿不好，在天津的时候就经常在闺蜜们的陪伴下到一个外国医生的诊所看牙。后来经过多方诊治先是拔去几颗，致使口腔发炎，最后没有更好的诊治办法了，所有的牙齿都换成了假牙。也就是说，美丽的赵四小姐那一口整齐漂亮的牙齿居然都是假的，人真是没有十全十美的。在艰苦的幽禁生活中，这一口牙齿还是很耽误事的，至少在吃饭方面和真牙齿还是不一样，很大程度上影响了她的健康。

饮食本来就不是很好，牙齿又不给力，苦闷的时候还会吸上两口烟，赵一荻的体质越来越差，身体纤瘦，总也胖不起来。赶上现在，这样骨感瘦弱美女是时尚女孩们梦寐以求的，让她们羡慕忌妒恨。她们哪里知道，赵一荻不是刻意减肥，她恨不得让自己胖一些，再强壮一些，有更多的精力照顾和陪伴张学良。

为了张学良，赵一荻什么都能做到，就是戒不掉抽烟的癖好。如果下定决心去戒，一定能戒掉的，只是她依然把抽烟当成解脱精神苦闷的一种方式。她抽烟的姿势很优雅，细细长长的指间夹着一支香烟，她把自己包裹在缕缕轻烟中，凝神看着轻烟在空中袅袅飞舞，她的脆弱只有在这一刻才深深凸显出来。张学良对赵一荻抽烟这个问题也很矛盾，他劝她戒掉，又担心她彻底戒烟之后，心底不愿对任何人说的苦楚没法排解，她抽的不是烟，是别人不知道的苦涩。张学良自己心里苦的时候，可以对她发发脾气，她又能对谁去发脾气呢？

常年处在那种与世隔绝的状态，是很考验人的意志的，意志不坚定的人长此以往会被折磨疯。只是，被严密看守着的张学良和赵一荻还没被折磨疯，看守所长刘乙光的老婆率先疯了。这个女人自从嫁给刘乙光后不久，就随军跟着丈夫到处转移，她是随军家属，有行动自由，但是和住在大城市的官太太们比较，她还是亏大发了。整天住在深山老林，深入简出，特别是到了台湾之后，住在高山族人聚集的深山区，想出去一趟都不容易。这个女人心里无比憋闷，一开始是轻度精神病，只是神经兮兮的，后来发展得越来越严重。这个疯女人很不让人省心，大概是觉得都是因为张学良和赵一荻被关押，才让她吃了这么多苦头。她没把怒气撒向蒋介石（当然，她也见不到老蒋），就把心中的怨恨都撒给张学良和赵一荻。张学良是男人，她还怕惹不起，主要目标基本上就是赵一荻。

赵一荻要承受很多精神压力，其中还包括刘乙光的疯婆娘给她带来的莫名其妙的伤害。

刘乙光死心塌地效忠蒋介石，张学良在新竹井上温泉一住就是十几年。这十几年，刘乙光一直是尽职尽责的看守所长，和他在一起，谁都不快乐，这个人整天板着一张阶级斗争脸，从来都是不苟言笑。他老婆之所以会疯掉，也和他的这种压抑情绪有关系。他经常回台北领各式各样的命令，从蒋介石那里他领回来一个深蓝色的日记本，传达蒋介石的指示，说要让张学良写西安事变勾结共产党的真实经过，要向世人还原真实历史。

西安事变这个结，算是彻底系上了，无论如何老蒋也解不开。这个蓝色的小本本让原本以为有了希望曙光的张学良又陷入绝望中。那个夜晚，他思前想后不能入眠，他对赵一荻说：看样子我们这辈子也甭想出去了，老蒋虽然老了，脑子好使着呢，他还记恨着西安事变，二十年过去了，他还是揪住那件事不放。

新竹井上温泉是张学良和赵一荻住得最长的一个地方。1957年10月，蒋介石终于发了一点恻隐之心，让他们从这里搬出来，住进了高雄西子湾。

当初刚住进新竹井上温泉的时候，赵一荻还是三十出头的年轻少妇，搬出来的时候，脸上已经写满沧桑，虽然依然俊俏，但和当年的俏丽已经大相径庭了。

这么多年看惯了那一小片风景，哪儿有几棵树，哪儿的山坡有几个皱褶他们都能数下来，现在走出那封闭的山林，一路南下，在他们眼里，外面的世界到处都是景点。赵一荻很久没有这样兴奋了，他们到处拍照留念，像两个快乐的大孩子。

高雄西子湾比井上温泉繁华多了，这个地方房屋宽阔，环境优美，是二十余年来最舒适的处所。在这里，张学良和赵一荻的心情都好多了。张学良又开始潜心研究明史，间而研读一些佛教的书。赵一荻永远是他的铁杆粉丝，他喜欢上一件事情，她也跟着一起喜欢，只是张学良因为在井上温泉的时候，常年在油灯下看书，得了严重的眼病，视力越来越差。赵一荻的眼睛倒是没什么问题，咳嗽却是越来越厉害，有时候会咳得喘不上气来。

张学良眼疾最厉害的时候，根本看不了书，全凭着赵一荻读给他听。

赵一荻读着读着，经常因为剧烈的咳嗽而中断阅读，只好无奈地停下来，待稍稍好一些再继续。

1958年5月17日，宋美龄突然光临西子湾看望张学良。因为过去她不太喜欢赵一荻，赵一荻在她面前显得很局促，不知道该怎样接待“总统夫人”。

在井上温泉的时候，宋美龄曾经去过一次，这次又见面，明显感觉到张学良和赵一荻的身体状况都不如从前了。赵一荻这个女人为了张学良搭上了自己最美好的青春，近二十年与世隔绝的苦难生活，使人们心目中的这个绝世红颜已经凋零成这般成色。毫无疑问，她不是大家心目中的那种花瓶女人，宋美龄对眼前的穿着朴素的布衣赵一荻也有了肃然起敬的感觉。宋美龄和于凤至非常熟络，甚至于凤至还拜了她的母亲做干妈，眼前的这个女人性格和于凤至完全不一样，她是个非常有教养的女子，从不张扬，沉默寡言，别人说话的时候她静静听着，不随便插上一句话，看上去那样谦逊温柔。通过两次接触，宋美龄有些喜欢她了，感觉以前自己大概是误会了她，这个女人无视没名没分的现实，豁出一生陪伴照顾自己心爱的人，尘世间，有几个女人能做到赵一荻这样？这样的女人，任是谁见了，都会产生一丝怜惜和敬重。

发现赵一荻脸色憔悴惨白，不停在咳嗽，宋美龄关切地说：你应该去认真查查身体，咳嗽总要根治一下才是。

赵一荻说这些年一直这样咳嗽，已经习惯了。

宋美龄劝赵一荻还是把烟戒了吧，抽烟对身体不好。

赵一荻说正要戒呢，抽了许多年了，马上戒掉也难。

宋美龄随手翻看张学良读的书，问他，还在研究明史。

张学良说，除了明史，还有佛学。

一生笃信基督教的宋美龄告诉张学良，你的研究方向错了，应当研究基督教，最好读点英文书籍，深入理解基督教义。

宋美龄发现张学良的眼睛病得很严重，她回台北后立即联系好医院，让他到台北医治眼疾。这次去台北，蒋介石在台北大溪官邸召见了张学良。这是时间不长的一次会面，大多数时间他们进行一些不咸不淡的寒暄。其实，见还不如不见，两个人都有些尴尬和拘谨。寒暄之后就是良久的沉默，对在多年幽禁中已经日渐老去的这个秃顶的小老头，蒋介石依然念念不忘提起西安事变，依然是没完没了的谴责，旧日恩仇还是难泯，看来老蒋这个人很记仇的。

记不记仇对于张学良来说都无所谓了，大好的青春时光已经在幽禁的寂寞中度过了。治好了眼睛，他重新回到西子湾，他觉得，这个地方也挺好的。只是，自从上次宋美龄来过之后，他不再研究明史和佛学了，改研究基督教了。之所以转得这样快，除了他格外信任宋美龄，这些年来他的心一直是空落落的，从明史中并没有获得多少有价值的慰藉，从佛学中，他也没有学到什么真经，不知道这个基督教是做什么的，既然有人推荐，权且试试，万一能让自己的精神得到解脱呢。对于赵一荻来说，张学良信什么，她就信什么，她无条件追随他。

宋美龄第二次到西子湾已经是 1960 年元旦之后了，除了督导张学良研读《圣经》，皈依基督教，她发现赵一荻的咳嗽越发严重。她回去后说服蒋介石把张学良和赵一荻移居到了台北北投，在台北市最北边的阳明山上，这个地方山清水秀，也是温泉区，但和井上温泉完全不是一个概念。

赵一荻的肺病似乎更加厉害了，她面色苍白，咳嗽的频率越来越高，有时候还会咯血。刘乙光经过请示蒋介石，送她到台北荣民总医院进行了系统检查。检查结果很不乐观，她右肺叶上出现了一个小拇指大小的阴影，初步疑为早期肺癌，属于占位性病变。医生说抽烟成瘾损害了赵一荻的健康，必须马上住院治疗，同时马上戒烟，否则恐怕没有什么药能给她治了。

宋美龄亲自过问赵一荻的病情，建议台北荣民总医院组成以著名专家卢光舜医生为主的医疗小组，对赵一荻的病情进行治疗。他们的意见是赵一荻肺癌初期，暂时以药物治疗为主，先不考虑开刀手术。张学良也是这个意见，身边没有了赵一荻的陪伴，他第一次发现自己原来这样离不开她，这些年他和她已经成为一体，谁都不能没有谁。赵一荻得肺癌的消息让张学良几天吃不下睡不着，他也倾向于保守治疗，按照当时台湾的医疗条件，开胸手术风险很大，他不能让赵一荻冒这个风险。

赵一荻对她的病处之泰然，她有着强烈的求生欲望，她只有一个信念，自己不能死去，未来的日子还要陪伴张学良。所以，只要能治好她的病，即使冒着风险开刀也无所谓，她不怕吃苦受罪，这辈子她已经吃了太多的苦，习惯了。

按照卢光舜制订的治疗方案，赵一荻的病一天天好起来，脸上有了难得的红晕，精神也好多了。最高兴的是，他们在医院见到了已经搬到台北居住的张学良的五弟张学森一家。那么多年没有见到过亲人了，这次相见让张学良和赵一荻感觉很温暖。亲情就在离他们不远的地方，只是被严密的看守阻隔着，相见很难。

赵一荻不再咯血了，病情渐渐稳定。美国那边传来好消息，儿子张闾琳要结婚了，新娘子是加州大学的同学陈淑贞，粤系军阀陈济棠的侄女。在外人看来他们两个人算是门当户对，赵一荻看重的是这对小夫妻之间的浓浓真情，她用自己一生的爱情经历总结出，只要彼此深爱，其他的一切都无所谓。

从病床上爬起来，赵一荻以为从此自己的肺病就彻底好了，她最大的愿望就是好好活着，好好陪伴爱人。

重新又回到北投，她和张学良一起继续学习基督教神学的功课，他们已经成为虔诚的基督教徒，这也正是宋美龄所希望的。

第八章　白发新娘迟到的婚礼

两个女人之间的艰难抉择

张学良和赵一荻先是在阳明山教堂读《圣经》，后来在宋美龄的安排下，开始到台北士林官邸最大的士林凯歌教堂里上课。那是蒋介石、宋美龄做礼拜的教堂，他们是笃诚的基督教徒，每到礼拜天下午，无论天气好坏身体是否给力，宋美龄都要和蒋介石到士林的凯歌教堂，请周联华牧师为他们讲经布道。到士林凯歌教堂上课的都是国民党的上层人物，一般人是进不去的。

对于基督教，张学良二十多年前有过一点接触。当年被囚禁在南京孔祥熙公馆的时候，励志社总干事黄仁霖去看望他，黄仁霖是虔诚的基督教徒，他送给张学良的礼物是一本《圣经》，对于他送来的这本厚厚的大书，张学良只是随便翻了翻，根本没认真看下去。那时候，他不知道自己的后半生都要在严密的幽禁中度过，不知道自己还要承受多大的磨难，以为顶多关上三年五载，等蒋介石气消了，也就把自己放出去了。

哪知道一关就是一辈子，不但关了自己的一辈子，还搭上了赵一荻的一辈子。

事实上，张学良如果那个时候皈依基督教，也不是时机，做礼拜需要去教堂，他和陪伴他的女人去哪里找做礼拜的教堂？

到了台北，有了“总统夫人”宋美龄的关照，一切就大不一样了。宋美龄对张学良和赵一荻承受的苦难除了同情、怜悯，还有内疚，这一切都是她的男人一手造成的。她无法说服蒋介石，只能暗中帮助他们，关照他们，牵引张学良和赵一荻步入基督教圣殿。宋美龄是个很有魄力的女人，善于把一些强势男人改造成基督徒，比如她还没结婚就把丈夫蒋介石发展成了基督教徒，现在发展落寞中的张学良和赵一荻对她来说是轻而易举的事情。这样做，一则是为了替他们寻找精神上的寄托，在信仰方面给他们更多的慰藉和温情，另外也为他们提供一个和外界交流的机会，每周出来做一次礼拜，并介绍董显光、曾约农、周联华帮助他们学习英文、《圣经》，研究神学，这样一来，张学良和赵一荻苦寂无聊的生活顿时变得充实起来。他们每周三被允许到台北的士林凯歌教堂做礼拜。

蒋经国和老爸蒋介石不一样，他对张学良还是很讲感情的，他派自己的副官罗启陪伴张学良到山下去做礼拜，听主教周联华牧师讲道。那时候张学良已经年逾六十，赵一荻也五十挂零了，让他们从头开始进入正规的神学学习研究领域，不是件容易的事。虽然有一些英文基础，但都是一些皮毛，读英文版的《圣经》就不那么顺畅了，必须恶补英文，即使这样，还要不断翻词典才能勉强读下去。这两个特殊学生非常用功，他们申请的是美国南浸信会的神学函授课程，寄来的功课先由周联华译成中文，录在录音带上，让他们拿回去听，然后用中文答题，周联华译成英文再寄回神学院。

张学良和赵一荻到士林凯歌教堂做礼拜、研习《圣经》的事一开始还是小范围的秘密，后来就变成了公开的秘密。士林凯歌教堂虽然是蒋介石和宋美龄的私人教堂，国民党的许多上层人物也到里面做礼拜，难免会遇上张学良和赵一荻，先是以饭后八卦小道消息的方式传到外面，传的人多了，大家就认为不是小道消息了。小道消息有时候很准，比正规渠道的消息还真实。

消息漂洋过海，也传到北京。不过，传到周恩来耳朵里的不是小道消息，是有人提供的确切消息。

周恩来一直在关注着张学良，很多年没有他的消息了，即使后来有了一些消息，也没有接近他的机会。他想利用张学良每周到士林凯歌教堂做礼拜这个时机给他送封密信，鼓舞张学良在艰难环境中的斗志。

送信的人选来选去，选中了赵一荻少女时代的闺蜜朱五小姐朱湄筠。那时候朱湄筠已定居香港，她的父亲朱启钤先生正在北京担任中央文史馆馆员，受到了周恩来很多照顾，很让朱湄筠感激。她的许多亲属都已经定居台湾，她可以向台湾方面申请赴台探亲。

北京中央有关部门交给朱湄筠三封信，张学良的弟弟张学铭和张学思分别给张学良写了一封信，另一封是周恩来写的，只有十六个字：为国珍重，善自养心；前途有望，后会可期。这三封信被密封在一个精致的糖果盒底层，通过朱湄筠秘密送往台湾。

朱五小姐朱湄筠不辱使命，匆匆赶到台湾，满以为很容易就能见到少年时代的闺中密友，到了才知道她根本不可能见到赵一荻。他们时刻处在特务的监督之下，即使去士林教堂作礼拜也受到层层“保护”，只好通过黄仁霖（就是当年送给张学良《圣经》的那位），把糖果盒转交给张学良的基督老师董显光，最后辗转到张学良和赵一荻的手上。朱湄筠完成了任务，最大的遗憾是没有见到赵一荻，直到赵一荻定居美国后，她们才得以见面。

无数人在牵挂着他们，亲朋好友都在惦记着他们，这让张学良和赵一荻的心里无比温暖。

最欣喜的是，看守他们的刘乙光终于奉命调离了，这二十多年间，被他死死地看管着，这个一根筋的人可算是要离开了。已经信奉基督教的张学良选择了宽容，还专门为他举行了“饯别”宴会。宴会上，张学良说：刘乙光是我的仇人，也是恩人。说是仇人，因为他严格看管我；说是恩人，因为在贵州我得阑尾炎的时候他曾救过我的命。现在他要走了，我想送他一笔钱，算是我的一点心意。

坐在他身边的赵一荻表情很平静，这份平静是有着丰富人生阅历的女子特有的。她恨过刘乙光，非常非常恨，他忠诚地执行蒋介石的命令，对自己的爱人曾经那样不留情面，铁面无私，让他遭受了许多磨难。细想想，这个刘乙光也不过就是个可怜兮兮的小人物，他对上唯唯诺诺奉命行事，对张学良既不能让他逃脱，又不能让他受到伤害，最后连他自己的老婆都被折磨疯了，他已经变成了一个不会笑的人。

换了看守所长，日子稍稍好过了一些。

张学良和赵一荻认真研习《圣经》，虔诚做礼拜。事实上，他们还不是真正的基督教徒，真正的基督教徒是要接受洗礼的，之所以迟迟不让他接受洗礼，是因为有一件事情还没掰扯清。

基督教徒讲究一夫一妻制，当年，宋美龄和蒋介石结婚的时候，就是以这个为借口，让蒋介石和过去的几个夫人都离了婚，把老蒋身边的各路女人都清理干净了。目前，张学良要成为真正的基督教徒也存在这个问题，他和于凤至还在婚内，虽然十几年没有见过面，但他们的夫妻关系并没有解除。而张学良身边这位十几年不离不弃陪守照顾他的女人，却是没有任何名分的赵一荻，她不是妻，也不是妾，却是他真正的女人。事实上，赵一荻对待张学良，她尽的一直是妻子的义务，从来不曾要求过什么。

赵一荻的无私坚守，让每一个听说过这个凄美传奇故事的人都心生感动。宋美龄会不会也曾为之而感动过？女人与女人之间有惺惺相惜的心灵默契，她敬重并同情张学良的两个女人，一个在遥远的美国为他守望着，一个在身边寸步不离地坚守着。如果皈依基督教，他必须舍弃其中的一个，他会舍弃谁呢？

那天，宋美龄见到张学良，就把这个不得不面对的问题提了出来，她告诉张学良，下一步，必须在于凤至和赵一荻两个女人之间做出一个选择，你自己做决定吧，是要于凤至还是赵一荻。

张学良想，如果两个女人我都要呢。

他只是想了想，并没有说出来，宋美龄一眼就看出他的心思，很坚决地对他说：绝不可以两个都要，只能选择一个。

他们探讨这个问题的时候，是避开赵一荻的，如果她在身边，这个问题会让她很尴尬，倘若张学良说出选择于凤至，只怕她心理上承受不住这样的打击。

张学良没有马上做出决定，他要认真想想再答复。

他陷入两难之中，两个女人都是好女人，哪一个他都不忍舍弃。

于凤至不到二十岁就嫁给了他，到如今已经过去快五十年了，她为自己吃过很多苦，最后因为身体原因远走异国他乡，一个人带着儿女在美国生活，经受了无数苦难，这些年，就是靠着对他的思念而坚强活着。大前年初秋，二十七年没见过面的大女儿张闾瑛和从来没谋过面的女婿陶鹏飞来看望自己，从已经满脸细纹的女儿那里，听到了更多关于于凤至和孩子们的消息。于凤至生的三个儿子一个女儿，现在就剩下这一个女儿了，长子张闾珣在英国上学的时候，被德国空袭吓得精神出了问题，1954 年刚刚 37 岁就病逝了。二儿子张闾玗 1958 年在美国因车祸身亡，三儿子张闾琪 1931 年就夭折了。当年小儿子逝去的时候，于凤至就差点疯掉，张学良不知道这个女人后来是怎样独自承受一次次的丧子之痛，儿子们都不在了，如果丈夫再离去，她还能经受得住这样的打击吗？

赵一荻自从十六岁那年投奔自己，不顾身外的一切，一心一意爱着生命中这唯一的男人。她抛弃安逸幸福的生活，放弃了娘家的亲人，放弃和儿子在一起的天伦之乐，几乎是放弃了一切，甘愿走进密不透风的牢笼照顾他、陪伴他，在苦难的幽禁中，一关就是二十几个春秋，这样痴情的傻女人，如果辜负了她，苍天难容。

这道难题实在太难了，张学良长吁短叹，迟迟做不出决定。

张学良的任何一点情绪波动都瞒不过赵一荻，她知道他有心事，而且是不想告诉自己的心事，就故意不问，等着他自己说。这些年他们相濡以沫，一般张学良心里有事憋不过一两天，总会对赵一荻说一说，这一次却一反常态，他始终不说。

赵一荻却猜到了。

眼下他们正准备着接受基督教徒的洗礼，对于张学良来说，面临的是一夫一妻的选择，他或许在为这个选择而愁思不解。他没有毅然决然选择和于凤至离婚，她不怪他，这说明他是个重情重义的男人，如果他不顾于凤至当即就选择了自己，自己反而会看不起他。

他这样为难，说明对于凤至还是有情的。赵一荻心里其实很矛盾，她离不开张学良，但不愿看着他受这样的折磨，就装作很平静地对他说：汉卿，不要为难了，你就选择大姐吧，你们本来就是名正言顺的夫妻，我选择退出。

说完已是泪眼婆娑，喉头哽咽。

张学良默默看着眼前这个女人，陪着自己受了这么多年苦，她也不再年轻了，眼角生出细密的皱纹，那个娇美妩媚的赵四小姐为了他变成了这样一个憔悴的半老妇人，他不能辜负她，更重要的是，他已经离不开她了。这些年，他已经忘记了爱情这个浪漫的词汇，如果说到爱情，他和赵一荻之间的爱情似乎更多一些，和于凤至之间亲情更多一些。在他心目中，于凤至是最好的夫人，是他的亲人，赵一荻用生命支撑他陪伴他走过最难熬的漫漫囚徒岁月，是陪伴在他身边的爱人和亲人。

另一个女人的情殇

于凤至这些年一刻都没有忘记过张学良。

那年，因为无限的焦灼忧思患上一场大病，不得已把张学良交到赵一荻手上，自己去美国治病。

那是一场险恶的大病，在贵州幽禁地的时候，她的左乳出现了问题，最终确诊为乳腺癌，乳腺癌在当时的医疗条件下治愈率是很低的。她的干姐妹宋美龄亲自出面，安排她到美国治病。

离开张学良前，于凤至的内心充满矛盾。不走，这样危重的病情就是等死，死了，张学良自然也就归了别的女人；走，即使能保住生命，也许就是永别，张学良在她离开前对她说的话，就是永别的意味，他说：此行赴美就医，无论将来病情是否好转，都不要再返回贵州。

言外之意，一则是让她照顾好他们在国外读书的孩子们，怕蒋介石斩草除根，让她陪着他们从英国转到美国去，不要回来；二则让她守着蒋介石的一些秘密，用来要挟蒋介石，这样老蒋就不敢随便对张学良下手。张学良知道，老蒋活着，他不会有好日子过，他告诉于凤至，只要他有一口气，就绝对不向老蒋认罪。

这个女人其实是带着丈夫交给她的重任离开中国的。临行前她等着远道而来的赵一荻，亲手把丈夫交给她。那是她的男人，当把他交给另外一个女人的时候，她的心是凄凉的，她知道，这一次自己移交的不仅仅是男人，还有爱情，过去她不过就是把赵一荻看做张学良的红颜知己，这一次不同了，她移交的是全部。

于凤至的身体已经糟糕到极点，必须先去治病，保住生命。

到了美国，她按照治疗方案，先是经历痛苦的化疗，那是常人无法忍受的痛苦。身边没有丈夫的关爱，这些年她已经习惯了独自承受，咬着牙忍过来了。以为化疗之后就万事大吉了，却依然不行，不得已又进行了两次大手术，直到最后把左乳摘除。

乳房没有了，头发掉光了，一个爱美的女人面对丑陋的自己欲哭无泪，自己已经变成了这个样子，一贯追求完美的丈夫还会喜欢她吗？那段时间，她经常会从噩梦中惊醒，不敢照镜子，不敢用手碰到自己的头部和胸部，她必须从心理上首先接受自己。

她居然顽强地挺过来了，连她的主治医生都说这是个奇迹。从英国把三个孩子接到美国，她悉心呵护他们，盼望他们健康成长。为了让手头的那点钱盘活起来，她一个女人家，学会了炒股，投资房地产，俨然成为了一个女强人。

当生命之树枯木逢春又顽强地枝繁叶茂之后，于凤至有了心情向国内探听张学良的消息。消息的渠道很闭塞，偶尔从报纸上得到的也只是只言片语，派人去打听，他们却又被转移了，从贵州追到重庆，此后就断了消息。

她无论如何都没有想到张学良被转移到了台湾，待到莫德惠、张治中到台湾新竹井上温泉探望的消息发布在报刊上，于凤至得知消息，立即派了张学良的奶妈从美国飞到台湾，打听张学良的下落。奶妈无功而返，她努力了，找到了许多人打探，甚至拐弯抹角找到了在台北一所中学上学的新竹井上温泉的土著女孩戴月妹，没有人敢把真实消息告诉她。

于凤至很失落，她暗想，如果自己亲自去一定能找到他，但是她不能去，她和张学良曾经的约定她没有忘。

只要好好活着，安心等待，就会有希望。

为一个人坚守等待，靠的是毅力、勇气和傻气，你必须足够坚韧，足够痴，足够傻，在等待中埋葬了许多美好时光，直到等得花儿次第凋零，把一个秀美女子等成了半老妇人。

把自己的男人全权交给赵一荻，于凤至无怨无恨，她觉得这是命中注定的，命中注定她那年得了那样一场大病，把机会让给了赵一荻，这是命，她不能跟命争。

她想好好替张学良守护他们剩下的三个儿女，这个任务后来也没有完成好。

大儿子张闾珣，多么聪明的一个孩子，那是张作霖在世的时候最喜欢的嫡长孙。他们姐弟跟随张学良下野出国考察，就留在了欧洲学习，西安事变后蒋介石拘禁了张学良，于凤至离开三个孩子回国周旋，闾珣在德国的一次空袭中，被枪炮吓得精神出现了严重的问题，从此生活在一个精神错乱的混沌世界。于凤至再次回到孩子们中间的时候，她那个聪明伶俐的大儿子闾珣已经再也找不回来了。这个孩子虽然精神上出了大问题，却念念不忘爸爸。1954 年，他年仅 37 岁就离世了。

还没从失子之痛的阴影中走出来，二子张闾玗，一个爱好运动，喜欢骑马、跑步、打网球的阳光好动的孩子，却又不幸遭遇了车祸，重伤成为植物人，1958 年因伤势过重死去。

于凤至为张学良生了三个儿子，三儿子张闾琪 1931 年因病死在沈阳，如今，几年的时间剩下的两个儿子也都逝去了，白发人送黑发人，于凤至的眼泪已经哭干了。她不知道命运为什么这样捉弄她，为什么要把这么多的痛苦降临到她这样一个善良无辜的女人头上。她没有能力保护好他们的儿子，将来有一天如果见到了张学良，她该如何向他交代？

她不知道其实她今生根本无缘再见到他。当初离开张学良的时候，她对外说是暂时离开，暂时是多长时间，是永远吗？

送走最后一个儿子的那个夜晚，于凤至精神恍惚，她已经是六十岁的人了，做了四十多年张学良的女人，她是有名分的，但现在她这个名分不过是个名义而已，她已经输给了那个什么都不要的女人赵一荻，赵一荻什么都不要，事实上，她什么都有了。这些年里，张学良是她赵一荻一个人的张学良，蒋介石不依不饶的幽禁成全了她的旷世奇恋。

她现在不是当年刚来美国时的于凤至了，那时候她连英语都说不利索，现在她不但投资地产，炒股也很在行。这些年赚了很多钱，眼下钱财这种身外之物对她一点意义都没有，儿子一个都没留住，丈夫只是她心中的一个念想，女儿有她自己的生活，她不过就是居住在美国洛杉矶的一个孤独的华人老妇人。她用这些钱买下了伊丽莎白·泰勒的故居，想的是将来张学良和赵一荻有了自由，可以到这里来住。

1964 年 7 月 1 日，台北《希望》杂志的创刊号“特载”栏登载了一篇《张学良西安事变忏悔录摘要》。这件事让于凤至很震惊，因为当初她离开贵州时张学良和她曾经有过约定：他只要有一口气，绝对不可能“认罪”。于凤至认为“忏悔录”中的一些内容不是张学良所想说的，就公开提出了反对意见。

于凤至的反对意见触痛了蒋介石，这么多年过去了，张学良已经变成了摁在他手底下的“死老虎”，没想到远在美国的于凤至还想闹事，想替张学良翻案。她远在美国，蒋介石不能奈何她，但可以让她和张学良断了夫妻名分，那样，她不过就成了张学良的一个前妻，说出话来就不怎么占地方了。

张学良不是正准备着接受基督教徒的洗礼吗？用基督教徒必须遵守一夫一妻制度才能正式洗礼、入基督教为借口，是再好不过的理由了。话由宋美龄去说，挑明让张学良自己选择，在他犹豫不决的时候，再由宋美龄旁敲侧击，说赵四小姐陪伴了你这么多年，到现在还是没名没分的，于凤至虽然是你名义上的夫人，但这么多年没有在一起生活了，建议你考虑一下，和远在美国的于凤至离婚，给赵四小姐一个名分，对赵四小姐几十年无名分的日子有一个交代，也显得你张学良有情有义。

赵一荻因此非常感激宋美龄，她曾经说：可以说我们能结婚，有蒋夫人一半的力量。

赵一荻对张学良纯洁执着的爱情，却变成了被人利用的陷阱和手段，对这一切，张学良和赵一荻是不明就里的，懵懵懂懂，就跳进了沟里。

张学良必须要辜负一个女人，不是于凤至就是赵一荻。

蒋介石派宋美龄点明了被辜负的那个女人只能是于凤至，剩下的事情不用他管，由台湾当局公务人员张群去美国说服于凤至。

一桩离婚的事情，却要由政府机关派出人员远赴美国去处理，事情本身就很滑稽。

张群是蒋介石的铁杆幕僚，他去找于凤至意义非同寻常，尽管他一再表示他虽然是政府的公务人员，但不是奉政府之命，而是为了汉卿的处境安危而来。并告诉她不要再为西安事变说任何话，否则可能会害死张学良。于凤至凭着多年的政治经验，一看就明白，他就是台湾当局派来的，是蒋介石让他来的，为了张学良的安危，这个婚她别无选择，不离也得离。

于凤至考虑再三，还是答应了。她知道蒋介石有生之年绝对不会给张学良自由，张学良这辈子就是他的笼中鸟，他随时可能捏死张学良，为了张学良的安全，离婚吧。

婚姻其实不过就是个形式，直到做出这个决定，于凤至终于懂得赵一荻为什么不在乎这个名分了。这辈子，自己攥着这个名分，做了这么多年有名无实的张学良夫人，对于自己来说，守着这个名分有什么用，不如送给那个陪伴他过了那么多年苦日子的那个女人，对她算是一个安慰，对张学良也是一个解脱。

有一种爱叫做放手，于凤至决定放手。

六十六岁的于凤至亲笔给赵一荻写了一封信，当年她把丈夫交到了她的手上，现在，她要把名分也交到她的手上。

荻妹惠鉴：

时间过得真快，自从1940年我赴美医治乳腺癌，已经廿余年不曾见面，真是隔海翘首，天各一方！记得是1928年秋天，在天津《大公报》上看到你父亲赵燧山因你和汉卿到奉天而发表的《启事》，声称与你断绝父女关系。

那时虽然我与你还不相认，但却有耳闻，你是位聪明果断，知书达礼的贤惠女子。你住进北陵后，潜心学业，在汉卿宣布东北易帜时，你成了他有力的助手。

为了家庭和睦，你深明大义，甚至同意汉卿所提出的苟刻条件，不给你以夫人名义，对外以秘书称谓。从那时开始，你在你父亲和公众舆论的压力下，表现出超人的坚贞和顾全大局的心胸，这都成为我们日后真诚相处的基础与纽带！

你我第一次见面，是1929年的冬天，那天沈阳大雪纷飞，我是从汉卿的言语上偶尔流露中得知你已产下一子。这本来是喜事，但是我听说你为闾琳的降生而忧虑，因为你和汉卿并无夫妻名分，由你本人抚养婴儿实在是件困难的事情。你有心把孩子送到天津的姥姥家里，可是你父亲已经声明与你脱离了关系，你处于困窘的境地。我在你临产以前，就为你备下了乳粉与婴儿衣物，那时我不想到北陵探望，令你难为情。我思来想去，决定还是亲自到北陵看你，我冒着鹅毛大雪，带着蒋妈赶到你的住处，见了面我才知道你不仅是聪明贤惠的妹妹，还是位美丽温柔的女子。

你那时万没有想到我会在你最困难的时候来“下奶”，当你听我说把孩子抱回大帅府，由我代你抚养时，你感动得嘴唇哆嗦，眼泪就像断了线的珠子一样滚下来，你叫一声：“大姐”！就抱住我失声痛哭起来……汉卿后来被囚于奉化，你已经由上海转到香港。我非常理解你的处境，你和闾琳暂避香港是出于不得已！经我据理力争，宋美玲和蒋介石被迫同意我去奉化陪狱，嗣后，我随汉卿辗转到了许多地方，江西萍乡、安徽黄山、湖南郴州，最后到了凤凰山。

转眼就是三年，荻妹，我只陪了汉卿三年，可是你却在牢中陪他二十多年。你的意志是一般女人所不能相比的，在我决心到美国治疗时，汉卿提出由你来代替我的主张，说真的，当时我心乱如麻。既想继续陪着他，又担心疾病转重，失去了医治的机会。按说你当时不来相陪也是有理由的，闾琳尚幼，且说香港生活安逸，我知你当时面临一个痛苦的选择，要么放弃闾琳，要么放弃汉卿，一个女人的心怎能经受如此折磨？后来，你为了汉卿放弃了孩子……

荻妹，回首逝去的岁月，汉卿对于我的敬重，对我的真情都是难以忘怀的。其实，在旧中国，依汉卿的地位，三妻四妾也不是为怪（以先帅为例，他就是一妻五妾）。可是汉卿到底是品格高尚的人，他为了尊重我，始终不肯给你以应得的名义……闾琳和鹏飞带回了汉卿的信，他在信中谈及他在受洗时不能同时有两个妻子。我听说后十分理解，事实上二十多年的患难生活，你早已成为汉卿真挚的知己和伴侣了，我对你的忠贞表示敬佩……现在我正式提出，为了尊重你和汉卿多年的患难深情，我同意与张学良解除婚姻关系，并且真诚地祝你们知己缔盟，偕老百年！特此专复，顺祝钧安！

姐：于凤至

三十六年后，给你一个名分

读着于凤至的信，赵一荻无限感动。

这辈子她做梦都想成为张学良名正言顺的妻子，一想到这个名正言顺需要伤害到另一个好女人，她就断了这个念想。

现在，于凤至深明大义，主动提出放弃这段婚姻，把名分让给她，这封信字里行间情真意切，信纸上没有一滴泪痕，但赵一荻分明感觉到，于凤至是含着泪水在写这封信，言语背后的苦涩，只有同病相怜的女人才能读懂。

她觉得，不是张学良在辜负于凤至，而是自己，所以她的心情异常沉重。

设身处地地替于凤至想，想着一个白发老妇人年逾六旬还要凄婉地放弃婚姻，那一纸婚书或许是她生命中唯一的救命稻草，如今连这根稻草也要给她拿走，她经受得住这样的打击吗？

赵一荻哭了，泪水是为另一个女人流的。

这些年，她已经习惯了在别人面前做张学良的秘书，即使有人来探望，不经意间别人叫她一声张夫人，张学良马上会环顾四周而惊慌失措：千万别这样叫，这个夫人可叫不得。

每当这个时候，赵一荻表现得很平静，只是莞尔一笑，其实内心深处是谁人都不知的酸楚。

旅居海外暂时回台北居住的著名画家张大千是张学良的好朋友，也是赵一荻的国画老师。赵一荻从20世纪20年代就开始学书法和国画，国画画得很好，到了台北后，生活条件好一些了，后来甚至有了自己的住房，就又有了学画国画的雅兴。她的许多画作是在张大千的指导下完成的。张大千除了指导赵一荻绘画，到张学良这里来还有一个爱好，就是品尝赵一荻亲自烹饪的菜肴。他和张学良早年就是好朋友，不过现在的张大千是著名画家，张学良是被半囚禁的阶下囚。

久居海外吃不上地道的家乡菜，赵一荻为他们烹制的大餐让张大千对她刮目相看。一个曾经的大家闺秀千金小姐，经过几十年的磨练，不但对爱情坚贞不渝，还甘于清贫，亲自做家庭主妇，烧得这样一手好菜。赵一荻烧菜的水平应当说得过去，张大千号称美食家，美食家的舌尖是很挑剔的，能为赵一荻烧制的菜肴点赞，就相当于肯定了她的厨艺水平。

一般人不能随便出入张学良在北投阳明山的住处，连张学良在台湾的亲戚们去一趟那森严壁垒的地方都很不容易。张大千是特例，他和蒋介石、宋美龄的关系不一般，可以闲来无事找张学良喝喝淡茶，饮饮薄酒。

赵一荻忙里忙外地伺候着他们，于是张大千的话题就转到了赵一荻的名分问题上。

张大千说应当给赵一荻一个合法名分，这样才合乎情理。于夫人在美国住了那么多年，一直没在张学良身边，想必她也应当能成全赵一荻。

张学良无语，他有自己的苦衷。

赵一荻打破尴尬，赶紧给张大千夹菜，为张学良解了围。她这辈子可以为难自己，从来不会让张学良为难，她知道他迟迟不能下最后的决心，自有他的道理，谁都不能逼他，看着他为难，她心疼。

其实，张学良是想给赵一荻一个名分的，他也无数次这样想过，只是没想过要和于凤至离婚，他设想的还是中国传统男人三妻四妾的美好理想：于凤至做他的妻子，赵一荻也做他的妻子，两个女人哪个都不丢。

但是，宋美龄说了，你这个美好理想趁早收回去吧，基督教徒只能在二者中选其一。

宋美龄又给他指明了一条道路：和远在美国的于凤至离婚，和赵一荻结婚。

宋美龄过去和于凤至的关系，要比和赵一荻铁得多，能牺牲多年的铁姐妹，把红绣球抛给从来不会谄媚逢迎讨好她这位“总统夫人”的赵一荻，这里面大概不仅仅是因为赵一荻对张学良感天动地的传奇爱情故事吧，这应当是蒋介石的授意。于凤至这两年经常在美国那边为张学良鸣不平，蒋介石对这个女人烦了，替张学良拿主意，休了她，娶赵一荻。

不等张学良答应下来，台湾当局已经派人前往美国，不但说服了于凤至离婚，还带回来那封于凤至写的长信和于凤至亲笔签字的“解除婚姻协议”。

老蒋的工作真是做到家了，年近八旬的人了，还有精力做这些事情，他的“关照”让张学良的心里是一种很复杂的味道。

张学良也在离婚协议书上签了字，他和于凤至的婚姻正式走到尽头，这下子她成了真正意义上的大姐。

签完字之后，张学良和于凤至通了一次电话。

张学良说：以后无论发生什么事情，我们还是我们，我现在依然每天都在唱《四郎探母》。

于凤至说：离不离婚都没什么，我这辈子都是张学良夫人，我的签名永远都是张于凤至。

她还说：她花大价钱在比佛利山下为她和张学良买了一块墓地，将来百年之后她就葬到那里，一个墓穴是她自己的，另一个墓穴是张学良的。活着她不能陪伴他了，死了也要和他在一起。1990 年 3 月 20 日，于凤至以九十三岁的高龄去世，就葬在了那块墓地里，却永远也没有等来张学良，身边的墓穴永远就那么空着。

张学良为于凤至写了一首诗：

卿名凤至不一般，凤至落到凤凰山，
深山古刹多梵语，别有天地非人间。

这首诗于凤至在有生之年读到了，读到这首诗的时候，张学良已经不再是她的丈夫。她被这首诗深深打动，每读一次都要感动一次。

张学良究竟爱于凤至有多深，只有张学良自己知道。

他放任自己做个多情的情种，他喜欢女人，连他自己都说"平生无缺憾，唯一好女人，假如不是西安事变，我不知道我会有多少女朋友。"

西安事变后张学良被蒋介石软禁一生，他没有机会到外面找女人了，无形中成就了赵一荻的爱情，让张学良变成了她一个人的男人。后来，连她自己都对张学良这样说：如果不是西安事变，咱俩也早完了，我早不跟你在一块了，你这乱七八糟的事情我也受不了。

囚禁中的这些年，赵四小姐是他的唯一，是他的精神支柱。

张学良经过认真考虑，赵一荻是对他最忠诚，感情最真挚的女人，从十六岁那年来到他身边到如今，已经整整三十六年了。三十六年之后，他决定给她一个名分，让她做他的新娘。

穿红色旗袍的半百新娘

1964 年 7 月 4 日，张学良和赵一荻的婚礼在台北杭州南路伊雅格的寓所举行，婚礼的主调是简朴而隆重，这场迟来的婚礼迟到了三十五年，那年，张学良六十四岁，赵一荻五十一岁。

张学良穿了件薄西服，打了条带条纹的浅色领带，很像个新郎官的样子。赵一荻则穿着红色旗袍，佩戴白色珍珠项链，娇羞而美丽。看得出她很激动，等待了这么多年，终于等来了这一天，她很珍惜这个日子，气色也显得格外好。

婚礼非常低调，参加婚礼的一共就十二个人，嘉宾虽然少，却都是中国历史上的大人物，有蒋夫人宋美龄、“总统府”秘书长张群、国策顾问何世礼、立法委员王新衡、著名画家张大千，以及与张学良同年出生、同名汉卿、在沈阳一起长大的冯庸。证婚人是年事已高的牧师陈维屏，主婚人是国民党前联勤总司令黄仁霖。

陈维屏牧师用他那老成稳重、略带神秘的声音问张学良：你愿意娶这个女人做你的妻子吗？

张学良回答的语气很坚定：我愿意。

这是他第一次亲口说出，愿意娶一个女人做他的妻子，这个女人是赵一荻。

陈牧师又问赵一荻：你愿意让这个男人做你的丈夫吗？

赵一荻眼含热泪大声说：我愿意。

平时她说话没有这么大声，这一次却破例使足了力气做出这个回答。是的，她愿意，她发自内心的愿意，为了这个承诺，她什么都可以付出，她的泪水一半是快乐幸福，一半是辛酸和委屈，等待了三十六年，伴着自己的男人在牢笼中度过了二十多年，才等来一个迟来的名分，从这一刻起，她才正式算是张学良的妻子了，从这一刻起，她不再是张学良的秘书了。

伊雅格用相机记下了这神圣的一刻。

赵一荻轻挽张学良的手臂，笑得灿烂而娴雅，那姿态依然是大家闺秀的优雅。张学良幸福地微笑着，他们身后是掩映在鲜花中神圣的十字架，感谢神圣的基督，让他们有了这一场旷世婚礼。

这张照片成为赵一荻的最爱，她把它珍藏在银行保险箱中，她像在乎这场爱情、这场婚礼一样，在乎这张照片。

1964 年 7 月 21 日，多年没了消息的张学良又出现在新闻媒体上，台北各家报纸都纷纷登出了他们结婚的新闻，特别是《联合报》在第三版的头题位置，居然冠以几行大字标题隆重报道。

张学良、赵一荻的结婚照

张学良和赵一荻的

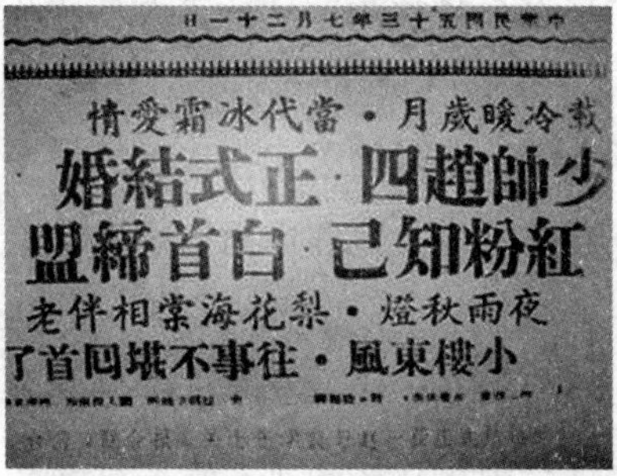
中華民國五十三年七月二十一日

載冷暖歲月・當代冰霜愛情

少帥趙四・正式結婚

紅粉知己・白首締盟

夜雨秋燈・梨花海棠相伴老

小樓東風・往事不堪回首了

《联合报》隆重报道

婚礼成为那个夏天台湾最具有轰动效应的新闻，他们的旷世爱情传奇成为人们街谈巷议的八卦，许多不再相信爱情的男女，又开始相信爱情了。

他们在士林凯歌教堂接受了洗礼，成为基督合格的信徒。

他们对基督教是虔诚的，就像赵一荻对待爱情那样虔诚。

张学良戴上老花镜，像研究明史一样研究《圣经》，试着撰写传经布道的文字，他翻译了《相逢在髑髅地》，以曾显华的笔名公开出版。赵一荻则写了《好消息》《新生命》《真自由》《大使命》四本宣传圣经的小册子，以赵多加的笔名出版。在《新生命》中，有这样的句子："为什么才肯舍己？只有为了爱，才肯舍己。世人为了爱自己的国家和为他们所爱的人，才肯舍去他们的性命。"这是她用一生的情爱经历总结出的至理名言，只有为了爱，才肯舍己，她之所以舍己，就是因为和张学良的爱情。

结婚是一切幸福的开始，那之后，他们的待遇也莫名其妙地提高了。家中给配备了两个厨师，两个司机，住所的面积越来越大，尽管还是有守兵和门禁，比过去却是松多了。

一切都在向好的方向发展，赵一荻却再一次病倒了。

婚后第二年的夏天，赵一荻又咯血了，而且很严重，伴随着咯血，还有时不时的低烧。到荣民总医院检查发现，赵一荻的肺病复发了，上次的保守治疗没有真正控制住病情发展，必须立即住院进行治疗。

距离上一次治疗又过去了几年，此时的医疗技术已经好多了。这一次张学良再次为赵一荻拿主意，他焦虑而恳切地要求卢光舜医生为赵一荻做手术，他想让赵一荻的病得到根治，他不能失去赵一荻。

事实上，也只有手术治疗这一条可行之路了，张学良的支持，赵一荻强烈的求生欲望，为主刀医生增添了信心。胸腔打开后，确认赵一荻的右肺患的是恶性肿瘤，所幸还没有扩散，就把这个肺叶切除了。

手术很成功，伤口愈合好后赵一荻就出院了，她只有一个信念，必须活下去，必须好好活着，好不容易熬到了今天，好不容易有了今天这个有名有分的温馨安静生活，不能就此撒手离去，她的婚姻才刚刚开始，她的丈夫还需要她，她是他的新娘子，新娘子怎能匆匆离去呢？

经过一个漫长的冬天，她奇迹般好了，卢光舜对赵一荻的手术恢复情况进行了认真检查，发现她的情况很不错，基本上已经康复了，只是因为切除了一个肺叶，呼吸不像过去那样顺畅了，有时候会困难，这成为影响她晚年健康的主要因素。

在台北的亲人们和他们接触的机会越来越多了，四弟张学森一家和父亲生前最宠爱的五夫人、他们的母亲寿夫人，五妹张怀敏、六弟张学浚，偶尔他们可以举办一次难得的家宴，打打麻将。张家的人们对赵一荻非常尊敬，他们觉得，如果没有她的爱，张学良熬不过这几十年的监禁生活，她几十年如一日地支撑他，她的奉献是无可替代的，他们老张家欠这个女人的太多了，张家所有的人都感激她。

赵一荻却从来没觉得她为张学良做了什么，对自己的爱人，自己做的都是分内的事，更何况她最终等到了这样美好的结果。

寿夫人去世后，四弟一家搬到美国生活居住，六弟张学浚来得勤了一些。

那时候的张学良和赵一荻的形象，我们可以通过一个孩子的眼光来看一下。那个孩子叫张闾实，是张学浚的儿子，他五岁的时候见到伯父张学良。在他眼里，张学良就是一个胖胖的老头，戴着眼镜，赵一荻的样子则是一位长得像校长一样的女士。张闾实在回忆中说：

> 只觉得他们住的房子很大，很漂亮，有一个大花园，有一个瀑布和射箭场，还有一个大鱼池，有很多很名贵的锦鲤在里面游。花园里还有一个装着两百多只鹦鹉的巨大鸟笼。大人们在一起聊天，我就和同去的其他小孩在外面玩，感觉很好玩。

他们的日子过得很充实，读《圣经》、做礼拜，侍弄花草，写字作画。张学良最喜欢养的是兰花，各种各样的兰花他都喜欢，他喜欢的，赵一荻也喜欢。赵一荻平时喜欢做张府的私房菜，这会让他们经常想起东北的大帅府，想起故乡。自从信了基督教，赵一荻又学会了做很地道的西餐，她会做不少西式菜点花样，比如英国烤肉、蔬菜沙拉、奶油蘑菇汤，而且严格按照西餐的规矩，饭后还要吃水果蛋糕和冰激凌。

那时候，西安事变永远都是张学良心头不能触及的一个软肋，即使偶尔电视节目中播出有关西安事变内容的节目，他也要立即把电视关掉，甚至后来索性就不看电视了。直到蒋介石去世，他恢复了自由，才逐渐可以谈论这个话题。

那些年，赵一荻一直在牵挂着娘家的亲人们，她的父母，她的亲人都在哪里，爸爸妈妈还在世吗，他们好吗？

亲人联系不上，赵一荻唯有安静地陪伴着她在台湾这边的亲人张学良。她的身体其实很差，却每天拖着满身伤痛的病体，为张学良忙前忙后，直到有一天她又病倒了。

赵一荻每一次得病都来势凶险，这一次她得的是红斑狼疮。

依然是一个夏天，不过这已经是 1974 年的夏天了，她身上突然出现一块块的紫色血斑，胳膊上，腿上都有，夏天穿着短袖的衣服，这些紫色血斑可以看得很明显。张学良发现了，告诉她不能再这样不在意了，必须到医院看医生。

赵一荻觉得张学良有些大惊小怪，他真的老了，越来越在意自己了，对他的在意她心里还是很受用的。她想，也许过几天就好了。

过了几天病情却越来越严重了，不但皮肤上的血斑连成片，腿脚也不行了，两条腿变得非常无力。

看来真是身体出状况了，去了周边的几所小医院，除了说赵一荻贫血，都诊断不出这到底是什么病，吃药无效，打针无效。无奈，就又来到了荣民总医院。

荣民总医院的诊断结果很快就出来了，红斑狼疮，是一种自身免疫性疾病，发病凶猛且反复发作，对患者的危害较大。

红斑狼疮在当时的医疗条件下，基本上就是绝症，即使在今天，这个病也是很难根治的，病情发展到一定程度会累及身体的多个器官，在那个时候，这种血液病实际上就是一种血癌。

得知是这种病，张学良几乎绝望了，前几年的肺癌刚刚治好，现在又得了红斑狼疮，我的赵四小姐，你怎么就这样多灾多难呢。

赵一荻面对疾病的心态是一般人所难以具备的，这病得都得了，垂头丧气有什么用，该怎么治就怎么治呗。

治疗这种病的药用了不少，非但不见效果，病情还越来越严重，她全身红肿，医生束手无策，认为她活不了多久了。

从医生护士绝望同情的眼神中，赵一荻知道自己大概真的无望了，幸亏有宋美龄的关照，她被转到了宋美龄和她外甥女孔令伟合开的振兴医院血液科进行治疗。这家医院有蒋夫人的股份，当然技术条件不会差的，不但有巨资引进的先进的美国医疗设备，还有医术卓越的美国医师坐诊。在这里用了最先进的医术和药品，赵一荻的红斑狼疮得到了有效控制，居然在那个冬天痊愈了。

治好肺病是在冬季，治好红斑狼疮又是在冬季，冬季是赵一荻的幸运季节吗？她的一生也大抵如此，在她的人生四季中，受过那么多磨难，到了人生的冬季，却意外地收获了婚姻，收获了真正的爱情和幸福。

回到家，坐在被冬阳照耀的暖洋洋的卧室，看着张学良为自己忙里忙外出出进进的，赵一荻突然觉得好幸福，她又活过来了，还可以接着陪她的爱人走一程。

其实，她的苦难还没有到头，后来，她又不小心摔断了右腿，跌断了手腕。面对这些灾难，已经成为虔诚的基督教徒的赵一荻的想法，已经完全是基督教徒的观念模式，她后来曾经这样总结自己那些人生灾难：

> 在医院养病的时候，我才体会到上帝是多么爱我。他屡次把我从死亡中拯救出来。他使我明白我所遭遇的这些不幸的事都有他的美意，都是对我有益的。他藉着这一段的时间里启示我、带领我、磨练我、教导我，使我明白上帝的旨意和《圣经》里的话，使我的灵程能长进。

不管用什么宗教，什么信念来阐释自己的人生境遇，赵一荻骨子里就是个坚强、勇敢、豁达的女人，这样的女人上帝会爱她，谁都会爱她。

第九章　留在夏威夷的最后传奇

多情老少帅的最后风流

漫长的幽禁生涯没有尽头，1975 年蒋介石去世了，蒋经国上台任国民党主席，张学良依然处于软禁状态，只是自由度比过去大多了，不再局限于在台北指定的地点活动，在有人监视的情况下，可以在整个台湾地区活动。

蒋经国和张学良的私交是不错的，他尊重张学良，把他看做朋友和老师，经常去探望他，还曾经亲自为张学良两次选择住宅。但是，他不能让张学良彻底恢复自由，大概老蒋活着的时候给儿子留下话了，父命难违，再说张学良也一大把年纪了，这个自由度也足够他四处游览、社交了。

1988 年蒋经国去世，算起来，张学良已经让蒋家父子幽禁了整整五十年了。他和赵一荻的生命力真是顽强得令人叹服，不但把老蒋熬到那边去了，还把小蒋也熬走了，而他们的身体总的来说还硬硬朗朗的。

蒋家王朝结束了，大家就觉得再没完没了地幽禁着张学良夫妇有些没道理了，为张学良翻案平反的呼声此起彼伏。

张学良考虑到老蒋和小蒋虽然不在了，宋美龄还在，她这些年待自己不薄，还是要给她留一点面子，别让她觉得他们太不懂事。张学良让侄女张闾芝代笔发表了一封公开信，意在告诉大家自己和赵一荻过得很自由，没有谁难为他们，他们也不愿意改变现在宁静的生活方式，劳大家费心惦记了。

张学良的社交活动也确实比蒋氏父子在世的时候有了更大的自由度，他八十九岁大寿祝寿会虽然没有邀请太多人，却意外地很隆重，而九十华诞的祝寿活动是东北同乡和国民党一些元老亲自为他筹办的。1990 年 6 月 1 日，祝寿大会在台北圆山大饭店 12 楼昆仑厅举行，邓颖超发去了贺电，当时台湾正在执政的李登辉派人送去一副寿屏和一盒人参，宋美龄送去一个精致的花篮，陈立夫则专程从美国赶到台湾。参加祝寿活动的宾客至少有两三百人，还有上百个来自各家媒体的新闻记者，场面不但隆重，还非常热烈。

那一天，赵一荻特别高兴，跟随张学良过了五十多年的囚禁生活，最让她快乐的有两件事。第一件是他们结婚的那天，那个日子他们是主角，第二件就是张学良九十华诞的祝寿活动，他们又成了主角。这么多熟悉的面孔，这么多张笑脸，她喜欢看这样的笑脸。

她终于有了扬眉吐气的感觉，她的张学良，她的汉卿虽然没有正式平反，社会上、舆论上已经开始重新评判他了。她亲手撰写了一篇文章《张学良是怎样的一个人》，用她的视角，用陪伴了他半个多世纪的女人的视角，解读她心爱的丈夫。这篇文章居然发表在了台湾《中央日报》上，可见张学良的平反已经指日可待了。

在《张学良是怎样的一个人》里，赵一荻告诉给人们一个她所了解的张学良：

张学良是一个非常爱他的国家和他的同胞的人。他诚实而认真，从不欺骗人，而且对他自己所做的事负责，绝不推诿。

他原来是希望学医去救人，但是事与愿违，他19岁就入了讲武堂。毕业之后，就入伍从军。他之所以参加内战，不是为名，不是为利，也不是为争地盘。他开始是为了遵循父亲的意愿，后来是服从中央的命令，实在是不得已而为之。

日本帝国主义对东北不断地压迫和无理的要求，暴露了它侵略中国的野心，亦更加激起他抗日的情绪。他不愿看见自己的国家灭亡、人民被奴役，但是单靠东北自己的力量是不能抵抗日本的侵略。所以在皇姑屯，他的父亲被日本人谋杀之后，他就放弃他的地位和权力，毅然易帜与中央合作，使国家能够统一，希望全国能够团结起来一致抗日。

九一八事变之后，日本占领了东北；他就不忍再看到自己的同胞互相残杀，削减国家抗日的力量，所以他就主张停止内战、团结抗日。他并不爱哪一党，亦不爱哪一派，他所爱的就是他的国家和他的同胞，因此任何对国家有益的事，他都心甘情愿地牺牲自己去做。

一个女人，为深爱一生的男人辩护，鸣不平，虽然带着一些个人观点在里面，但是她对张学良的评价是客观公正的，在这个世界上，没有谁比她更了解张学良。评价张学良这个人，她是最有发言权的。这里面说的“后来是服从中央的命令，实在是不得已而为之”，是指“九一八”时他的不抵抗吗？有些话只能点到为止，他们的身份毕竟还是没有解除幽禁的囚徒，有些事依然不可说。

1991年农历新年，对于张学良和赵一荻来说，是个真正喜庆快乐的新春。他们向李登辉提出到美国探亲的想法，说想趁着还走得动，到美国看望一下自己的儿孙们。李登辉居然很痛快地答应了。

李登辉首肯之后，两位老人紧锣密鼓地开始准备他们的行装，好像怕走晚了李登辉会反悔，他们就走不成了似的。选择了一个美好的春日，3月10日，他们从台北的桃园机场出发，离开台湾踏上美国之旅，这是踏上台湾这块土地四十多年后，第一次离开这里到别的地方走一走。四十多年后，第一次坐这么长时间的飞机外出，他们兴奋而忐忑，不时透过飞机的舷窗向外张望，其实外面的景色根本看不清楚，但是他们还是忘情地要多看几眼，想把这半个世纪的损失夺回一点点。

张学良兴奋得像个老顽童，他头戴法兰西便帽，带着金边墨镜，依然有当年少帅的风流倜傥，这身打扮是赵一荻亲自为他设计的，他也很满意。飞机直飞旧金山，先是住到女儿、女婿家，之后又飞洛杉矶，见到了多年没见的和从来没见过面的亲友们。只是，于凤至已经不在了，她最终没有等到和张学良见面的这一天，一年前，她在独自坚守了五十年之后，终于支撑不住了，溘然离世，留下无尽的遗憾。他们在子女的陪伴下拜扫了于凤至墓，告诉这位逝去的大姐，他们过来看她了。这座墓左侧的墓碑上刻着“张于凤至”等字样，右侧的墓地空着，那是给张学良留的，留待他百年之后睡进这里。后来，那个地方就永远成了一座空穴。

赵一荻在儿子闾琳于洛杉矶的家住下来，她离开儿子这么多年了，这次要好好陪陪儿子，好好陪他说说话。尽管她的闾琳如今一句汉语都不会讲，但他们可以用英语交流，赵一荻的英语本来就很好，这些年信了基督教，学习《圣经》，她的英语水平更加见长。

张学良在洛杉矶住下没两天，就坐不住了，他说自己要去纽约。赵一荻不解，儿女们该见的已经见过了，还要去纽约做什么？

张学良说要去会一位老朋友。

赵一荻骤然想起，蒋介石去世后宋美龄移居到了美国纽约的蝗虫谷，那么他一定是要到纽约见宋美龄。多年不见，她也很想念这位曾经给予过他们无数帮助的老朋友，无奈这些日子身体不给力，马上去纽约她的身体吃不消。

张学良说自己去就可以了，让赵一荻在儿子家好好休息。

说这些话的时候，他眼神飘忽不定，赵一荻和他一起生活了这么多年，他任何一点小猫腻都很难瞒住她，她感觉到，这个九十岁的老顽童似乎有什么事瞒着自己，他去纽约似乎不是仅仅看望宋美龄这么简单，他还有其他想法。

到了张学良要出发的时候，赵一荻听说这段时间宋美龄不在美国，那么他到纽约是去看谁呢？他在美国有很多老朋友，过去东北军的老部下，在国民党时期的老同僚。

考虑到好不容易来到了美国，好不容易有了这样一段时间的自由，赵一荻没有拦着张学良，准许他去美国见什么老朋友，但是派了孙儿、孙媳陪同前往，照顾他的生活。从她走进贵州的幽禁地，这么多年了，他们还从来没有分开过，突然分开，赵一荻不放心，也不习惯。

张学良第一次彻底自由了，没有卫兵把守着，没有女人看着，他好像回到了六十年前自己当风流少帅的那个年月，他哼着京剧，迈着碎步，心里这叫一个美。

到了纽约，他住进曼哈顿花园街贝夫人的豪宅，人们才恍然大悟，他要会的老朋友居然是当年的老情人蒋四小姐蒋士云，按照张学良自己的说法，这是他的“女朋友”。那时候，蒋士云的丈夫贝祖贻已经于1982年去世，她独自住在纽约的这座豪宅里，她的女儿只在周六回曼哈顿陪她度周末，而且也不是每周都来，蒋士云是寂寞的，张学良的到来打破了她的寂寞，让她似乎又回到了春心萌动的少女时代。

这让人们大跌眼镜，不得不佩服历经磨难的九十多岁的老少帅真是人老心不老，江山易改禀性难移，都这么一大把年纪了，居然还没忘记当年的老情人，如果不是被严严实实地幽禁着，几个赵一荻的真挚爱情也拉不住这个风流男人啊。

蒋四小姐蒋士云天生好动，好张罗事，张学良住到她这里，她依然会撒娇，会调皮，这些都是娴雅文静的赵一荻所不具备的，让张学良有了重温旧梦的感觉，顿时活力十足，仿佛又年轻了几十岁。她给张学良策划了详细的活动方案，这个女人俨然代替赵一荻成了张学良的秘书，她说张学良半生历尽苦难太亏了，一定好好给他补偿一下，让他真正感知到人生的乐趣。

蒋士云要让张学良看看真正的美国生活是什么样的。

张学良出发前和赵一荻商量好了，他们此行不参加什么社交活动，就是来美国探亲的，一见到蒋士云，张学良就变卦了，她给他安排的活动，他来者不拒，还戏称她是他的秘书，谁想

蒋士云（左二）与张学良（左三）等在华盛顿

见他都要通过她，由她替他安排。

她把他的日程排得满满的，会见老朋友，参加各种活动，去华人教堂做礼拜，与哥伦比亚大学口述历史部的工作人员接触，与哥伦比亚大学的留学生们座谈，还见到了当年的老部下、曾任全国政协副主席的吕正操。他精神矍铄，每到一处都受到人们的欢迎，人们除了想见到张学良，还想见到传说中的赵四小姐，但是大家发现陪伴在他身边的不是赵一荻，而是另外一个女人，赵四小姐换成了蒋四小姐，这个女人陪着张学良下馆子、搓麻将，到跑马场看跑马，到体育馆看球赛。

大家的普遍感觉是，张少帅果然是风流少帅，名不虚传，都这样一大把年纪了，一到美国，就临时找了个女秘书，赵四小姐知道吗？

蒋士云甚至还安排张学良去了两次赌场。

赌博是张学良年轻时候的一大爱好，他自己曾经自嘲地说平生有两大爱好，一是爱女人，二是好赌博。爱女人这件事大家都见识过了，他爱赌博没多少人见过，这次让美国赌场的发牌小姐开了眼。这个九十多岁的老头，玩的是二十一点，这么多年不赌了，手生了，一赌即输，连输了几百美元，他就是在一张桌子上坚持输下去，谁劝他都不换桌子，这才是真正的赌徒，面对输赢，脸不改色心不跳。

蒋士云给张学良安排的最隆重的一项活动是给他庆祝九十周岁的大寿，这项活动折腾得比在台北搞的那次活动还隆重。5月30日晚，在曼哈顿万寿宫，四百多名中美各界人士都来为他祝寿，蒋介石的孙子，宋子文、孔祥熙的女儿们都来了，蒋士云寸步不离地陪伴在张学良身边，每每照相的时候，她都紧紧挨在张学良身边，像一对你侬我侬情意绵绵的老恋人。

这样的幸福生活张学良一过就是三个月，他快把留在洛杉矶的赵一荻忘掉了，直到赵一荻打过电话来，他才恍然醒悟，还有个赵四小姐在洛杉矶等着自己呢。

情归夏威夷

第一次到美国探亲，他们一共去了三个多月，张学良就在蒋士云家里住了三个月零一天。

临行前，曾有记者问起张学良去美国的目的，张学良笑着调侃：去看女朋友。

记者们以为这位九十岁的老爷子在开玩笑，都九十岁的老爷爷了，还有女朋友，他的女朋友一定是满脸皱纹的老奶奶吧。张学良对他们的质疑不以为然，对他们说：你们以为女朋友是你们年轻人的专利吗，我就不能有女朋友？

赵一荻也觉得他是在开玩笑，因为他一贯喜欢用这样的口吻开半真半假的玩笑。

没想到他真的去会这个他常挂到嘴边的“最好的女朋友”了，而且还大张旗鼓地和蒋士云秀恩爱，报刊上到处都是张学良和蒋士云参加各项活动的照片。赵一荻平时有看报纸的习惯，当然第一时间都知道了，虽然也有一些羡慕嫉妒恨，但她一直在忍着，让这个被关了这么多年的老顽童敞开了撒着欢儿折腾几天，完成他最后的夙愿吧，爱他，就要在某些必要的时候放开手，一个九十岁的老头子，去看八十岁的老情人，还能有这么新鲜的？赵一荻这些年把什么都想明白了，缘分是抢不走的，是你的他跑不了，不是你的也留不住。

这个蒋士云蒋四小姐也是赵一荻诸多情敌中最顽固不化的一个，十年前，她曾经坐上飞机偷偷飞到台湾想和张学良幽会，被赵一荻拦下了，换做哪个女人也不会让自己用了一生的苦难争取来的一份爱情被别人搅黄了，因为赵一荻太了解张学良了，她知道这个女人的出现，对于他们的爱情意味着什么。对这件事，蒋士云也是耿耿于怀，对外说：这大概是女人跟女人之间总有看不开的地方，我就没有这种女人气。张学良现在大概要整天坐着了，真没意思。我要是陪着他，不会像赵一荻这样的。

蒋士云永远也不会理解赵一荻，她是断然不会豁出一生陪伴一个幽禁中的人，她大约觉得这个女人脑子不怎么灵光，是个不可理喻的人。但是张学良解禁了，情况就不一样了，他又可以像当年的张少帅那样和自己一起疯一起玩了。这一次赵一荻居然没有死死拦着他们，因为赵一荻明白了，张学良不是她蒋四小姐的张学良，她想抢也抢不走的，权当是让她替自己照顾几天自己的爱人，火候差不多的时候，她自然就该出马了。

赵一荻这个女人其实是很大度的，她给足了张学良面子，这个面子只是给张学良的，与蒋士云无关。对于张学良幽会的那个女人，不管她是谁，在赵一荻看来都是一样的。直到后来张学良在蒋士云那里住得乐不思蜀了，外界都在猜测张学良是不是要和赵四小姐离婚了娶蒋四小姐啊，赵一荻才不得不出面了。

张学良总说：于凤至是最好的夫人，赵一荻是最患难与共的妻子，贝太太是最可爱的女友，我的最爱在纽约。

风流少帅一生花心的毛病是改不掉了，现在，最患难与共的妻子要行使自己的权力了，那个放飞的风筝该收线了，否则就飞得太远了。

赵一荻一个电话打过去，那温柔平静的声音从电话那头传过来，嘚瑟了三个月的张学良一听赵一荻的声音就立即老实了，乖乖地答应回去。蒋士云在旁边默默听着、看着，骤然明白，张少帅永远都是人家赵四小姐的，根本没她什么事，她这些日子不过就是替人家代管了几天，心里不免有了重重的失落。

1991 年 6 月下旬，赵一荻亲自出马，把还有些不情愿离开的张学良从纽约接回，然后两个人从旧金山转道回台湾，完成了他们第一次到美国探亲的行程。

对于蒋士云来说，这次会面成了他们最后的风流。张学良被赵一荻从她的曼哈顿花园街的豪宅抓回，回到台湾后，就彻底掐断了他们之间的任何联系，只给蒋士云留下一些回忆的残缺片段。后来有人问蒋士云，张学良说他的最爱在纽约，是在说你吗？蒋士云回答这个问题的时候居然还有些少女似的腼腆和羞涩，轻声说：随他怎么说。

这次美国之行给张学良和赵一荻留下了美好记忆，没有卫兵监管，没有特务盯梢的自由生活真好。

回到台湾，他们基本上开始过自由的生活了，空闲的时候，赵一荻经常会往大陆寄回一封家书。一年前，大陆那边的侄子联系上了她，收到失联了几十年的家乡亲人的第一封家书，赵一荻激动得一夜没睡好。父母都不在了，这几十年，她不但没有在爹妈跟前尽孝，连见一面的机会都没有，自从十六岁那年离开家，就再也没有回去过，特别是陪伴张学良幽禁的几十年，和亲人从此音讯杳无。她好想回家看看，哪怕给爹妈的坟上捧上一抔黄土，也算是女儿尽了最后的一点孝。

每每接到家书，或者给亲人写信的时候，张学良会问赵一荻：你眼圈红红的，又想家了？不然趁有生之年，我们回奉天、北平、西安看看？

赵一荻含泪用颤抖的声音说：汉卿，咱们还会有那么一天么？

其实，他们的魂梦一直牵着海峡那边的故乡，只是无缘回去。去美国探亲的时候，在机场曾有记者问，会不会趁此机会到大陆看看，张学良诚恳地回答：不排除这种可能性，大陆是我的老家，我当然愿意回去看看。

但是他们却一直没有找到一个合适的机会。有一次张学良连回大陆的机票都买好了，因为种种原因没能成行，后来，赵一荻的身体越来越虚弱，根本就不可能再飞回故乡。回家，成为他们终身的遗憾。

恢复了自由的张学良和赵一荻开始考虑他们到哪里去度过余生，儿女们都在美国，考虑到身体越来越差，为了让他们照顾起来方便一些，他们决定移居美国。他们以年老无依靠投奔儿子张闾琳作为理由，向美国移民局提出了申请长期居留的绿卡，这个申请很快就批准了，他们顺利地领到了美国绿卡。

这个年龄的老人要移居美国，就意味着他们永远不会再回到台湾了。

他们在台湾已经有了自己的两套房子，还有一些收藏的珍贵的古董字画，有些东西是带不走的，有些东西是不方便带走的，有些是可以带走但也要卖掉的，他们必须要筹措到足够的资金才能到那个高消费的国度去生活，所以手头能变卖的东西几乎都卖掉了，然后，带着这笔钱，他们决定移居到夏威夷。

从儿子张闾琳居住的美国西海岸加利福尼亚州南部的洛杉矶，到在北太平洋中的夏威夷还有着很遥远的距离，即使坐飞机也要四五个小时的路程。他们为什么要选择夏威夷，而不是纽约的曼哈顿？

很重要的原因是他们喜欢夏威夷的气候和人文环境。这里的气候和台湾岛有相似之处，并且生活着许多东方移民，在华人比较多的地方生活，更方便一些。

至于纽约这样的城市，赵一荻首先就否决了，一来太喧嚣，张学良这把年纪的人了，不适宜再过离政治很近的浮躁生活，也不适合再去灯红酒绿的花花世界寻找热闹。二来那个号称张学良女朋友的蒋士云在纽约居住，还是让张学良离那个女人远一些比较安全，赵一荻觉得自己犯不着耗费精力吃那些乏味的醋。对于张学良来说，也没必要再招惹什么花事情事，老了老了，闹个晚节不保，就得不偿失了。

张学良这一次非常配合赵一荻，她说定居夏威夷，他就按她说的办，她想到哪儿他随着她。老男人往往是没有主见的，男人老了都这样，年轻的时候叱咤风云，老了就返璞归真回归到童真时代，女人老了反而比男人更坚强更有主见。

1994 年，他们离开被幽禁了四十多年的台湾，住到美国夏威夷，开始了真正意义上的自由生活。这份自由来得太不易了，足足等待了五十多年，居然能活着等来这一天。如果没有赵一荻的爱支撑他的生命，张学良断然是坚持不下来的。他们珍惜获得自由后的每一天每一刻，过去爱发脾气的张学良脾气也变得好多了。

卖掉了最后的家底，他们大约觉得这些钱够他们在剩下的岁月好好消费一番了。张学良那时候已经九十多岁，赵一荻的肺病越来越严重，经常会病危住院，他们大约觉得生命再过几年就走到尽头了，没必要省着细着过紧日子，所以一到夏威夷就住进了最高档的假日酒店希尔顿饭店，并选择了十五楼的一套类似总统套房那样条件最好的房间。张少帅又过上了奢侈生活，经常到外面的中餐馆吃昂贵的中餐。两个人坐着轮椅一起到海边看看海，面朝大海，一双苍老的手十指相扣，他们执手寻找人生中最后的浪漫。人生中最浪漫的事，就是这样相依相伴一天天老去，老得只能在轮椅上相守。

这样的高档生活过了四年，他们发现身子骨还说得过去，比刚来夏威夷的时候似乎还好了一些。

高档酒店的消费每天都高得惊人，四年的时间，算算看，要花掉多少钱啊。赵一荻发现他们的积蓄已经所剩无几，人还在，钱快花没了，这是人生最悲催的事情了。

绝对不能向儿孙们要钱过奢侈生活，两个人一商量，高档生活已经享受了，下一步把生活档次降下来吧。索性就搬到夏威夷的老年公寓去住，饭就在寓所里吃，可以少花很多钱。

他们住的老年公寓也是一所套房，客厅的陈设非常简朴，但是阳光很好，能把大厅照耀得阳光灿烂，平时不出去的时候，他们就坐在客厅里晒太阳。

他们真的老了，经常会回忆起陈年旧事，回忆起青年时代的美好岁月，幽禁的那几十年是一场漫长的噩梦，却也是记忆中避不开的。回头看时，张学良惊叹于柔弱的赵一荻居然有那样强大的力量，用娇弱的身躯为自己撑起一片蓝天，她什么样的福都能享，什么样的苦都能吃，什么样的罪都能受，什么样的委屈都能忍，上得厅堂下得草堂进得厨房，这个女人为了一生的爱，能屈能伸，真是不可小觑，这辈子遇上这个女人，是自己的福分。

执子之手生死相随

赵一荻的肺病一直和她纠缠不清。

1994 年刚搬迁到夏威夷没多久，她就因为肺病住院了，之后，几乎每年都要在医院住上一阵子。1997 年，她的左肺再次出现癌变，经常会呼吸困难。一次次的死去活来，最终却总是有惊无险地又回到张学良身边。

她的生命力之顽强令人叹服，陪着张学良活着，是她在最后的岁月中能为张学良做的最后一件事了。

有赵一荻在身边，张学良的生活就被她安排得非常有条理，几点做什么都是有规律的，谁想见张学良都必须通过赵一荻，不论谁的电话，都先由赵一荻来接听，她首肯了，才交给张学良接听，这样替张学良挡了很多不必要的应酬，对他的身体健康是有利的。当然，蒋士云的电话张学良更不可能接听了，那个号码大约已经被列入黑名单了。后来，这个蒋四小姐对别人抱怨说：他在台湾的时候我还跟他通过电话，离开台湾以后就没有消息了。我打过一次，打不进去，我知道有人阻拦……

张学良的亲朋好友们都自觉地遵守赵一荻订下的这个规矩，他们知道，张学良年近百岁还耳聪目明，都是赵一荻的功劳，她这样做，自然有她的道理。

每天上午十点半起床后，吃过早饭，张学良到赵一荻房间，听赵一荻为他诵读一段《圣经》，祷告后由秘书给他们读报纸上的中外新闻要事，然后坐着轮椅出去散步。张学良的腿部患上了严重的关节炎，后来的几年出行基本上就靠轮椅了。午后，偶尔会约几个好朋友来搓麻将，牌友是固定的，打麻将不仅仅是为了娱乐，也锻炼脑子。九十多岁的张学良打牌的时候，脑子还是很好用的。

他们保留的对外社交活动就是定期到当地的华人教会做礼拜，两位老人低调而虔诚地走进教堂，和所有普通的基督教徒一样坐在椅子上听牧师布道。如果不是牧师介绍说：今天张学良、赵一荻夫妇也来参加礼拜。身边的教友不会知道，那对年逾古稀的老人就是传说中叱咤风云的将军张学良和拥有传奇爱情故事的赵一荻，他们看上去很普通，因为那传奇的人生经历，便会让人感觉到他们身上的不平凡。他们含笑默默地向教友们颔首致意，张学良给人的感觉精明、温和、睿智，与赵一荻的优雅、和善、安静相得益彰，看上去是那么和谐美满的一对。张学良后半生这种在公共场所沉默、不张扬的做法，不仅仅是蒋介石用一生的囚禁逼的，也是赵一荻用人生经验开导规范的结果，正是因为有了一颗平常心，当年那个风流倜傥风云天下的英雄，经历了五十六年的囚禁，才不会崩溃、沮丧和灰心。

初到夏威夷的时候，张学良和赵一荻几乎形影不离，所到之处都是两人在一起，每个黄昏两个人一起坐着轮椅去海边，直到暮色苍茫才回公寓。后来，赵一荻身体很差，不但肺病复发，还不小心跌倒摔伤，不能左右陪伴服侍了，每每张学良出去散步、看海，她就在公寓内等他回来。坐在窗前，她翘首遥望，静静地等着他，聆听着公寓门的把手轻轻转动的声音，那声音一响，张学良就回来了，她就会快乐地迎过去。所以，张学良不会在外面久久停留，怕赵一荻等的时间太长，不放心。

只有一次是例外，那个傍晚，护理人员推着张学良从兵器馆走过，路过馆外陈列的飞机、大炮、坦克时，他要求停下来，静静地看着那些兵器，想起了他统领千军万马的青年时代。那一次他在那里流连很久，直到天黑才回去。赵一荻一直在焦急地等着他，听说他们在陈列的兵器前待了这样久，她也沉默无语了，他一生最爱的是军旅生涯，作为一个职业军人，在他人生最辉煌的时刻被囚禁起来，那是一种无法言说的痛。

2000 年，张学良虚岁一百岁，赵一荻八十八岁。

有关方面想给张将军举办百岁生日庆典活动，消息传出，许多和张学良、赵一荻能沾上一点边儿的单位和亲朋好友都忙碌起来，搞展览的，做寿礼的，大家准备好了要去给张学良做百岁大寿。

张学良的生日其实是六月四日，这一天也是张学良的父亲、前东北军司令张作霖被日本军炸死的忌日，从 1928 开始，张学良再也没有在 6 月 4 日过过生日，他一生都在刻意回避这一天。他百岁大寿的寿日当然也避开了 6 月 4 日，外界传说中他要在 6 月 1 日或者 6 月 3 日过生日，他却出其不意避开那些闹哄哄的喧嚣，5 月 28 日，生日庆典突然宣布提前举行，场所很私密，没有邀请多少客人。

生日庆典大厅临时搭了个主席台，张学良那天穿了件深蓝色西服，系着鲜艳的红色领带，依然戴着他晚年最喜欢戴的深蓝色的毛线瓜皮圆帽，脖子上挂着大红和粉红的两串花环，这个老寿星被人们打扮的热烈隆重。赵一荻穿着紫红色长裙，颈上挂的是一串黄色花环，和张学良那两串大红和粉红的花环的色彩配合起来，色彩更显斑斓缤纷，虽然她插着氧气管，却很兴奋，不时和周围的人们说着话。赵一荻的健康情况已经很糟糕，那天，因为要参加张学良的百岁庆典活动，她的精神格外好，在庆典现场，她比张学良要活跃一些，谁也看不出来之前她还满脸病容地躺在病榻上不能起床。

坐在轮椅上的这对老夫妻面对镜头，留下了他们一生中最后一张合影，张学良那天握着赵一荻的手，深情地说：我太太非常好，最关心我的是她！这是我的姑娘！

这些话，赵一荻听得心花怒放，携手走过七十二个春秋，能换来这样一句话，她心满意足。

百岁华诞时，新华社驻美国记者问张学良有什么养生秘诀，张学良回答：我只不过在过简单的生活，什么都不放在心上，遇到困难，宽宏大量泰然处之，使自己活得温暖，活得充实。我能宽容自己，也能宽容别人，宽容使我人生豁达磊落，潇洒、宁静，所以才坚强地活下来。

这简单的生活是赵一荻教会他的。

教会他简单生活的赵一荻此时已经走到了人生的最后几步，她是强撑着来参加这次生日庆典活动的。她必须支撑着，让他最后高兴一下，她清楚自己已经时日不多了。在夏威夷神谷墓园，她已经购下了一块上好的墓地，那里原来是菲律宾前废总统马科斯的陵寝，马科斯的遗孀伊梅尔达把丈夫接回国内安葬，这块墓地被赵一荻买了下来，她打算百年之后，就和自己的爱人住到那个地方去，那是一块宽敞豪华的墓园。

前生后世一切该想的该做的都做好了，连爱人的百岁庆典也完成了，赵一荻太累了，觉得自己可以彻底休息一下了。

2000 年 6 月 22 日，离张学良的百岁生日庆典不过二十天，赵一荻的生命走到了尽头。

清晨，她躺在病床上，神志依然清醒，却呼吸困难脉搏微弱，一句话都说不出来了，她表情安详平静，静静地看着病房内的亲友们，正从遥远的故乡赶过来的从来没有谋过面的娘家侄子还在路上，也许无缘见侄子一面了。她的爱人张学良在哪儿？她急促地寻找着他，他坐着轮椅进来了，来到赵一荻病床前，紧紧握住她的手，赵一荻脸上现出一丝娇媚的笑意，他来了，她等的就是他。

张学良轻轻呼唤着赵一荻的名字，两个人目光对视，赵一荻的目光中是无限的依恋和深情：亲爱的，我不能再陪你了，我要走了，没有我的日子你自己多保重，这辈子你是我唯一的爱人，来生我还做你的女人。

耳边是张学良的声音，赵一荻的手在张学良的手中紧紧握着，她眼角淌下一行泪水，是不舍，是不忍离去，此生，最放心不下的就是他，她静静闭上眼睛，在医生注射的镇静剂中沉沉睡去。

张学良一直紧紧握着赵一荻的手，凝视着她的脸庞。

赵一荻的温热一点点退去。

上午 11 时 11 分，赵一荻离开这个世界，手已经变得冰冷，张学良还紧握着。那边，牧师和亲友在做祷告；这边，张学良在轮椅上默默坐着，一直保持着他刚刚进来时的那个姿态。那只手，谁劝他都不肯松开，直到一个钟头后，确认赵一荻真的走了，他才慢慢松开她的手，喃喃地说出一句：她死了。泪水从他的眼角缓缓滚落，这是陪伴了他七十二年风风雨雨的爱人，从此他们阴阳相隔，天各一方了。

2000年6月29日，赵一荻的葬礼在夏威夷第一中华基督教会举行。

赵一荻安详地躺在鲜花丛中，身子下面铺着侄子从故乡带来的华美的中国锦缎被面，身穿中式红色绣花上衣，衣领上别着一枚精致的珍珠别针，双手交叠着放在胸前，手下抚着一本《圣经》。此时的赵一荻美丽、优雅、华贵，脸上是平静的表情，让人感觉她还活着，只是太累了，暂且睡去了，她还会醒来陪着她的爱人再走一程。她一生中从没有认为自己做的事对社会对历史有什么贡献，她觉得她不过就是一个爱情至上主义者，像所有爱自己男人的女人那样，认认真真爱了一场而已，仅此而已。

她被葬在夏威夷神谷墓园，没有奢侈的陪葬品，只有一本《圣经》和她写的《圣经》浅释读本《好消息》和《真自由》。墓台后边石墙上安放着十字架，墓志铭上刻着这样的文字：生命在我，复活在我，信我的人虽然死了，仍会复活！

这句话是《圣经·新约·约翰福音》第十一章中的句子，对于赵一荻来说，她为了来践行一场轰轰烈烈的爱情而生，生生死死都不重要，重要的是她的爱情不会死去。

从台北赶来的周联华牧师主持了赵一荻的追思会，他在悼词中这样写道：

> 赵一荻女士当年情愿放弃人间的一切，跟随张将军软禁，有如《圣经》里童女怀孕一样，是个不可能的使命。然而她却做了，而且做得那么真诚，那么至善至美，那么让世人皆惊，那么流传青史！她这样做不是为了别的，纯粹是为了爱。这爱远比台湾最近流行的《人间四月天》更

专、更纯、更久远！她当时真正和汉卿先生互许一个未来，这个未来是黯淡的，是黑暗的，但她无怨无悔；最后在上帝的带领下，这未来竟盼到了火奴鲁鲁明亮的阳光和自由的空气！

相伴一生的爱人永远地走了，失去了她，才知道这个女人对自己有多么重要。张学良靠着对那场传奇爱情的回忆又活了一年多，2001 年 10 月 14 日，他在美国檀香山去世。

张学良留下的遗嘱是：与夫人合葬于神殿之谷。

两个人离别一年多，又在夏威夷神谷墓园重逢了，张学良最终选择留在赵一荻身边。

风流少帅一生经历了无数的女人，经历了无数场爱情，只有这一个女人，这一场爱情让他最刻骨铭心。他不能没有他的赵四小姐，离开他的赵四小姐，他不知道该怎么继续活下去。

她是他的一世红颜。

那哀哀情肠，他懂了。